全民微阅读系列

春来花自开

飞 鸟 著

百花洲文艺出版社
BAIHUAZHOU LITERATURE AND ART PRESS

图书在版编目（CIP）数据

春来花自开 / 飞鸟著 . —南昌：百花洲文艺出版
社，2019.10
　　ISBN 978-7-5500-3377-1

　　Ⅰ . ①春… Ⅱ . ①飞… Ⅲ . ①小小说—小说集—中国
—当代 Ⅳ . ① I247.82

中国版本图书馆 CIP 数据核字（2019）第 203101 号

春来花自开

CHUN LAI HUA ZI KAI

飞鸟 著

总 策 划　伍　英
策划编辑　飞　鸟
责任编辑　杨　旭　刘玉芳
封面设计　辰麦通太设计部
出版发行　百花洲文艺出版社
社　　址　南昌市红谷滩新区世贸路 898 号博能中心 A 座 20 楼
邮政编码　330038
经　　销　全国新华书店
印　　刷　永清县晔盛亚胶印有限公司
开　　本　710mm×1000mm　1/16
印　　张　14
版　　次　2020 年 9 月第 1 版　2020 年 9 月第 1 次印刷
字　　数　227 千字
书　　号　ISBN 978-7-5500-3377-1
定　　价　58.00 元

赣版权登字 05-2019-235

版权所有，侵权必究

邮购联系 0791-86895108
网址 http://www.bhzwy.com
图书若有印装错误，影响阅读，可向承印厂联系调换。

文化自信从读写开始

杨晓敏

近年来，随着互联网技术的不断推广升级，现代信息技术已充斥各行各业。微博、微信、微小说、微电影，各类"微"产品，以网络阅读、手机阅读、电子器阅读、光盘阅读的形式，进入大众视野，但这种碎片化、快餐式的电子阅读，仅仅可以作为传统阅读的一种有效补充与辅助，却不能完全代替传统阅读。

我国经济建设的腾飞，带动并刺激着文化事业的极大进步，而文化软实力的增长，又为经济跨越式发展，提供着强势的智力资本的支持。正是这种强有力的智力资本支持，慢慢建立起我们的民族文化自信。

学习的基本途径就是阅读。一个人的阅读力量，决定个人学习的力量、思考的力量、实践的力量；所有人的阅读力量，决定一个民族文化的力量、精神的力量、创新的力量。伟大的中华民族复兴之梦，要靠全国人民共同来缔造实现。提高全民素质，提升全民文化自信，繁荣民族文化，从阅读开始。

为了提高全民素质，建设书香社会，政府正采取一系列有效举措，营造阅读环境，倡导全民阅读。譬如开展读书日、读书月活动，一些省市地区通过整合全民阅读资源，打造了一批有广泛影响力的全民阅读"书香"品牌，还有些地区成立"农民书屋"，送书下乡，让书香墨香飘进寻常百姓家。

作为近三十年才成长起来的一种新文体，小小说的质朴与单纯，简洁与明朗，加上理性思维与艺术趣味的有机融合，及其本色和感知得到、触摸得着的亲和力，散发出让青少年产生浓郁兴趣的魅力。小小说是一种新文体的再造，那些优秀的小小说作品，是智慧的浓缩和凝聚，是一种机巧的提炼和展开，小小说是训练作家的最好学校。小小说贴近生活，紧扣时代脉搏。大千世界，瞬息万变，小小说能以艺术的形式，不断迅速地反映生活热点，传导社会信息，是开启社会生活的一扇窗口。小小说可以培养青少年的想象力，让他们展开飞翔的翅膀。近些年来，大量小小说编入高考作文，入选各类优秀阅读丛书，正为越来越多的年轻读者所

1

喜爱，显示出它强大而茁壮的生命力。

北京辰麦通太图书有限公司提供的"全民微阅读系列"图书，至今已编辑出版200多册。它以全力助推全民阅读为宗旨，以务实求精的编选作风，为读者精心遴选了大批风格各异的小小说佳作，引领读者步入美好的阅读丛林。

北京辰麦通太图书有限公司有着具有超前市场运作意识的优秀团队，在图书制作过程中，不但追求内容的丰富多彩，在装帧设计方面，也力求超凡脱俗。在众多中国梦新时代文学丛书系列中，它像一朵充满朝气与活力的奇葩，正逐步形成自己恒久的品牌和名牌效应，为提升全民文化自信、实现中华民族伟大复兴，增砖加瓦。

杨晓敏，河南省获嘉县人，生于1956年11月。河南省作家协会副主席、河南省小小说学会会长。曾在西藏高原服役14年。曾任《小小说选刊》《百花园》主编20余年，编刊千余期，著述七部，编纂图书近400卷。

目录

第一辑　城市灯火

在城市灯火里，上演了一个个悲欢离合的故事，折射出一颗颗灵魂的挣扎、纠结、痛苦、欢欣……这些故事，都有着生活最真实的底色。灯火璀璨，照亮了城市里所有的黑夜……

城市的老鼠

城市的老鼠，有着自己的小小世界，有着自己的快乐和伤悲，其实生活一直都充满着希望……

我在《涡河》编辑部谋到份工作，租了位于光明路上的一套两室一厅。房子于我很适宜，离编辑部近，租金便宜。

安燕初次来这套房子，转上逼仄的楼梯走到四楼，说，晕，咋像老鼠洞？我说，年租金四千。她笑笑，没说话。这证明她对这套房子认同了。认识三四年，彼此很多细节心有灵犀。

晚上，路灯闪烁的光芒映在窗户玻璃上闪闪烁烁。

她把脱下的衣服一件一件挂在衣架上，挂一件看一眼窗户，淡黄色的窗帘拉得严严实实，她还是不放心。

突然，一双黑眼睛瞪过来，她跳起来，拖鞋从脚上滑落。她光着白花花的脚丫，站在起了浮尘的水泥地板上，指着黑眼睛说，嘿，你看。说着把内衣捂在胸前。我看，哈，书柜角落露出一只小脑袋，长长的胡须，圆耳朵。一只小老鼠。我说，老鼠。

安燕忽然又指指衣柜上面，惊讶地说，还有呢？我点点头，说，等一会儿书桌上还会跳上一只呢。话刚落音，一只浅灰色的老鼠顺着椅子跳上书桌，蹲在一本书上，前爪捋着胡须。我说，不管它们。拉灭了灯。安燕不喜欢它们，说，它

们打扰到咱俩了。我笑笑说，也许，咱俩打扰到它们了。

《涡河》季刊是县文联主办的文学刊物，三四个人，共用一间大办公室。由于出版周期长，工作不算太忙，当然，工资也不高。不过，编辑部设在县委综合楼，进去出来的虚荣心很容易得到满足。

腊月二十三，安燕单位放假了，她陪我过完小年，回许昌老家。编辑部要等到二十六才放假。安燕走后，我与城市的老鼠安然共居，少却很多寂寞。城市的老鼠体型都很小，机灵、调皮，不喜欢乱咬东西。我的衣物从没被它们咬坏过，只是它们喜欢恶作剧，给衣物留下很多重气味的痕迹。它们时常坐在书上，望着我，黑眼珠不动，里面汪着水，莫名其妙地有趣。

编辑部终于放假了。我顺着涡河堤走了很久，踅到省道上，截了辆短途客车，回到夏村。

很多在外谋生的人回来了，很多小车停在院门口。阳光一团团砸在崭新的车上，迸溅起无数闪烁刺目的亮。不知道为什么，我感觉乡村的阳光有点眩晕。

大港正拉开车门，看见我，关上车门走过来，咧着厚嘴唇笑。他羊毛大衣的高领被粗脖子撑满，露出小拇指粗的金链子。大作家，怎么没开车回来？说着，戴着金戒指的手扔过来根大中华。我笑了，说，买不起车啊，哪像你是大老板，没事数钱也能累到抽筋。他嘿嘿笑，打着火机帮我点烟，问，嫂子还没信？我吐口烟，不语，摇摇头。走七八年了啊。他也摇头，说。

女人离开男人无非就是一个原因，不爱了。其实这个原因背后还有无数原因，像一条大河有许多支流。她离开我的很多原因我都清楚，因为她走后，我曾日日夜夜探索那些"大河的支流"。后来明白了一个道理：不同种类的鱼生活在不同种类的河里。我不怪她了，还开始为她祝福。

我觉得生养我几十年的夏村与我有了距离感，这种感觉虽然不分明，却是实实在在的。在儿时的玩伴间，找不到共同的字眼可以交流，目光也很难落在同一个地方。这不仅仅因为他们这些年与我在生活方式和金钱上的悬殊。也许，我们现在都真正长大了。

我觉得孤单。也许，每个人都觉得孤单。

我知道，出外谋生的他们在异乡虽然挣了些钱，可所受的辛酸，也是不堪言的。他们并没有疏远我，相反，都对我很亲热。也许他们觉得我在县委综合楼上班也是一种荣耀。

我觉得孤独。也许，每个人都觉得孤独。

大年初二，我回县城了。打开门，老鼠们四处蹦跳。

我想哭，终于没有流泪。

晚上，路灯闪烁的光芒映在窗户玻璃上闪闪烁烁。

门响了，我打开门，安燕扑进我怀里。

我问，燕子，你怎么回来了？

她把眼泪擦在我脖子里，说，有点想念城市的老鼠。

老卢的中秋节

留守老人和留守儿童所有的思念和牵绊，都凝聚在中秋节这个团圆的节日里……

老卢拿着手机，睡着了。手机慢慢滑出手，啪，掉在地上。老卢睁开眼睛。

今天中秋节，前几天老卢已陆续收到儿女们寄来的月饼。送快递的小伙子站在楼下喊："卢金明在家吗？拿着身份证来领你的东西。"老卢故意问："啥东西啊？"小伙子答："月饼。"老卢拿着身份证慢腾腾地下楼。

老卢知道快递员送来的是月饼。儿女们都已经打来电话，说中秋节不能回来陪老卢了，心里很难受，很不安，很遗憾，挑选的高档月饼已寄回，中秋节前一定能收到。老卢说，没事，都不用回来，我能吃能喝，天气好，还去涡河边溜达溜达呢。老卢理解儿女们。都那么远，来回要一天多，八月十五中秋节，不就一天吗？净在路上瞎折腾了。

每次快递员来送月饼，老卢都可以要求他把月饼送上楼。老卢不想，他喜欢慢慢下楼，慢慢接过快递员递过来的单子，慢慢签字，慢慢接过月饼，大声说："这些孩子，都寄来了月饼，整箱整件的，我一个人咋吃得完。"他说这些话时，眉头皱着，嘴角和眼里的笑意却扑啦啦往外飞。

老卢家在郊区，他一个人住，老伴几年前去世了。他从单位退下来已有好些年了，他没有细数"好些年"的具体日子，想来是很多，因为这些"好些年"把他几十年科员的时光给融化掉了。融化也许不太确切，用风化倒更贴切，风化后，烟消云散，了无痕迹。

儿女们都很孝顺，四季交替之际，都会寄来衣物，春节都会回来过，甚至，看老卢孤单，劝他找个伴。老卢高个子，背微微有些驼，微黄面皮，大眼睛，举止儒雅，又好整洁，有退休金，有房子，找个老伴不算难。他只是无此心思了。他固执地认定，世间不会再有哪个女人能像老伴那么懂他。几十年的相濡以沫，老伴在他心里早已成为光彩夺目的钻石，早已永恒在他生命的深处。

夜幕降下来。阳夏县城的天空，悬出一轮淡黄色的圆月。不远的一个小学，隐隐传来歌声。中秋节放假，孩子们大多回家与父母欢度中秋了，只有那些父母在外地打工的孩子留在学校。老卢心头叮当一响。他换上一件蓝方格衬衣，提着几箱月饼下了楼。

校长和两名老师在一个装扮着气球、彩带的教室里组织几十个留守学生演节目，桌上摆着些瓜子、水果和月饼。门卫领老卢走进来时，有个十来岁的女孩正站在讲台上表演节目。女孩很可爱，扎着乌黑的辫子，大眼睛，她拿着话筒唱："梦里看见妈妈的脸，我的思念向谁说……"唱着唱着泪水从女孩眼中滚落，台下很多孩子抽泣起来。

校长说："同学们，爸爸妈妈在外地打工受苦，是为了让你们生活得更好，同学们，咱们快快乐乐地过个中秋节好不好？"孩子们眼里闪着泪光，一起答："好！"校长把老卢请到讲台上，说："同学们，这是卢爷爷，他今天给大家带来了好吃的月饼，同学们谢谢卢爷爷。"孩子们鼓掌，一起说："谢谢卢爷爷。祝卢爷爷中秋节快乐！"老卢看着孩子们香甜地吃着他带来的月饼，心里很舒畅。孩子们大都表演了节目，老卢也破天荒地唱了段道情戏。

老卢回到家，已十点多了。他拿起忘在沙发上的手机，看见有几个未接来电，都是儿女们打来的。他坐在沙发上，给儿女们回电话。要是不回电话，儿女们会挂念担心的。

"爸，你刚才咋不接电话？"儿子问。

"我刚才出去了，忘了带手机。"

"爸，你还好吗，你一直不接电话，把我吓坏了。"女儿说。

"我很好，刚才出门忘带手机了。"

老卢给儿女回完电话，目光落在老伴的照片上。老伴微微笑着，温和地望着老卢。老卢笑着说："老太婆，中秋节快乐！"说完，眼泪扑簌簌落下来……

土豆花开

土豆开花了，开出了现实的无奈，而日子还要稳稳地过……

李民进了超市，左看右看，最后看到蔬菜区一堆土豆非常好看。圆滚滚的，淡黄色的表皮，散发着润泽的光芒，一股一股泥土的芬芳氤氲出来。

李民从这堆土豆里挑选出最好的两个。这两个土豆囊括了天下土豆的精华，分布均匀的斑点，像夜空里的星星，形状椭圆，线条干净流畅，柔和出梦般的光彩。他想起儿子喜欢吃的薯条，一袋，一桶，花花绿绿的，还挺贵。他当时问儿子，这是什么啊？红薯做的吧。儿子拍拍他的肩膀（上八年级的儿子长得比他还高，他可是有一米七八啊），老爸，这是土豆做的，营养丰富。他撇撇嘴，想反驳儿子几句，可是看着清秀的儿子，心头却涌起甜蜜的感觉。

北京郊外的冬夜寒冷着，身上从地铁里带来的热气快要散尽。李民并不感觉怎么样冷，他连羽绒服的拉链都没拉。反正马上还要挤公交车，车上还有暖气呢。他拎着两个俊美的土豆，终于回到宿舍。

他要学做饭呢。李民很久没有做过饭了，很久，想想大概有十五年的样子。从儿子一岁后，就不再做饭了。李民的老婆黄莉，长得好，憨厚。也许憨厚用在女人身上是不妥帖的，可李民感觉憨厚用在黄莉身上，十分恰当。黄莉是贴肝贴肺跟着李民过日子的。李民就算穷到拉锅要饭，黄莉也不会离开他。黄莉除了这点还有洗衣做饭，其他也就没什么可以再出彩的了。养家糊口的重担落在李民一人肩头。

李民只身来到北京，在一家文化公司的库房干活。北京生活成本高，租房、水电、交通、吃饭等都像一个一个张开的小嘴，刺啦刺啦吞食着钱。李民下定决心，一定要做饭，这样能省下一笔钱。而且，自己做的家常饭养胃，小四十的李民，有胃病。李民的头发白的不算多，眼角爬满岁月层层叠叠的纹络，背微驼了，嘴角有着倔强或者说坚强的笑。因为这种笑是经常的，嘴角累积形成了两道深纹。

李民回到租住屋，想削个土豆，炒盘菜。做饭的家伙什是上个租房的人留下的，虽然破，还能用。可是一天的入库出库，搬进搬出，浑身酸疼，拿手机一划拉，还是点了份外卖。吃着，李民想明天一定炒土豆或者就煮土豆吃。想着，他随手把土豆放进外卖塑料盒盖里。

正当李民抱着一箱书装车时，来了个矮胖的男人。他亮脑门，大眼，问，你是坷垃老师吗？李民一愣，点点头。坷垃是李民的笔名，哦，忘了说了，李民喜欢写小说，经常用坷垃发表小说，微信名字也是坷垃。矮胖男人是文化公司项目部经理，是李民的微信好友。李民前几天在库房干活，随手拍了张照片发朋友圈了。

李民进了文化公司项目部，有办公桌，有饭补，不过也更忙了。李民很珍惜这份来之不易的工作，努力学习各种业务知识。一天下来不但浑身酸疼还头晕眼花，一点不比库工轻松。有一天早上，他看见桌上土豆淡黄色表皮上星星般美好的斑点变得青翠，钻出芽儿来了。发芽的土豆是那么养眼，充满了生机。

李民负责的出版项目获得了成功，在公司暂时算站稳了脚跟。是的，暂时。在北京，你不前进就等于后退。

李民盘算着把黄莉接来北京，又不放心儿子。儿子马上要考高中了，那可是关键时候。再等等吧。桌子上的土豆长得有一尺多高了，叶片嫩绿，顶枝的侧边有了花骨朵儿。

黄莉给李民打电话，李民，我看你还是回来吧，咱妈不知什么东西过敏了，我回家陪她老人家住了两天院，儿子趁空去了网吧。李民心里就咯噔咯噔几下，担心妈妈的身体，担心儿子的学习。又不甘心就这么离开北京回去，不这么回去还想怎么样呢？毕竟，自己不是北京人，异乡异客。可是虽然时间不长，他却已经习惯了北京屋里、地铁里、公交车里与外边温差十来度，习惯了路上匆匆擦肩而过的五湖四海人，习惯了干爽清洁的冬风，习惯了明亮的带着鸽哨的阳光……也许，北京对于所有中国人，都有着莫名其妙的归属感。

土豆开花了，香气弥漫，撞击得四壁乒乓作响。李民订了火车票，俯身闻闻土豆花的香味，眼泪落下来。

老 姜

花匠老姜敬重职业，更重要的是还敬畏爱情……

老姜是县委大院的花匠。

我在县委大院东北角的《夏城月刊》编辑部帮忙，老姜住在一楼拐角的一间房里。有次我电动车后胎缺气了，就去敲老姜的门。老姜开门，手里端着半碗番茄鸡蛋面，眨巴着眼问："啥事？"屋里小方桌上放着盘切开的咸鸭蛋，一碟油炸花生，几根卤鸭脖，两罐啤酒。

"有气筒吗？"我问。他冲门后点点头。门后是个小货架，上面摆着扳手、钳子等工具，还有几圈盘蛇样的铁条。一杆蓝色的气筒靠着货架。

老姜五十多岁，驼背，瘦脸，粗眉毛，头发杂乱，胡子拉碴，灰色的工作服上染些草汁，白衬衣领子有着黑圈。这些说明这个男人没有女人打理。

花圃主要布落在县委综合楼两侧。编辑部所在的独立两层小楼前也有一圈儿花圃。我喜欢花草，但不知道它们的名字和脾气。

老姜时常在花草间忙碌，有时抡着大剪刀修剪椭圆形硬叶的树，有时推着圆盘剪草机隆隆地快步走过草坪，有时拿着小铲子在一些花草的根部松松土什么的，有时又会戴着蓝色宽檐帽子背着喷药器给几棵小手掌样的树喷药，有时就坐在花圃边沿，吸着烟，眯缝着眼看自动喷水枪把水花打散，晶莹着落在干旱的地面。一院子花草树木在老姜的照顾下，朝气蓬勃欣欣向荣。

有次我听见管后勤的马主任说："老姜，咱们是县委，个人形象要注意的，你要经常剪剪头发，换洗换洗衣裳。"老姜咧着嘴嘿嘿笑，露出烟熏的黄牙，指着满院子绿油油，指着满院子娇艳艳，说："马主任，俺的活儿咋样？"马主任的眼睛从他身上移开，落在绿油油娇艳艳上，说："活儿好啊。"

老姜也有整洁光彩的时候，一头清爽的短发，胡子刮了，灰色工作服洗得干干净净，染上的几点草汁浅了许多，显出粉嫩，白衬衣领子雪一样明亮，看上去年轻好几岁呢。有个女人站在老姜门口剥葱。原来他老婆来了，有女人打理的男人就是不一样，像有花匠打理的花圃。老姜的老婆个子不高，圆脸，大眼睛。她头发有些花白，梳理整齐了绾在脑后，用个蓝色发亮的夹子夹住，一身蓝衣服一尘不染，透着股爽利。

十来天后，女人走了，老姜保持了两天整洁，然后恢复原样。用我的话说："打回原形了。"老姜笑，说："一个男人，没女人盯着，那么多讲究干啥。"

我说过，我不懂花草，但喜欢。办公桌上经常放些盆景。那盆文竹枯黄了，我随手丢弃在门外的垃圾箱前。过了些天，老姜来编辑部找我，手里捧着盆绿雾般美好的文竹。我忙道谢，问："品相这么好，哪里买的？"老姜声音硬硬的，说："你扔的那盆。不会侍弄，就别养。"我讪讪笑，说："要不我的花草交给你打理吧？"没想到老姜满口答应。从此，我办公桌上空气清新，绿色温馨。我们也成了朋友。

过完年，老姜请了一个多月的假。回来后，人瘦了许多，眼窝也塌陷了。从此老姜的胡子天天刮，五六天就去理发店剪一头清爽的短发，工作服洗得干干净净，白衬衣领子雪一样明亮。

老姜酒后告诉我："再不敢邋遢啊，小芬天天盯着我呢……"女人在墙上的照片里安安静静地笑着……

小 夏

在匆匆忙忙的日子里每一步要脚踏实地,但不能丢失了自己……

小夏——

小夏——

小夏——

小夏每天一到单位,喊他的声音像四月的风,一吹,万草萌发,百花盛开。万草和百花比喻的是事情,比喻的是工作。小夏随身带着本子和笔,因为他实在用脑袋记不住大家给他安排的像丰收葡萄般一嘟噜一嘟噜挨挨挤挤的活儿。

小夏个子不高,身材匀称,短发,大眼睛,弯眉毛,嘴巴时常咧着,笑模笑样,透着股机灵劲。他勤快,听话,或者叫驯服,单位里谁都可以指挥他干活儿,谁都可以吩咐他做事儿。

赶紧去 505 送材料——

简报写好报送到——

把文件扫描好,发到——

别忘了给我喂喂金鱼,浇浇花——

马桶堵了,赶紧——

晚上 11 点有个会,你带着相机参加——

……

小夏随时听候吩咐，勾着头，捏笔的手指灵巧地跳跃着，在本上记下要做的事情，几天就能用掉一个笔记本。

过了一年多，单位新进来两个人。新人很谦虚，处处向老人学习，处处向老人请教。这老人里，当然也包括小夏。但是没过仨月，也都能指挥小夏做事情了。

小夏时刻记着母亲的话，娃，咱能进公家单位，那是祖上烧了高香，可要低下头，好好干。小夏高中毕业，四处打工漂泊了几年，喜欢写点诗歌，有些见诸报端。单位是搞文化的，小夏应聘进来做了一名合同工。单位呢，挨着县委，开会啊报表啊，在县委大院出出进进，在村人眼里，小夏俨然是在县委上班。一直困扰小夏母亲的大事也像乌云遇大风，转眼无踪影。小夏结婚了，新娘是邻村的，父母在镇中学教书，彩礼不计较，陪送了全套家电还有高档家具。

小夏老婆时常抱怨他，你脚趾头长牙了吗，鞋咋恁费啊。小夏咧嘴笑笑，不说话，他不知道该咋说。小夏很清楚，他只能多磨破几双鞋来站稳脚。同事们都有实力，有背景。比如小黄，本科毕业，姨夫是县领导，比如晓晓，大专毕业，表舅与单位老一称兄道弟，比如张关，本科毕业，是富二代……只有他，小夏，刚记事父亲就没了，没进过大学的门。虽然同事们有实力有背景，也不能当万能油用，比如不久前被单位开除的赵六，他二叔就是某局的局长。实力啊背景啊就算不能当万能油用，总归有油，小夏连"一能油"也没有半滴啊。

单位老一说，小夏，你工作勤勤恳恳，任劳任怨，这次单位报五一劳动奖人选，就报你了。小夏一听，慌忙拒绝，谢谢领导好意，我做的都是分内的事。老一说，小夏，你还很低调，好啊，好。小夏被评为县五一劳模。他捧着奖章，浑身大汗。

这汗水激励他更加勤奋工作，这汗水警醒他更加低调做人。他怕因为奖章，影响与同事间的和谐，记事情的笔记本用得就更快了……

单位新成立了个二级机构，老一找小夏谈话，想把二级机构交给小夏负责。小夏的头摇得像拨浪鼓。老一说，年轻人要敢于挑担子。小夏的脑袋又摇了一阵拨浪鼓。文件下达了，二级机构还是交给小夏负责。

小夏一向服从惯了，听从命令听从指示一马当先奋勇驰骋惯了，一下子要做决定，一下子要发号施令，一下子哑巴了。没过几天，眼圈黑了，脸黄了，人瘦了。半个月后的一天，小夏眼前一黑，栽倒在办公桌前。

单位老一去医院看小夏，小夏眼圈红了，说，领导，能不能求您件事？老一

说，什么事？小夏眼泪流出来，别让我负责机构了，我整宿睡不着觉……老一愣了，叹口气，摇摇头，好吧。

小夏很快出院了。老一安排别人负责机构了。负责人说，我保证干出成绩，但不能把小夏调走。小夏站在旁边，左手拿着本子，笔尖落在本子上，等着安排活儿呢。

老一拍拍小夏的肩膀，好好干。小夏忙点头，一定好好干，谢谢领导鼓励。老一又拍拍小夏的肩膀，叹口气，转身走了。

在雨中

生活的疲累其实是内心的焦虑和纠结，温情的陪伴和理解，以及对明天的憧憬，某种意义上更能诠释着活着的真谛……

中建带上门，下了楼，手上一阵微凉，脸和脖子也一阵微凉。大院静悄悄的，门卫老霍躲在门房里看报纸。灯光里，细密的雨织成了无边际的网。自行车在车棚角落寂寞着。中建没去取车，他看见女贞树的光影里飞过一只鸟。

大门口灰色的自动门已在夜幕降临时锁上了，左边一扇小门虚掩着。中建走出大门，四下望。小城的夜，路灯光、汽车灯光、霓虹灯光，互相纠结，闪烁着，雨又增添了难以言说的，有些朦胧无措的：虚幻感！

五年前，中建来到小城。那天也下着雨，他到单位报到。他鞋底粘的黏土在水泥台阶上刮半天也没弄干净。中建是吴集乡小学的语文老师，喜欢写点文章。有篇小说在一家有影响力的杂志发表后，在本地引起不大不小的反响。有反响就有动静，有动静就有声音，县《康城月刊》主编听见了声音。

中建腰里拴着半截化肥袋子掰玉米，手机响了。是刘中建吗？一个尖嗓子问。是我。中建答着用手背抹额头的汗。你的小说写得很好啊，有兴趣来《康城月刊》当编辑吗？

一纸借调函，中建从小学教师变成了县委宣传部主办的《康城月刊》编辑。编辑部有四个（县委综合办公楼五楼西南角一溜挨着的四间房），中建到编辑部报到后，被安排在第四编辑部，负责文学稿编辑。一个银灰色格子间，一台电脑，

一盆绿萝，中建开始了新的生活。过了几个月，中建搬进了第三编辑部，负责文学稿和新闻稿的编审。再过几个月，他搬进第二编辑部，负责杂志的统筹组稿，并学会摄影，县里有大型活动，就背着相机去采访。又过了几个月，中建搬进第一编辑部，不但是执行副主编还负责写材料报表之类。中建每晚都要加班。比如今夜，加班到夜里十点半，空着肚子，走在雨中。

中建很累，而且精神紧张。借调，终不是长久之计，他一直想从学校调过来。但没有机会。虽然《康城月刊》在本县越来越有影响力，编制从中建刚来的四个增加到了六个，但转眼就有人调进来了。对中建来说，编辑部也许永远不会缺编。

中建在很多人眼里似乎是在县委上班了。村里有红白喜事，中建被安排在内屋的贵宾席。他推辞，被认为是低调。他没有飘然，知道自己是借调，不定什么时候一个文件，就要回学校，离开讲台五年了，一千二百多天啊，对教学已经生疏。他常夜半醒来，睁着眼睛，好像思考着什么，好像什么都没有思考。

初秋季节的雨，凉凉的，中建的头发湿了，脸湿了，领子湿了，没走到租住屋，浑身已经湿透。他把钱和手机攥在手里，钱湿了容易烂，手机湿了容易坏。他点了几次手机，屏幕没有亮起来，不知道什么时候没电了。他肚子咕咕叫，却不想吃东西。下午，他听县委办的朋友说，县里很快要出文件，所有借调的教师都要回学校。中建听后，反应很淡，似乎这事与他无关。他早已在无数个夜里预料的这件事情终于要发生了，他竟然有点迫不及待，有点激动，有点想哭。已经两个多月没过节假日了，已经两个多月加班到深夜了。加班，有时候是领导安排的，有时候是工作逼迫的，有时候是中建自己故意的。

拐过建设路那家蛋糕店，小莉迎上来。伞，遮住中建头上的雨。你怎么来了？中建问。这两天农活不忙，来看看你。你瘦了。你怎么不开手机？小莉说。中建把手机递给小莉，没电了。把伞收了吧，有时候淋点雨挺好。小莉迟疑了一下，还是把伞收了。

两人慢慢走，小莉的肩膀挨擦着中建的肩膀，传达着温暖的气息。小莉脸色有些苍白，高兴地说着话，说儿子的学习，说地里的庄稼，说村里的趣事，说中建在县委好好熬着，凭本事一定会出人头地……

雨珠挂在小莉的长头发发梢上，在灯光里闪烁。

中建低声说，我马上要回学校了。小莉愣了下，笑说，好啊，当老师更有意义……说着挎住中建的臂弯。中建的眼窝一酸，泪水滚出来，他不去管泪，在雨中，看不出来的……

工地花香

有着内心的明朗和一颗上进的心，不论在任何地方都能绽放花朵，弥漫芬芳……

乔哥爱笑，笑容像上海四月的阳光，明媚灿烂。工头老韩斜叼着烟卷，说，乔哥，你好像整天都是开心事啊。乔哥不语，咧嘴笑，露出一颗洁白的虎牙。老韩扭头对其他人说，你们不要一个个奄头哭丧脸的，学学乔哥，看着就有股麻利精干的劲。

乔哥在上海商务区的一个工地打工，他干活不吝惜气力，为人踏实憨厚，很多工友都喜欢他。这天早上，乔哥推着灰浆车，看见路边有棵翠绿的植物。他俯身，认出是一棵油菜。乔哥是豫东平原太康人，家乡遍种油菜。油菜花开时节，蓝天白云下，满目艳黄缤纷，花香在清风里飘溢。乔哥似乎闻到了花香，鼻子抽了抽。

乔哥忙把灰浆送到瓦工二憨身旁，说，二憨哥，我离开一会儿，老韩问我就说我解手去了。二憨点点头，说，那你告诉我你干啥去。乔哥笑说，我回来告诉你。乔哥说完，一溜烟儿跑了。

工地上到处都是垃圾，油菜生长在砂灰瓦砾中，叶子覆满了厚厚的灰尘，在土黄色里愈加显得翠绿。乔哥用钢筋头小心地挖松油菜周围的泥土，然后把油菜移栽进一个拎灰浆用的小皮桶里。乔哥捧着油菜，跑回工棚，用几块断砖头在工棚前垒了个小台子，把皮桶放在上面。阳光洒在这棵赢弱的油菜上。乔哥看着油菜，欢喜地笑，然后跑去干活。二憨又问他干啥去了，他笑说，下工回工棚就知道了。

　　下工后，二憨和乔哥一起回工棚，远远看见那棵油菜，问，乔哥，你刚才弄这去了？乔哥兴奋地点点头，说，过几天，它就会开很香的花，到时候蜜蜂和蝴蝶——晕！二憨打断他的话，你咋比我还憨，我们是在工地打工呢，还有这份闲心。再说，你看这棵油菜，半死不活的，怎么能开出花？乔哥嘿嘿笑，说，它一定会开花。没一会儿，下工的人围了过来。老奎吸溜吸溜鼻子说，沏壶茶，养养花，有这份闲情逸致，不该来工地干活。老方跺了跺脚上的灰浆，灰浆已经干了，像长在了鞋帮上，他说，乔哥弄这样蔫了吧唧一棵油菜，还向往着开花，闲扯淡。乔哥嘿嘿笑，并不接大家的话，用个矿泉水瓶子给油菜浇水。

　　伙房飘出萝卜炖肉的香味，人们纷纷涌向伙房。做饭的老安喊着，排队排队，弄啥哩。很快，大家端着菜拿着馍找个钢筋堆圆木头什么的，或蹲或坐，开始吃饭。看乔哥过来，人们纷纷指着身边的空档打招呼。人们很快忘记了乔哥的油菜。乔哥在工地做些异样的事情，大家并不奇怪。就像大家开了工钱买酒醉一场，乔哥却滴酒不沾；就像大家嘴角叼着烟卷围在床铺上斗地主，乔哥拿着本书坐在工棚一角读；就像大家忙起来能三天不洗脸八天不刷牙，乔哥天天洗脸刮胡子早晚刷牙。老奎说，乔哥这是叫花子搽粉——穷讲究。

　　过了半个月，工棚前边的那棵油菜顶了个花苞。乔哥欢喜，大家也都欢喜。老韩说，四月了，油菜花要开了。没几天，油菜花开放了，金黄的花瓣，娇美的花蕊，香气幽幽。上海正午阳光明媚，油菜花旁有只粉白的蝴蝶翩翩，有只金黄的蜜蜂嗡嗡。

　　晚上，老韩给大家开会，说这几天要加加班，赶赶工期。有人嘀咕着不想加。老韩吐掉烟卷，用脚狠劲拧拧，说，大了讲上海商务区的开发建设是国家的大事，小了讲咱们周口太康人干活从来不含糊。大家不说话了。老韩布置了任务，大家又开始嘀咕了。老韩说，只要敢干敢拼，没有完不成的工程。说到这里，老韩用手指指乔哥，说，乔哥的油菜花大家不都说活不了吗？现在呢，开花了，我今天还去闻了闻，真香。大家把目光投向乔哥。乔哥挠着头嘿嘿笑。二憨说，是啊，很香，我也闻了。老奎说，我还看见有蝴蝶呢。老方接口，还有蜜蜂。大家说笑着走进了工地。

　　乔哥是我堂弟，高中毕业南下打工，现在在上海商务区开了家鲜花店，娶了个南方女孩。一家人过年开车回来，乔哥一下车嘿嘿笑着忙给村里人敬烟。

方婶子

现在很多夫妻都是外出打工，把孩子留在老家交给老人照看，这是一种无奈，而我们需要做的是把更多关注的目光投向他们……

方婶子是独塘乡人，在县城与我是对门邻居。她照顾在实小上学的四个孙子一个孙女，最大的孙子上小学六年级，最小的孙女上小学一年级。几个小孩子活泼，时常把方婶子租住的两室一厅闹成花果山。

方婶子家闹得厉害时，楼下住户老黄就要站在院里喊："我说——"下半句半栋楼的人都能猜出来，"消停会儿中不，俺的爷啊。"老黄在一家温泉酒店干夜保。方婶子忙呵斥孩子们，又把瘦小的身子贴在阳台安全窗格条上说："老黄，对不住哇，孩子正是讨狗嫌的年纪。"老黄打着哈哈回屋。这时，我总忍不住笑。方婶子说话很逗，"讨狗嫌"用在此刻语境里，像骂老黄。当然，方婶子没有半点骂人的故意，她连自己的名字也写不全，对文字没有玩套子的本领，又是个热心善良的人。我刚搬过来时，与她不熟，有天《太康月刊》定稿，我加班校审稿子，天上隆隆一阵响，像过战车。天似乎被吓了一跳，变了颜色。嗯，起阵狂风；哗，暴雨如注。我兴叹着摇头，楼顶天台，晾晒着我的一堆衣裳、刷好的鞋子、薄被单子，这下统统要淋湿了。等雨停了回去，刚进楼道，方婶子迎上来说："你的衣物我都收在俺屋了。"

方婶子有两个儿子，都带着老婆在外地打工。大儿子两个男孩，二儿子两个男孩一个女孩。他们把孩子留守家里，让方婶子和方叔带。听说县城学校教学质量好，托人把孩子全转到县实小，租了房子。方婶子一个人照管孩子们，方叔在家种地，今年方叔种了五亩西瓜。每到星期天，方婶子就领着孩子们回家，帮着方叔干农活。我说："方婶子，你和方叔都快六十的人了，少种点地吧。"方婶子不以为然，答："六十怎么了？俺村里六十都是壮劳力呢。"方婶子语速快，睁大着眼睛，眼角的皱纹往上拉，尖鼻子淡黄色，嘴角漾着笑。

方婶子不但把自己收拾得利利索索，几个孩子也打扮得干干净净，屋里也很爽利。窗台上有个红色酒瓶，造型像个大肚坛子，里面插着几把熟燕麦，枯黄色，四下疏散，像群待飞的微型家燕。有时插着几把不知名的野花，插一棵芹菜的时候也有。

孩子闹腾得厉害时，方婶子就会说："闹吧，闹吧，谁不听话，俺打电话告诉谁的爹妈，让他们过年不回来。"几个年龄小的被震唬住，上六年级的大孙子撇撇嘴，根本不信，倒也不多说什么，拿着铅笔画素描去了。照看孩子是很烦琐的事情，责任也大，头疼脑热的时候常有，从方婶子眉眼里看出沉重的疲累。有时几个孩子打闹得忘形，连"告诉爹妈"也不能震唬住，方婶子就涨红了瘦脸，嘴巴紧闭，跺跺脚，拿起针线自顾自串珠子。她经常去北郊一家装饰店，领来些串珠子的手工活，一天能挣二三十块钱。没串上几串，老黄就会站院里大喊。方婶子站在阳台上赔完不是，就吓唬孩子们："老黄一会儿把你们抓起来，关小黑屋。"几个孩子安静了。老黄有时候会穿着保安服回来，大檐帽子硬刮刮的。方婶子的大孙子不屑地撇撇嘴，兀自画画儿，他不喜欢学习，独钟画画儿。

方婶子家修个插板，换个开关、灯泡的，常喊我帮忙，每月的水电费，也必须要我重算确认，才放心把钱交房东。方叔来，带些家里种的西瓜、番茄、花生什么的，方婶子总不忘送我点。

开春，方婶子说："辉，过俩月零八天房租到期，俺就不租了，儿子儿媳说外面钱也难抓挠，想在家里找事做。孩子们呢，越来越大，跟着俺个睁眼瞎，管教不好，耽误孩子学习。"我心里替方婶子高兴。我总感觉让劳累大半生的老人再隔代养下一辈，是不妥当的，不但对长期得不到父母爱的孩子不好，老人也应该有他们自己的生活。不知道再过几年，我结婚生子后，还会不会这样想。

方婶子房租到期了，她并没有搬走。方婶子说："儿子儿媳掂算来掂算去，还是出去打工多抓挠钱。过几年四个男孩大了，那可是四栋楼四辆车四大捆钱啊。不敢耽误时间啊，眨眨眼，孩子们就能长大。"

工地中秋

乡愁是一种甜蜜的忧伤,每个离家的人都会思念家乡,思念亲人,而每逢佳节会倍思亲……

我推着灰浆车经过老刘身边,他擦把汗,从土坑里直起身子,说:"小焦,今天是八月十五,别忘了往家里打电话。"我点点头,躬腰用力推着灰浆车经过三个错对的方木堆,顺着硬木板搭成的斜坡,推到瓦工老马身旁。老马咬着烟卷帮我把灰浆掀到一张硬木板上。

完成这些,就可以轻松点了,只需用铁锨把灰浆装进小皮桶,拎到老马手旁,就能坐在一堆砖头上与老马闲聊。我说:"老马,刚才老刘提醒我往家里打电话,今天中秋节。"老马吐掉早已熄灭还咬在唇边的烟头,吐口唾沫,说:"这个老刘,还怪恋家呢,是应该打个电话。"老马像兄长一样照顾我,时常提醒我一些工地上的注意事项,特别是安全方面的防范。他是周口淮阳的,离我老家太康几十公里,在异乡这是挨门邻居的距离,亲近是自然的。

晚饭伙上改善了伙食,红萝卜炖鸡肉。伙房的安师傅在围裙上擦着湿漉漉的手说:"今天八月十五中秋节,连肉带汤管够。"说完指挥帮厨的两个人打饭。工友们嘻嘻哈哈排着队,手里端着各种式样的饭缸。老刘大声说:"八月十五应该吃月饼,最好老板再给报销十块钱电话费。"人们互相打趣,欢乐的气氛笼罩了工地。安师傅哈哈笑着说:"月饼不敢管够啊,怕大家当烧饼吃,那得多少啊。"安师傅是工头的舅舅。老刘说:"那是,那是,安师傅给老板说说,报销十块钱电话费呗。"老刘是平顶山的,性格随和,喜欢说古,在工棚说起《三国演义》,他一气说俩小时不带喝水喘气的。安师傅说:"老刘,今天中秋节,要不请嫦娥下来陪你过?"老刘说:"那敢情好。"说完先笑起来。安师傅说:"美得你!"人们哈哈大笑。

吃完饭,工友们三三五五地结伴出去,看看夜景,买点零食。今天买月饼的多。老马、老刘和我换上干净的衣服结伴出去。进了马路对面的小超市,老刘买了瓶酒和一些卤肉,老马买了几袋花生米、几块月饼,我买了些炒莲花豆和火腿肠,一起走到不远处的一座桥上。此刻,月亮已白白亮亮地悬挂在深蓝色的夜穹,给许多灯光照不到的地方镀一层银白色的光晕。秋风里能听见很多夜虫的吟唱。

我们寻个干净的地方,席地而坐。我酒精过敏,吃了点花生米和莲花豆,就靠着栏杆看他俩喝酒。老刘说:"喝完酒,给家里打电话。"老马问:"月饼什么时候吃?""现在就可以。"老刘答着把月饼掰开。老马一边往塑料杯里倒酒一边说:"买了好几块月饼呢,不要掰开了,干脆一人一块,直接啃。"老刘把半块月饼递给我,转头说:"老马,你真拿月饼当烧饼了。月饼就是要一家人分食的。这叫共享团圆。"老马干了酒说:"还有这么一说啊!"大家哈哈笑起来。

老马拿着手机跑到桥旁边的小树林里打电话,我们能听见他说话但听不清内容,老刘说:"这个老马,说啥见不得人的话呢。"等老马回来,老刘也跑到树林里打电话。老马说:"这个老刘,说啥见不得人的话呢。"我觉得很有趣。

老马把他的手机递给我,说:"小焦,你没有手机,用我的打。"我摇摇头。"咋了?"他问。我低声说:"我妈没有手机,邻居的手机我不知道号码,村头小卖部的电话倒是知道号,不过要让小卖部的槐花婶去我家喊我妈接听。"老马说:"就让她喊。"

母亲接电话,说:"辉,在外面多注意安全,今天中秋节,记得吃月饼……"母亲说着哭了。听着千里外母亲的声音,我早已泪流满面。我尽力让语调平静,说:"妈,你也要多注意身体,不行少种点地。我能养你……"

我们默默地回工地,都有些伤感。月亮明晃晃地照着我们。老马个子高,喝点酒犯晕,走路晃;老刘胖,身材不高;中间走着十八岁的我。老刘打破沉闷,说:"这月亮,亮堂堂的像镜子。"老马叹口气,说:"要真是镜子就好了。"老刘问:"为啥?"老马说:"要真是镜子,我一定能从里面看见家里人。"老马说完,老刘没有再接话。月光里秋虫的叫声一阵高过一阵,我鼻子发酸,想哭……

戒　烟

很多事情都如同戒烟，戒的时候难受，时间久了，再吸，竟然成了一种痛苦……其实，在亲情面前，所有的所有都可以"戒"掉……

建东刚把烟点上，菊花一探手，香烟离别了建东的嘴。待他转头，香烟已支离破碎，一股青烟袅袅地奏响生命的绝唱。

建东瞪圆了眼，鼻子因生气皱起几道横纹。菊花望着建东，眼睛里水光潋滟，一副无辜受惊吓受委屈的表情。建东一下子没了气，生出点滴心疼，心疼越聚越多，骤然决堤，淹没整个世界。这时候，建东只剩下一句话：亲爱的，我错了。

结婚没多久，菊花强制建东戒烟。建东十四岁去工地打工时学会的抽烟，十几年的烟瘾，怎么能像弹掉衣服上的饭粒般轻松戒掉呢？建东说，不吸烟怎么是男人呢？建东说，好多大人物都吸烟呢，样子可帅了。建东说，见人递根烟，就亲近了。建东说，菊花听。建东说完，菊花听完，拉倒，还是要戒烟。建东稀罕菊花，舍不得伤她，只好表面屈服，暗中偷吸。但是只要被菊花逮住，最起码要单睡半个月，壮年后生，这种惩罚相当严重。

建东搞不明白菊花为什么非要让他戒烟，后来知道未见过面的岳父是害肺病死的，生前一天两包烟。建东心头生起温暖，温暖不久被烟瘾击散。建东想，我的烟瘾并不大，一天半包，虽然吸烟对肺不好，但也不能说吸几根烟肯定就得肺病死了。建东不耍牌，不喝酒，就喜欢心里没事或心里有事吸几根烟。菊花把他

这点享受剥夺了，真不美气。

建东家的日子过得不好不坏，他在县城一家饭店打工，菊花在一家超市打工。建东每个月要头疼几天，那几天是他给母亲三百块钱生活费的日子。父亲去世后，母亲独自生活，没有钱路。说起来他母亲是一家园艺场的正式工，退休后却一直拿不到养老金。

建东的工资是死数，一千多块里出来几百块钱，很难瞒住菊花。按说给母亲生活费是天经地义的，事情就怕不均。建东有个姐姐，日子难，欠着外债；弟弟常年在外打工，过年也难得回家，给母亲生活费的事，弟弟想起就给点，想不起就算。建东怕菊花拿怪，一直瞒着菊花每月给母亲钱。

纸终究包不住火。菊花寒了脸把银行卡摔在建东面前，问，钱弄哪儿去了？建东有点烦，烟不让抽心里一直不顺气，想发火，看着菊花的大眼睛，心一软，叹口气，一五一十地说了。说完，勾头等菊花埋怨，手指在裤兜里一个劲地搓，想抽烟。等了半天，没动静，又不敢抬头看菊花那种无辜又委屈的表情。不知过了多久，厨房响起了做饭声，他很奇怪，偷偷溜到厨房门口。菊花正做饭，他不知道该不该进去。

进来洗菜！菊花头也没扭，喊。建东一愣，忙欢喜地跑进去。菊花把择好的空心菜丢给建东，说，洗干净。建东拧开水管洗空心菜，觉得空心菜很翠绿很养眼。菊花说，给咱妈钱，那是应该的，不过，从这月开始，我亲手给，这好，我得落。建东一个劲点头。到了月底，俩人一块儿回了村。吃饭时，菊花掏出五百块钱说，妈，这是俺俩孝敬你的钱。建东的母亲一看多了两百，没敢接，拿眼瞅建东。建东拿眼看菊花，又看钱，有点懵。菊花把钱塞到老人手中，说，妈，不够花你告诉我，我和建东没有大材料，但养得起你。老人接过钱，撩起衣襟抹眼睛。建东看菊花，越看越好看。回城的路上，菊花说，建东，你的烟钱我给咱妈了，你不要再偷着吸烟了，必须戒烟。建东心一硬，说，菊花，我答应你，戒烟。

一晃五六年就这么过去了，建东和菊花的儿子已经上了幼儿园，建东没有再抽过一根烟。给母亲的生活费由每月五百涨到了八百，菊花和建东的工资也涨了不少。

这天，母亲来县城，买了一大包东西，脸笑成了花儿，见到孙子，一出手给了五千块钱，说让孙子买花衣裳。建东眼珠子差点瞪出来，问，妈，你哪儿来的钱？

　　老人呵呵笑了，说，我有养老金了，一月一千八，以后还会涨。原来，建东母亲工作过的园艺场，上个月改制成功，这月开始由国家财政发退休工人养老金，并补上了以前拖欠的养老金。

　　建东下班路过超市，买了包高档烟，心想，不再给母亲生活费了，那自己的烟钱也就有了。他站在路边点了根烟，想好好享受下，猛吸了一大口，满喉辛辣呛得咳嗽，眼泪也下来了。建东用力把烟摔进垃圾桶，苦着脸用牙使劲刮发苦发涩的舌头……

卖烧饼的小夫妻

　　大壮的善良和爱心赢得了爱情，心怀梦想的小夫妻，靠着勤劳一定会打拼出一片天地……

　　小区对面，有个烧饼店。开店的是对小夫妻，妻子高个，俊俏；丈夫矮胖，憨厚。夫妻俩加一块儿不会超过五十岁，一手烧饼打得地道。我早上喜欢吃热烧饼夹咸菜就豆浆；中午吃热烧饼夹牛肉或者咸鸭蛋，就碗小米粥；晚上热烧饼泡排骨汤或随便什么汤。于是，与卖烧饼的小夫妻熟识起来。

　　烧饼店很小，夹在两个饭店间，面积不会超过十平方米。出进的门应该开在后面，对着顾客的是个半米左右的方窗。从窗口能看见夫妻俩忙碌。丈夫揪一团面放案板上，用力揉透了，伸出胖嘟嘟的右手掌一压，面团成了圆饼。左手掂着面饼一角，右手用擀面杖旋着擀出一个"圆月亮"，啪啪，手上沾满油用力一拍一抹，伸勺子入瓷盆，舀满勺白芝麻，手腕一抖，芝麻均匀地撒在"圆月亮"上。靠炉子站着的妻子，伸手铲起"圆月亮"，啪，贴近炉子，没过几分钟，诱人的香味飘溢出来。两个人配合默契，动作行云流水，表情安静满足，眼睛里是幸福甜蜜。妻子名叫槐花，喜欢说话，说着说着哈哈笑几声；丈夫叫大壮，不大言语，嘴角放着微笑默默干活。

　　等烧饼出炉的时间，我常站在方窗前与他们聊天。槐花告诉我，他们是河南周口人，都是初中毕业。结婚没几天，俩人跟着槐花的二舅学打烧饼。"我们才出师两个月呢，大哥多提意见啊。"槐花笑着说。我说："烧饼烤得焦香，盐味

25

拿捏也很到位。"槐花听我说完，扬拳在大壮肩头打了一下，大眼睛闪着快乐的光芒，说："大壮，看，大哥表扬咱们呢。"大壮嘿嘿地笑，手下揉面团的力度重了些。

听槐花说，他们是媒人介绍认识的，相亲时，槐花没瞧上大壮。按礼节相完亲女方要送男方出村，姻缘不成不能短理，槐花送大壮出村。大壮走不远跳进了沟里，槐花吓了一跳。过了一会儿，大壮抱着只小狗爬上来。小狗的叫声弱得像蚊子哼哼。这只小狗被遗弃两天了，槐花早上路过时站在沟沿看了几眼，黑色小狗蜷缩在沟底哼哼着，看样子马上要死了。

媒人问槐花，感觉大壮咋样？槐花不说中也不说不中，事情就搁着了。过了一个多月，槐花骑着电动车路过大壮家，看见条黑狗油光发亮，绕着大壮欢实地跳。槐花笑着掉头走了。回家给媒人打电话，婚事就成了。

这对小夫妻很勤快，能耐苦。冬天好些，夏天难熬了。小店空间小，天气热，火炉烤，遭罪了。一台风扇，俩人轮换班吹。一次十分钟。我发现大壮趁槐花不注意偷调挂钟，这样，槐花可以多吹五分钟风扇。看他们熬煎着酷暑，我说："你们停个把月，等这段酷热过去再做生意吧。"槐花说："那可不中。生意不敢随便关门。再说，房租很贵呢，我们又急着还账。"

我奇怪了，现在刚结婚的小夫妻哪个不是攥着几万彩礼钱呢？槐花和大壮怎么还欠钱呢？

槐花告诉我，她出嫁时，大壮家拿了八万块钱的彩礼。槐花还有两个相差两岁的弟弟，每个弟弟办事都要脱爹妈一层皮。槐花的彩礼钱，贴补进了大弟弟的楼房里。当时槐花家说的彩礼是五万，"帖上带好"。换帖钱和要好、送好钱都在一堆儿，还省去大壮家娶亲的"赖三趟"，就是换帖、要好、送好去女家的三趟，另外也不要一万块钱的上车礼，五千块钱的下车礼了。大壮家很满意这门婚事，说是亲家够意思，自己不能丢人，硬是又借了三万块钱，拿了八万块钱彩礼，加上原来借的一万，就是四万块钱的外债了。大壮爹娘要去建筑工地打工，说，现在这社会，舍得力气几万块钱账不算啥。槐花拦下了公公婆婆，说，嫁过来就是一家人了，有福同享有难同当，自己年纪轻轻的，不能让上年纪的爹妈出外受苦。槐花拉着大壮学会了打烧饼的手艺，来城里租了这个小店。

槐花说："大哥，我们以后一定会有个像模像样的烧饼特色店，最起码要三间大店面。"说着又扭头问："是不是啊大壮？"大壮嘿嘿笑，点着头嗯嗯着。我接过新出炉的烧饼，说："一定会实现的。"

比如生活

生活有时候像钟表的摆，左左右右，摇摇摆摆，每件事情的果都有偶然的或是注定的因，就这么纠结着，悲喜着，日子一天天过去，能保持一颗初心，是多么的重要和有意义……

陆晓杰胃里装满了可乐，干瞅着满桌佳肴，干瞅着一道道新菜还在陆续布上来，几次拿起筷子又放下，嘴里一个嗝又一个嗝。冒着气泡的可乐，在他肠胃里绽放出无数美艳的花朵，他觉不出花的芬芳，连着打了几个寒战。

马副主编的光脑袋油晃晃的，粉嫩得可爱，圆脸团在一块儿却有个尖尖耸立的鼻子，说："陆编辑，大才子，不喝可不中。"一大杯酒挟着风扑过来。"我体内缺少乙醛转化酶，喝酒过敏。"陆晓杰说着双手摆成风中的芦苇。马副主编转头问其他人："是吗？"陆晓杰望着王主编，说："真的，真的。"王主编皱着眉头盯面前的烤鸭片，似乎思索鸭片与活鸭之间的哲学问题，没注意这边发生的事情。大家望着或不望着陆晓杰和马副主编，世界静悄悄的。僵持了一会儿。马副主编说："好，就这吧，我初来乍到，也不清楚，不喝酒可以，喝可乐吧。"陆晓杰忙端起能装小三两的一次性塑料杯，说："谢谢领导理解。"马副主编掂起可乐瓶，给他倒满，说："六六大顺，来，六杯。"

马副主编的欢迎宴融洽、热闹、尽兴，圆满结束。大家逐个被酒店的玻璃转门吐出来，握手告别，挥手再见。陆晓杰的老婆给他打电话。

"晓杰，周末了咋还回这么晚？都等着你呢。"

"啥事儿？"

"你忘了吗，早上物业通知开会的，小鸟扰民的事，等你投票呢。"

陆晓杰加快了脚步，他不想打车，肠胃里的可乐太难受了。他有点恨自己，为什么不拒绝马副主编呢？就不喝，他又能怎么样呢？陆晓杰是康城王集镇中学的语文老师，在刊物上发表过些一两千字的小说。《康城月刊》创刊，陆晓杰借调进了编辑部。《康城月刊》是康城县委宣传部主管主办的内刊，编辑部设在县委大院综合办公楼内。从镇中学的孩子王到县委大院综合办公楼上班，陆晓杰很愉快，很有面，很光彩，可是随着四年时间的推移，光彩慢慢淡了，心也渐渐凉了。四年里，编辑部增加过编制，空缺过编制，作为首席编辑的陆晓杰一直想从学校调过来，一次又一次努力，一次又一次争取，最后都失败了。陆晓杰觉得有些浮漂，觉得不真实，像踩在云朵上，他开始怀念教学的时光。有次在超市，陆晓杰碰见了教过的学生，学生亲切地迎上来问好，陆晓杰的眼泪差点掉下来。陆晓杰走在回家的路上，满满一肚子可乐和心事。假如你此刻正巧光临豫东康城，碰巧又走在建设大道，你就能看见种满女贞树的人行道上有个高个子偏瘦的男人，头发有点黄，戴着近视镜，稍微驼背，满脸暮色地快步走。

进小区，门卫说："陆老师，大家在会议室等你。"陆晓杰点点头，去了物业公司会议室，业主们都在，看见陆晓杰，纷纷打招呼。陆晓杰是业主委员会的委员。物业公司经理老黄说："大作家，就差你一票了。你说砍树好还是不砍好？"

小区里有棵大梧桐树，很多鸟齐集树上，每当第一缕晨光落在小区，鸟们就像赛歌一般，喧闹整个早晨。很多住户嫌吵闹，纷纷投诉，建议砍掉梧桐树。又有很多住户反对，说鸟鸣是世界上最美妙的声音。双方相持不下，只好协商投票决定。

对于这些鸟儿，陆晓杰有时候早晨看书也觉得吵，但更多的是喜爱。春夏，他望着活泼的身影在枝叶间翻飞跳跃，发出各种声响，觉得世界是充满生机的；秋冬，枝叶凋零，很多鸟窝显露出来，给人以无限遐思，有对春夏的渴盼憧憬有对过往的回忆思考。陆晓杰在老婆身边坐下，肠胃里一阵翻腾，禁不住打了几个嗝，胸口像塞进烂棉花般难受。"投砍树票，要不我跟你没完，每天早上都被讨厌的鸟吵醒，看我皮肤越来越干燥了。"妻子在他耳边小声说。老黄问："陆大作家，

现在砍树票和反对票持平，就看你这一票了，你说砍还是不砍？"陆晓杰肚里又一阵翻腾，连着打了几个嗝。他突然莫名地愤恨了，生气地站起来说："砍！"

陆晓杰站在阳台上，望着无处可栖的鸟儿，一圈一圈盘旋、哀鸣，然后一只一只全飞进了他心里，心越来越满，越来越堵，开始疼痛和痉挛……

老　顾

　　有时候突然有了一笔钱不见得能带来幸福和内心的宁静，甚至会发现日子都轻飘飘了。踏踏实实地活着，把每一天的日子过得实实在在才会带来内心的喜悦……

　　老顾耷拉着头，拖沓着背，塌蒙着眼，穿过一个花坛，走着走着站住了，眼睛亮了亮。他看见在下水道的水泥板旁，长着一棵西瓜苗。

　　老顾蹲下，眼角的皱纹层叠着像菊花瓣，他用手小心地触碰着绿色叶片，嘴角翘起来，低声说，这是一棵黑美人。说着，他心里仿佛也长出了一棵西瓜苗，瓜苗噌噌地往上蹿。老顾在村里种西瓜是一把好手，种的黑美人个大匀称，甜沙可口。产业集聚区开发，老顾失去了四亩多地和六间房包括宅基地，这些换回了城里的一套房子和存折上的一大笔钱。老顾成了城里人，儿子拿着钱去省城开了家公司。

　　老顾转身去了花卉市场，买了些化肥，回来用个小铁棍在西瓜苗旁松土，施肥。忙完，感觉浑身有使不完的劲，心里满满地都是喜悦。几天后，西瓜苗上层层叠叠地印满了老顾的身影和笑容。瓜苗在他的精心侍弄下，长了近两尺，触须伸展着。花苞豆粒大小，紧缩在叶柄下。老顾的胸膛挺了起来，眉眼含着笑意。

　　这天早上，老顾醒了去看瓜苗，他想，算算日子，花今天是一定会开的。到了水泥板旁，傻眼了，瓜秧不见了。他揉揉眼，瓜秧并没有出现，他蹲下，捡起

几片残破的叶，放在鼻旁闻，眼泪扑簌簌落下来。老顾抬头，模糊中看见自己像风筝一样飘摇在天空。

老顾家附近新开了一个地下步行街，需要招聘几个保洁员。老顾拿着身份证去面试，第二天就穿上印有步行街字样的保洁服开始干活。忙忙碌碌的感觉老顾觉得心里踏实，日子实在。这天快下班的时候，儿子打来电话，爹，听人说你在步行街打扫卫生？老顾喜滋滋地说，是啊，大娃，你不知道，没家没地的进城了，我感觉心空得难受，就像那年你娘走时的感觉……儿子打断了老顾的话，哎呀，爹，你缺钱花吗？老顾说，不缺啊，存折上还有十几万呢，可是没有地种没有老屋子，心里不踏实，找点活儿干，心里不空。儿子说，爹，不要再干保洁了，咱丢不起那人。老顾有点不高兴，说，咋了，我不偷不抢，丢啥人，干保洁咋了，咱是庄户人，当年你奶还拉着我要过饭哩。儿子说，你要无聊了，可以学打麻将，或者买只鸟遛遛，要不去广场打打太极拳。老顾摇头说，那些我整不来，我想种西瓜，哪怕找个清洁工干也好，闲着太难受了。儿子说，天生的劳碌命。爹，现在我开着公司，你在老家干那个，我的脸没地方搁，你听我的好不好？老顾犹豫了，听儿子的意思，干保洁影响孩子了，这可不中。老顾说，好，大娃，听你的。老顾辞掉了这份工作。

老顾又整天闲着，心里再次空起来。儿子回来了，说生意不好做，正启动一个项目，需要再投些钱。老顾把存折给了儿子。儿子说，爹，这个项目搞好了，我就发了，到时候买架飞机玩。老顾说，大娃，你从小学到中学数学没考及格过，下学又不好好学种瓜，东游西逛的，不是做生意的料。儿子烦了，说，爹，别小看人，我走了，你自己多保重。

不幸被老顾言中，他儿子的公司倒闭了，欠了一屁股账。儿子没有回来，手机也关机了。儿子的朋友拿着欠条来找老顾，老顾把房子卖了，还了债。三年过去了，老顾儿子还是没有音讯。

奎叔刚说完，一个花白头发、满脸皱纹的老人走过来，怀里抱着一个黑美人。奎叔说，老顾，这是我当作家的侄子，可要挑个甜的。老人答，放心，我种的瓜个个甜沙。他拍拍怀里的黑美人，说，这个更好吃。

清风吹过瓜地，绿海一波波起伏，奎叔承包了五十亩地种西瓜，雇了几个瓜匠，老顾是其中之一。

黎明从黄昏开始

不管遇到多少挫折多少艰辛，都应该坚守内心的善良和对未来的希望……

肖杰打开车门，风把一枚黄叶吹进来。他看着黄叶，闻到了去年深秋的味道。上午九点，一个微微驼背的高个子男人锁上车门，举着黄叶，查看岁月行走在枯叶上的脉络。

十年的时光像一条蛇，在幽暗的浅水里游弋，在阴暗的草丛里蜕皮，如今，在土层里僵硬。所有的荣耀，从此刻开始，烟消云散。公司破产了。肖杰像十年前刚踏入城市时一无所有，内心空成一个松垮的囊。当年，囊空却充满希望，今天，仅剩空虚和沮丧。

街上人海茫茫，肖杰觉出陌生，似乎他们与自己不在同一个世界。娃，你爹的坟该修整了，你答应娘的，今年要带着媳妇给爹修坟。母亲的声音裹挟着风声，在手机里回荡。肖杰把黄叶放进贴身的口袋，走去车站。他把手机塞进窗口，说，换张到周口太康的车票。售票员惊讶地看看手机，看看肖杰，很有礼貌地拒绝。我替他买。一只白皙的手把钱放进窗口，把手机拿了出来。倪虹说，哥，你不能把我扔下。

公司红火的时候，肖杰每天都要工作到很晚。有次下班，他发现公司放杂物

的小屋亮着灯，走过去看，一个瘦弱的女孩伏在废纸箱上学习。女孩听见动静，抬头，肖杰看见一张苍白的脸。女孩惊恐地站起来，嗫嚅着说，我，我下次不敢了。说完勾着头，手里紧紧攥着高中课本。

女孩叫倪虹，是公司新招的清洁工。肖杰找关系让她进高中复读，并承担一切费用。肖杰说，公司准备搞人才计划，你算第一个。倪虹考上大学那天，买了瓶红酒，做了几个菜，请肖杰吃饭。吃过饭，倪虹轻轻脱掉连衣裙，说，肖总，我没有什么可以报答你，我……

肖杰涨红了脸，扬了几下巴掌，一脚踢翻了桌子，摔门而去。

第二天，倪虹找到肖杰，说，哥，我一定会好好念书。肖杰冷着的脸有了笑意，说，这才对嘛。倪虹毕业后，回肖杰的公司上班了。

肖杰擦去倪虹的眼泪，说，哥垮了，你可以进一家更好的公司。倪虹摇摇头，抽泣。肖杰看见倪虹左脸颊上有几道指印，问，你脸怎么了？倪虹不说话。再问。倪虹低声说，我早上去求嫂子……

肖杰叹口气，打断她的话，说，我回老家几天。

肖杰回到小村，天色黑得像墨。肖杰到太康天已黄昏，他故意拖延到夜深才回家的。母亲还没睡，正看电视，脚边蹲着条狗。

母亲把他拉到灯光下，说，娃，你又瘦了，咋还是一个人回来？母亲花白的头发刺得肖杰的眼生疼。肖杰曾想尽办法让母亲到城里住，母亲就是不肯。

母亲问，娃，还没吃饭吧，我给你做饭去。肖杰说，嗯，我想喝娘搅的糊涂面汤。母亲高兴地说，中，中啊。说着拿袖子擦眼睛。母亲去厨房舀面，兑水，刷锅，生火，她还是喜欢用地锅，燃气灶、电磁炉闲置着。肖杰忙进去烧锅。母亲把面汤搅进锅里，香味一阵阵飘出来。肖杰往自己脸上打了一巴掌，掏出那枚黄叶和一瓶安眠药，扔进火里。母亲问，娃，你干啥？肖杰又往脸上打一下，说，娘，这几天有点上火，牙疼。母亲忙说，往糊涂面汤里甩鸡蛋，去火气。说着她拿俩鸡蛋磕开，甩进面汤。

肖杰在家乡县城开了个修手机、电脑兼卖电脑耗材的小店。家乡发展很快，西城区已非常繁华。在县城开店，骑电动车半小时就能到家，可以多陪陪年迈的母亲，让心沐浴宁静温暖。

下午，肖杰从县城回来，路两旁的小麦正在灌浆，空气里弥漫甜蜜的香气，树上的绿叶在风里摇摆出无数波纹，把岁月一点一点淹没进翡翠般的脉络……

肖杰进院，听见有人和母亲谈笑，堂屋地板上，放着几个行李箱。一个熟悉的声音说，妈，等肖杰回来，咱们一起去修整爸的坟……

肖杰悄悄退出院子，身影融进黄昏。他想，每个黎明都是从黄昏开始的……

这就对了

这就对了吗？一对夫妻在生活里失去了平衡，妻子觉得对等了，心里才喜悦，其实，只要相爱，能相濡以沫，其他都不重要……

吴兰把包摔在沙发上，阴着脸，锅碗瓢盆弄得噼里啪啦响，像谁家请了鼓乐班。路中抬起浮肿的眼，眨巴几下，整理了桌面凌乱的材料，用卷边的书压好。他晃晃晕乎乎的脑袋，去厨房拿把半黄半绿的青菜到水管下洗。

直到吃完饭，吴兰都没放脸，厚嘴唇噘得像烤熟的香肠。吴兰在私人医院发传单，上午在县城发，下午深入农村。那家医院的传单路中见过多次，印得花里胡哨，图文并茂。发这类传单，不受人待见。

吴兰冷哼，撂下饭碗，指着路中的鼻子说："你看看你，整天待在家里，坐在电脑前，扇着风扇，脸捂得傻白，看看我，看看我！"吴兰身材高大，丰腴壮硕，由于激动脸涨得通红，瞪着大眼，嘴里喷出唾沫。路中扶扶深度近视镜，仔细看吴兰，吴兰脸色黝黑，脖子里有一圈湿疹，浑圆的胳膊黑紫。路中看完吴兰，很心疼，又很委屈，小声说："工作性质不同啊，再说，你一天挣四十块钱，我一天挣一百呢。"吴兰听力很好，路中小声说的话，一笔一画都从她耳朵里进入，在心头刻下来。吴兰愣了愣，跳着脚吼："是，你能耐，你能耐咋不一天挣八百，看看你那个窝囊样，让老婆风吹日晒弄得人不人鬼不鬼，咱村的黄六跑车，一年盖一栋小洋楼，咱村的二欢在南方卖菜，两年在城里买了房，咱村的……"

门外一阵自行车响，上初中的儿子回来了，吴兰嘎地刹住口，跑到门外笑着接儿子。路中低头吃完饭，到书桌旁接着打材料。

路中酷爱文学，近乎痴迷。他身材原本矮瘦，熬夜读书，熬精力写作，显得愈加矮小羸弱；眼睛原本细小，用眼过度，不得不戴上高度近视镜。二十几年了，路中只有一些短文章见诸报端。康县宣传部老顾也喜欢写文章，青眼赏识，聘用了路中，让他负责打写材料、编辑县报的副刊，准许他在家里工作，一月三千，这份薪水在县城已算不菲。

刚进夏天，康县下了场罕见的大雨。县城郊区有个鱼塘，鱼顺着水游进大街小巷，很多人卷起裤管下水逮鱼。鱼很好逮，徒手抓也能逮住，人们得意到忘形，忘记了街道不是河道。就有几个人掉进窨井里消失不见，其中有老顾。路中失业了。

路中去县城商场、酒店、私立学校等面试，都是让他留下电话等通知，几个星期过去，路中没接到任何通知。这段时间吴兰下班回来，安静地做饭安静地洗衣裳，嘴角挂着微笑，没有坏心情，不发坏脾气。吴兰还劝路中不要焦急，工作慢慢找，老天饿不死瞎麻雀，又说路中你赖好是省作协会员，不是瞎麻雀。路中苦笑，心说，现在省作协会员跟瞎麻雀差不了多少。

路中找了三个月，也没找到活干，其间吴兰没发过一次脾气。路中买了辆三轮车拉货，慢慢晒得皮肤黑紫，脖子里一圈痱子，夜里刺挠着痒，他不敢搔，搔烂了就会变成红丫丫的湿疹。拉货的生意时好时坏，一天累死累活也就挣七十来块钱。他想念老顾，偷偷掉过几次泪。

晚上路中送货回来，三轮车胎瘪了，吴兰去接他。两人费尽辛苦才把车弄到修车铺，补好胎已是深夜。路中和吴兰在路边吃了份炒拉条，喝了瓶啤酒。路中骑三轮车拉着吴兰在路上慢慢走。路灯光缓缓落下来，夜风送来合欢花的香气。吴兰快乐地说："路中，这就对了！"路中一直到家，也没咂摸出吴兰这句话的意思。

曾经有一只苍蝇

　　有时候善良会像一束光，温暖僵冷的内心，一些细微处的感触
和震撼，能改变生命的轨迹……

　　时光像一股包裹光彩的烟雾，藏在某处或某物中，随着生命巨大或轻微的足
音，被尘封。也许尘封到永远，也许，在不知道什么时候的时候，被触动，被打
开，烟雾散出来，弥漫着，把时光重新映现……

　　我初中二年级辍学后，跟着同村的人去打工。那年十六七岁吧。晚上睡在天
桥上，有时也睡在桥洞里，水泥管子里也睡过。白天拿着铁锨清理下水道。路人
过往，掩口鼻，眼睛里是浓重的厌恶，像看见了苍蝇。苍蝇，哦，是的，看苍蝇
的眼神总是寒冷、憎恨、深恶痛绝。而我们，工友老贺（五十来岁，枯黄头发，
粗眉毛，大眼，身材矮小，肚子大）、连立（二十来岁，瘦高个子，微驼背，口
吃）、王三（三十多岁，宽肩膀，细眯眼，手指关节粗大），故意等人走近，用
力刬起一大铁锨污泥，使劲摔在硬路面。砰！成分丰富、臭味浓烈的污泥炸开，
泥点飞溅，烟花般落到行人的脚面、身上，当然，泥点同时溅满我们身上、头发
上、脸上。这有什么呢，我们无所谓的。城里人受不了，跳着脚骂，有个女子，
穿着白连衣裙，气得嘤嘤哭。我们装着无知无觉，继续刬大锨污泥，高扬手臂，
吓得行人落荒而逃。我们哈哈大笑。

　　是条小街，记得好像叫曾家街。两边的很多住户找了雇我们的白老板。白老

板骑着摩托车来了，说："你们想砸我饭碗？好，工钱扣掉一百。"我们不敢吱声。老贺忙递烟赔笑脸。再有人过，我们停下活儿。上下班时，来往人多，我们只好从下水道上来，坐路边铁锨把上休息。有些人经过（可能是被我们溅身上过泥点），嗤出声音，骂："一群垃圾。"我忽然觉得我当初的想法不够准确，没想到自己不仅是苍蝇，还是没有生命的垃圾。我们被骂，不敢还嘴。王三生出主意，说："等拿到工钱，每家门上去糊一大摊污泥。"我和连立怪笑着附和，老贺抽着烟，装着没听见。

掀开最后一块水泥板，我们想着那个计划，身上多了劲。"快歇歇，来，洗把手，吃瓜。"一个灰白头发的老人，左手抱着个西瓜，右手拎一个小红桶，桶里是半桶清水，慢慢来到我们身边。我们愣了。老人拿个方便面箱子，抻开，切瓜。我们望着黑籽红瓤的西瓜牙儿，半天才回过神。老人住在路西一个小胡同里。瓜凉甜。我们心里却吃得很热。我们干完活儿，找白老板算了工钱。白老板并没扣我们钱。晚上，没有一个人想起白天的计划。

次日一大早，我们正为接下来干什么活发愁，白老板骑着摩托来了，说他和朋友包了工地上的一些活儿，问我们愿不愿意干。我们当然愿意。工地上有工棚，我们有了夜里固定睡觉的地方。工棚是砖墙，水泥瓦扣得严丝合缝，门是铁皮门，窗户上还装了玻璃。

晚上，我们在白亮的灯光下打扑克，或瞎喷些道听途说又添油加醋的事。过了些时候，老贺他们吃过饭，喜欢出去闲逛。我不喜欢出去。我不喜欢成为衣着光鲜人眼中的苍蝇，或垃圾。他们出去的时候越来越多，时间越来越长，我常常一个人待在工棚里，对着空墙发呆。墙没有勾缝，里面渗出的沙灰像茫茫的未来，又像流泪的眼睛。

又是一个沉闷的秋夜。又是我一个人。还有一只飞舞的苍蝇。天凉了，苍蝇少见了。我拿着衣服钩子追它。苍蝇四下逃窜。追打一会儿后，我觉得它不是逃命，而是与我游戏。它飞得从从容容，我却累得四肢酸软。索性不再理它。苍蝇从墙上飞起来，向着炽热的百瓦灯泡飞去。乒乓，它撞在灯泡上。落下来。再飞。再乒乓。再落。最后，它被烫得掉在我面前，慢慢爬。我伸手就能捏死它。我没有动。它爬了一会儿，又开始扑向灼热的灯泡，再烫落下来，再扑上去……

苍蝇再次落在我面前，我捉住了它。打开窗户，我把它放到外面窗台上。关

上窗，我鼻子发酸。第二天中午，我去离工地很远的书店买了本《红楼梦》。买这本书没什么特别的用意，想着要读书该从四大名著开始，恰好进书店迎面看见《红楼梦》。

现在，我站在书房高大的书柜前，手里拿着本《红楼梦》。一晃间二十多年过去，当年那本早不知丢到哪里去了。这本是去年刚到《太康月刊》编辑部上班时买的。我不经意间抽出了这本《红楼梦》，并没有打开，手指和目光轻轻掠过黑色的书名和暗红色的封面，吧嗒，打开了往昔的一段时光……

老夏卖瓜

奉献一份爱心，无意间收获了一份惊喜……

老夏去县城卖瓜，转了一圈，一车瓜没动头。老夏把瓜车开到路边阴凉里，熄了火，拿草帽当扇子，呼嗒，呼嗒，扇风。

老夏五十来岁，逊母口夏村人，今年种了五亩瓜。他去年种了一亩多，到瓜季，眨眨眼，卖完了，价钱三四毛一斤，今年扩大规模，种了五亩。瓜熟了，却不好卖了。

南方持续大雨，西瓜种植面积大，两方面一挤兑，西瓜滞销了。往年卖瓜，都是起早装了车拉去镇上的西瓜大市场，讨价还价，过地磅，西瓜转装到了大货车上，票子进了腰间的钱夹。卖了瓜，进饭店，整俩菜，晕点酒，呼噜呼噜喝一大碗烩面，满面红光，回家。下午再到地里卸瓜，次日起早卖。今年不中了，西瓜大市场收瓜的大货车没几辆，收瓜老板挑肥拣瘦，价钱降到一毛三四一斤，收瓜量还是很小，很多瓜农只好拉着瓜去县城卖。零卖虽然慢，能卖一毛六七一斤，再说，不这样，也没其他好办法卖瓜啊。县城也不缺瓜，老夏瓜车前人来人往大半晌午了，生意还没开张。

老夏点根烟，坐车上四处看。他的目光在酷热里打着滑，有点跌跌撞撞兜兜转转，因为没有确定的方向和目标。不远的阴凉里站着一个穿牛仔裤白汗衫的年轻人，戴着眼镜，背着个鼓囊的蓝方包，打手机；两棵垂柳下，一个穿短裙的女

孩戴着耳机听歌；附近一家单位的几个人站在大门口阴凉里说事儿；更多的是来往的轿车，穿防晒衣戴防晒帽骑电动车的行人；一个清洁工，汗水湿透了橘黄色的工作服。清洁工拿把小扫帚，把路面的垃圾扫进小铁斗，铁斗满了，倒进橘黄色的三轮车里。

老夏多看了清洁工几眼，粗短眉毛扬了扬。清洁工看上去比他年纪都大，大热天的不容易啊。清洁工到他跟前了，他说："大姐，天太热，歇歇再干。"清洁工笑了，摘掉工作帽，汗水把额前的灰白头发打成绺了，说："真热，天气预报说最高温度三十八度呢。"又说："西瓜种得真好。"老夏高兴地笑，嘿嘿着拿个瓜在车帮上切开，说："大姐，来，尝尝，自家种的。"清洁工吃着瓜，不停地赞叹瓜甜。吃完瓜，老夏又抱起两个瓜，放在清洁工的三轮车踏板上。清洁工掏钱。老夏说："大姐，不要钱，送给你的。"俩人引起了大家的注意。附近单位说事儿的几个人走过来，说："大叔，你很有爱心啊，瓜怎么卖，冲你这份爱心，我们买几个。"听歌曲的女孩，也走过来买瓜。戴眼镜的年轻人从包里掏出相机，啪啪拍照片。老夏不好意思地说："不算啥事，看扫卫生的大姐不容易，送个瓜，自家种的，不算啥事。"

戴眼镜的年轻人是县报记者，他把这件事发了微信朋友圈。没过一个小时，很多人来买老夏的瓜。刚到中午，一车瓜卖完了。老夏怎么也没想到，送给清洁工俩瓜，不算是啥事，竟然帮自己卖了一车瓜。其实，他没想到的事情还在后边呢。

有家企业正想买几车瓜慰问敬老院的老人和一高新校区工地上的民工，企业老总听说老夏的事情后，通过记者联系到老夏，把老夏剩下的三亩多瓜按一毛八一斤全买了。老夏的瓜忙季结束了。

火车站旁的馄饨

儿时寒夜里的一碗热馄饨，深深刻在记忆里，这里有一种爱心的传递……

随着人流走出火车站，正午的阳光泼洒下来。一张笑脸跳进眼帘，肩膀受了温柔的一击，悦耳的声音传来："这是谁家的小眼睛帅哥啊。"我笑了，轻轻揪揪晓云柔软的耳朵。她咯咯笑起来。我们手挽手走着，皮箱的轮子在方砖上愉快地哗啦啦滚动。

小城不大，透着宁静的气息。火车站旁有几家小吃店，其中有个小店的招牌是飘逸的隶书：暖暖馄饨店。充满童趣的名字。我问："云，我肚子饿了，走，吃馄饨去。"晓云摇摇头，想了一下，不同意，说："焦辉，我带你去更好的地方吃美食怎么样？"

我硬拉着晓云走进暖暖馄饨店。店面不大，明亮整洁。我要了两份馄饨，和晓云面对面吃，热腾腾，香喷喷。晓云说："焦辉，你这么爱吃馄饨啊。"我笑了，说："我最喜欢吃火车站旁的馄饨。"晓云好奇地问："为什么？"我把缘由告诉了晓云。

我刚上中学那年寒假，一个人去姑妈家。姑妈家在几百里外的一个小镇，小镇虽然不大，但有火车站。那是我初次坐火车，一路上很新奇。到站已是半夜。我以为一下火车就能看见姑妈和大鼻子姑父，等我下车四顾，没有看到姑姑或姑

父的身影。在火车站里的长条板凳上，我孤坐着，等车站里没有人了，寒风吹得脸颊生疼，我流泪了。"热馄饨。"火车站旁有个馄饨摊，装在改装的板车上，卖馄饨的老人伛偻着腰，棉大衣的领子竖起来，他吆喝了一声。我转头看他，他站在冒着白蒙蒙热气的大锅后面望着我。我低下头。过了一会儿，老人走过来，问："孩子，咋了？"我忍住泪，不言语。他说："要不，孩子，你帮我看会儿摊，我请你喝馄饨。"我抬头看他，没有回答。他说："一看你就是好孩子，帮我个忙，中不？"他深陷的眼睛在灯光下充满着温情，我点点头。

　　看车站里的时钟，已凌晨一点。我坐的是最后一班车，现在车站里冷冷清清，根本没有人来喝馄饨。我坐在火炉边，暖和了不少。过了好大一会儿，老人走回来，搓着手说："真是好孩子。"说着拉开煤火炉风门，淡黄色的火焰舔着锅底，很快，锅里的水沸腾了。他把馄饨下进锅，等水花滚起三次，把碎香菜、酱油、调味料、油炸小蚂虾混合着往碗底一丢，舀一勺子开水浇碗里。香气四溢。老人把馄饨舀进碗里，说："咱的馄饨手艺起码在本地是第一，孩子，这是奖赏给你的。"说着话，满满一碗热气腾腾的馄饨放我手里。我开始不好意思，吃的速度很慢，等第二个馄饨入肚，就控制不住了，开始狼吞虎咽。吃完馄饨，周身温暖。我把空碗递给老人："大爷，谢谢你。"老人嘿嘿笑了，拍拍我的肩。

　　天色渐渐明亮，一列早班火车进站。我看见姑姑穿着红袄站在火车站门口，望着下车的人流。我跑过去。姑姑惊讶地抱着我，问："你从哪个车门下来的？"我说："我半夜到的，帮大爷看摊。"转头，卖馄饨的老人推着摊子走了，背影在晨雾中朦朦胧胧。姑姑一听我半夜到的，眼泪哗哗下来了："你这孩子，信上说十九号，咋十八号夜里来了？"我才明白把日期弄错了。大鼻子姑父也来了，拍拍我的肩膀说："小伙子，长高了。"又说："真奇怪，卖馄饨的老刘，都是半夜收摊，今天怎么天明才收摊？"我听姑父说完，忙寻觅老人的身影，早已看不见了。

　　我说完，晓云用纸巾擦着眼睛说："馄饨真好吃。"婚后，晓云像我一样，有个习惯，不论到了哪里，下火车后，先四处找馄饨店，只要有，必定吃一碗。晓云和我一样，觉得火车站旁的馄饨最好吃。

皮铃"呜啊呜啊"

人是不大容易认识到自己的错误的，就算认识到自己的错误，却也不大容易面对……

小街南北向，远看像条大尾巴。这条尾巴在北边甩了个稍大些的弯，尾巴梢一曲，啪嗒，小街到此就没有了。西边不远是所中学，于是很多卖文具、零食、玩具、日用品的小店，高高矮矮地生长在小街两侧，极像乡间雨后一夜长满沟沿的蘑菇。小林开的百货店就在尾巴的弯上，

小街消失的地方斜着又住了几户人家。其中有个收废品的老头，都喊他老白，但他长得黑，还瘦，高个子，腰背塌着，每天骑着破三轮车走街串巷。老白不吆喝，车把上有个黑色的皮铃，一捏一放，发出"呜啊呜啊"的声音。小林听到"呜啊呜啊"的声音，看几眼屋角的废纸箱、空饮料瓶，然后决定要不要喊老白。近来，这些东西愈加少了，小林叹气，把花生米嚼得咯嘣响。店里的生意并不因为他用力嚼花生米就好起来。生意不论大小，总要讲究个地利人和。首先，小林败在地利上了。小店偏僻，中学生们没有理由多走路绕过很多店来小林店里买和其他店一模一样的货物。

老白每天"呜啊呜啊"地经过小林的店，小林看着电视嚼着花生米发愁。忽然有一天，小林灵机一动，挠着光头笑了。没几天，很多中学生聚拢在小林的店里，有时候人太多，只好挤在门口，学生们或坐或站着玩手机。这些玩手机的学

生，文具、玩具、日用品、零食只买小林家的。老白每天晚上回来都是八点多了，还能看见这些学生抱着手机兴致高昂。老白知道，小林新近买了电脑安了宽带，这些学生是来这里登录无线网络玩手机的。

小街上的店，知道了小林的手段，却无可奈何，他们是乡下来的，陪孩子上学，闲着也是闲着，租赁了临街的低矮房子开小商店，说不定过完年就搬走了，安个宽带不划算。小林是自家的房子，没有他们那样的顾虑。

这天晚上，小林的商店突然停电了。小林走出来，望着小街其他店铺灯火通明，奇怪地挠着光头。他拿着手电走到电表箱前，打开看，原来他家的电闸被拉下来了。小林这个气啊，不知哪个同行眼气生意好，竟想到了这个损招。小林推上电闸，愤愤地重新登上网络。接下来的几天，都是在学生扎堆来的时候，小林的电闸被人拉了下来。这天夜里，小林不动声色，暗暗潜伏在电表箱不远的阴影处。

一个人影慢慢靠近电表箱，打开箱门，伸出手，吧嗒，小林店里一片黑暗，很多学生发出不满的切切声。小林一个箭步，到了人影身旁，拧亮手电，啊，是老白。小林没想到是收废品的老白，没有对不起过老白啊，近来废纸箱空饮料瓶空前的多，也全卖给了老白。小林斥责他，老白，你这么大年纪了咋还干缺德事？老白支支吾吾。

小林给老白的房东老安打电话，说，老白这个人不地道，他夜里不睡觉，总是在安婶窗户下溜达。在一家酒店当夜保的老安气得骂老白。天刚亮，老白的三轮车上装满了锅碗瓢盆、旧衣破被褥，慢慢穿过小街，慢慢消失。小林冷哼几声，咯嘣嚼着花生米，说，老白你不仁我只好不义。

安婶下午把一张招租的纸贴在小林店门口的墙上，说，老安不知道发什么神经，非要赶老白走。老白很可怜呢，他是我娘家邻村的人，孩子上中学后迷恋上打游戏，整天泡在网吧，后来不知怎么在网吧打架，把人家打成了重伤，进了少管所。老白老婆死得早，就一个儿子，一夜间，老白硬直的腰就塌了。唉！

小林听安婶说完，心猛然一紧，接着猛跳几下。小林明白了老白为什么拉掉自己的电闸。小林默然望着安婶新贴的招租启事出神，白花花的纸黑漆漆的字，字渐渐模糊了，纸也慢慢朦胧，字和纸一起慢慢放大。小林耳边忽然响起"呜啊呜啊"的皮铃声，他慌忙转头，尾巴一样的小街空空荡荡。

小林断了网线，学生们不来玩游戏了。小林的店因为货物齐全，物美价廉，生意越来越好，这从屋角堆得很高的废纸箱、空饮料瓶就能看出来，他想把这些卖给老白，却一直没听见皮铃"呜啊呜啊"的声音。他想，再见到老白一定主动上前说说话。

这天下午，小林去街上办事情，迎面传来一阵"呜啊呜啊"的皮铃声，老白骑着三轮车过来了。小林脸上有点烫，转身进了一家商店，等皮铃"呜啊呜啊"声远了，小林才走出来……

一棵葡萄树

　　一棵葡萄树，蕴含着两个动人的故事，有邻里间巧妙的帮助，有美好的爱情……

　　父亲去世后，母亲从乡下搬来城里，和我们一起住。老家的院子卖给了别人。母亲进家连口水也没顾上喝，就小心地从黄色挎包里掏出了一个沾满泥土的塑料袋。母亲打开塑料袋，原来是一棵葡萄树。葡萄根用湿泥土包裹着。母亲问："辉，葡萄树栽哪里啊？"我和妻子对看几眼，不知道该如何回答母亲。

　　母亲看我们几眼，说："我看楼下那些草地里能栽葡萄。"我笑了，说："妈，这里是高档小区，管理很严格，楼下的草坪是不让业主栽种东西的。"母亲奇怪地问："谁是业主？"妻子说："妈，是我们啊，不用种葡萄树，您老人家想吃葡萄，超市里一年四季都有。"母亲说："这棵葡萄树是咱老家院里的那棵，一定要找到地方栽啊。"母亲说着伤心了。

　　我转了几圈，栽哪里啊？妻子说："买个大花盆，种在阳台。"这倒是个办法，母亲也欢喜起来。我马上下楼打车去买了个小水缸一样的大花盆，妻子帮我往电梯里搬的时候说："妈真是怀旧啊，费这些事就为棵葡萄树。"我笑了，说："你还不知道吧，这葡萄树有个故事。"

　　我上小学三年级的时候，爷爷因病去世，家里为爷爷的病借了很多钱。父亲白天干繁重的农活，阴雨天或晚上到村北的农场找些杂活干。母亲白天和父亲一样干农活，晚上缝补衣物或去镇上领些钩手包、糊纸盒的活，好补贴家用。我夜半醒来，总是看见母亲在昏暗的煤油灯下低头干活的身影。父亲由于劳累过度，晕倒在从农场回家的路上，摔伤了胳膊。这给贫苦的家庭增加了霜雪。

母亲望着院里的葡萄树说："今年葡萄结得真多，过几天熟了，拿到镇上去卖，能卖不少钱呢。"父亲吊着胳膊走到葡萄树旁，看着满架青溜溜的葡萄笑着点头。过了几天，葡萄熟了，紫红而又圆润。母亲摘下一串，洗净后让我和父亲吃。葡萄很甜，饱满多汁。父亲说："今年的葡萄长得太好了，肯定能卖不少钱。"这时候，邻居黄大爷串门，母亲让他吃葡萄。他走到葡萄架旁，剪下了一大串葡萄，说："今年的葡萄结得真多。"父亲和母亲笑着说："是啊，是啊，黄大哥再多摘些回家吃。"黄大爷笑着说："一串就好。"说着就拎着葡萄回家了。

接着，村里人陆续来了，夸赞着葡萄好，都动手摘葡萄吃，而且很多人都是连吃带拿的。我不高兴了，说："一会儿再来人，我不让他们吃。"父亲说："那可不行，乡里乡亲的，不能因为葡萄伤和气。"母亲叹口气说："明天赶紧摘葡萄卖，要不就没有了。"没想到，下午又有很多人来，说听上午来吃葡萄的人说我家的葡萄真好吃。到了晚上，葡萄架上只剩下几串青涩的葡萄了。母亲心疼得直落泪。

第二天早上，母亲开门后喊："他爹，快来看。"父亲走过去，从母亲手里接过一个纸包，打开，是一沓钱，一块的、两块的、五块的、十块的，数了下，有二百多块。那时候二百多块，可不是个小数目。父亲问："哪来的？"母亲说："放在门槛上的。"父亲展开纸包，上面有字：买葡萄的钱。

妻子听我说完，抹了把眼泪，说："这棵葡萄树是应该珍藏。"回到楼上，妻子和母亲一起小心翼翼地把葡萄树栽进花盆里，浇了水。母亲说："这棵葡萄树，还是我和你爹刚结婚的时候弄回来的呢。"妻子说："原来是和爸一起买的啊。"母亲笑了，说："不是买的，是换的。"妻子惊讶地问："换的？"母亲点点头说："那时候我们刚结婚。有一天一起赶集，回来的时候经过一处种花草的大棚。花匠正忙着给花草浇水，我看见了几棵绿油油的葡萄树，就随口说，'要是每年夏天能在院子里摘葡萄吃，就好了。'你爹说，'那就在咱院里栽一棵。'但我们没有钱买葡萄苗啊，你爹就跑去和花匠商量，最后你爹帮花匠浇了半天水，换回了这棵葡萄树。听花匠说，这是新培育的品种，值不少钱呢。你爹抱着这棵葡萄树苗，笑得那个傻样啊。"母亲说完，沉浸在对往事的回忆中，久久没有再说话，脸上浮现了两朵红晕。

仲春的阳光，从阳台全封闭的厚玻璃外透了进来，轻轻洒在葡萄树上。

出租屋里的女子

　　有着一颗高贵的心灵，怀揣着一份梦想，那生活将会在追求中变得明丽……

　　我干活的超市，管吃不管住。我只好租了间房。

　　那是栋灰色老楼房，共四层，东西阴暗的走廊，一间间房子铁门相对。西头楼梯对着公用厕所。我租了三楼南排的一间，月租金一百。窗外小街，隔不远是堆花花绿绿的垃圾。蚊蝇在臭气里飞舞。但因为价廉又离干活的地方近，颇合我意。

　　对门住着一个女子。

　　我早出晚归并没看清过女子的容貌，只是远远瞥见过几次她瘦削的身影。

　　春天了，乍暖还寒。夜深，我裹着被褥看电视，一声声压抑不住的咳嗽从对门传来。走廊里的声控灯被震得明明灭灭。女子刻意地压抑，让咳嗽声有几分诡异，像条滑腻的黄鳝，在夜色的黑水里游戈。

　　我拉开抽屉，拿出几天前剩下的止咳药。敲门。

　　谁？女子的声音有些嘶哑。

　　药放门口了。我说完，回屋。

　　小街边的桐树开花了。我不由站住看，喇叭形的花朵布满了灰尘，花香却在四处弥漫。身后有脚步声。是一个女子，脸色苍白，眼睛不大，衣着素朴整洁。她也在抬头看花，怀抱着几本书缓缓走过。

　　走上楼，我看见对门的女子站在走廊里。我走近，原来她是刚才我在楼下看花时遇到的那个女子。她的锁被撬了。

　　怎么了？我明知故问。她笑了下，有些惨然，推开门。

　　一张小床，一张旧桌，一个洗脸架，一个蓝底白花布衣柜，然后就是满屋的书。满屋，并不夸张，厚的、薄的、大的、小的、宽的、窄的，五颜六色，堆放在床上、旧桌上、地板上。我跟着她走进屋，问，丢什么了？她轻轻地说，笔记本。我并没在意她的话。当我看见一条孤零零的网线时，才知道她说的是笔记本电脑。可恶！我骂。有本事偷有钱人家的东西，不该来这偷。她轻轻地说，哪里也不该偷。

　　我拿出手机，报了警，又给房东打电话。房东出差了，让我帮忙买把锁，先给换上。警察走后，我下楼去买锁。女子温婉，我在买锁的路上想，女子善良，女子秀丽。我接着还想了些另外的东西，比如恋爱。

　　换了锁，女子说，谢谢你。我豪气地摆摆手，推开女子递过来的钱，说，我和房东算。

　　人真是奇怪的动物。买锁回来的路上，我还想着要大胆向女子表白爱慕。但直到换完锁，我连丝毫暗示也没有。我与女子再见面彼此点点头或笑笑。日子轻飘飘地滑走了。

　　年尾，寒冷袭人。女子敲开我的门，并不进屋，说，我要走了。

　　什么？我问。

　　女子不看我，手拽拧着银灰色羽绒袄的角，说，过完年，我想去江苏发展。

　　我说，哦，好的。

　　她问，你今后有什么打算？

　　我说，不知道。

　　彼此不再言语，冷然相对了一会儿，各自回屋。

　　后来，我也离开了这座城市。

　　转眼间七八年过去。其间，我干过很多种不同的工作，也曾酒醉伤了人，在拘留所待过一段时日。人生像条无目标的船，随波逐流。

　　这年春天，我去郑州一家文化传媒公司应聘保安。第二天接到面试电话。进了总经理室，落地窗前站着一位穿银灰色职业装的女士。她面前的桌子上，一盆

文竹像团绿色的雾。

焦辉，你好，请坐。她捏着我的应聘表笑说。

您好。我答完，中规中矩地坐下。

你不认识我了？她走过来几步，问。

面前的女士的确有几分面熟。

她微笑着说，我们曾经是对门，你帮我换过锁。

我一拍脑袋，哦，面前这位女士原来是那个出租屋里的女子。现在她是这家公司的老总。

我一夜未眠。当东方的天空开满绚烂的彩霞时，我离开了郑州。

阳光灿烂的日子

只要心里有阳光，那每天的日子一定是灿烂的……

金钟跑了三家商铺，也没拉来一个广告，无精打采地回了家。远远地闻见炒豆伸（一种大豆制成的食物，形状扁圆像小球）的气味。他掩了鼻，心里奇怪，像豆伸、臭豆腐之类的东西，小春怎么那么爱吃，味道好不好，姑且不论，就是这种气味，怪冲鼻子的。

金钟是随和的人，并没有对小春的这种习惯，指点过什么。金钟从农村来到城市，屈指一数有五年了。他内心有着深深地漂泊感，像水面上的浮萍。金钟去城边的小河，看见不甚清澈的河面上一蓬蓬暗绿色的植物，一下子就产生了共鸣。

金钟三十五岁了，瘦高，脊柱微弯，走路叉着两条大腿，速度并不快。他这五年，接连换了十来种工作，并没有一种干得长久。于是，金钟没有稳定的收入。幸好，他在农村老家还有几亩田地，不至于使生活陷入极端困苦。

他总有许多名号，如某网站的版主、县摄影协会会员等等，这些名号像一顶顶花色不一的帽子，并没有遮体的实际功用。而衣食住行所需要的钱，是硬通货，掺不进假。他只好戴着这些花花绿绿的帽子，把廉价的衣衫，熨平、洗净，就罢了。妻子小春在一家饭店干杂活，挣的钱刚好够儿子上学花费。

金钟不吸烟不饮酒，小眼睛看上去又忠厚又机敏，大鼻子却是个败笔，使厚嘴唇很像两根香肠，理短的头发，让面部更加地顾长。他并不喜欢短发，这只能

暴露他的缺点，高颧骨、深眼窝、小耳朵、不匀称的五官，一览无余地展现出来。可他不能不理短发，因为只要后脑勺的头发稍微长了，就会生出许多小红疙瘩，痒而且会溃烂。

金钟新进了家广告公司，公司发行一种报纸，上面刊登的全是五花八门的广告。这需要拉县城商家们在上面登广告。金钟按所拉广告费的百分之二十五提成，没有底薪。

金钟回农村老家，都要提前几天准备，把最好的衣服洗干净，熨整齐，皮鞋擦亮，像走亲戚一样。到家，和农人一比，果然不同，刮净的下巴，白（虽然粗糙）的脸，整齐干净的打扮。人问："金钟，还种呢？还看眼里面这几亩地？"金钟笑笑，说："看你说的，我本来就是个老百姓啊。"顿了顿，他又说："不能忘本不是？"

县城的很多街道金钟了如指掌，他这几年光搬家就搬了七八回了，许多街道都住过，房租一年年地高了，但他还能承受。不能承受又咋办？总不能打道回府呀？那儿子上学咋办？其实，钱这玩意用这里多了，用那里就少些，糊口太容易了。金钟说不上快乐还是沮丧，日子就这么不咸不淡地慢慢流逝。

金钟有很多机会可以出外打工，但他舍不得儿子，当然还有小春，人活着，不就百十年嘛，什么最重要，儿子老婆嘛。

金钟屏住呼吸，夹了块豆伸炒鸡蛋，咬了口馍，使劲嚼几下，吞进喉咙，再灌下几口米汤。吃罢饭，冲完凉，他走进儿子的屋里，看儿子写作业，等儿子合上本子，就让儿子趴到床上，认认真真地给儿子捏、掂脊梁骨上的皮。

从儿子屋里出来，一拐，就是小春和自己的屋了，他拉窗帘的时候，瞥见窗外的天空有个影影绰绰的圆月亮，他想：明天一定又是个阳光灿烂的日子。

皮 鞋

孩子的心灵是纯洁美好的，他们感恩帮助他们的人，在此，也向那些不求名利深入偏远地区支教的老师致敬……

我在学校宿舍喝醉了酒，在校园里又哭又闹，惹得很多学生围观。这件糗事发生后，校长和教导主任分别找我谈了话。我当然知道错了，身为老师，这样的确有失师道尊严。校长和主任并没有批评我，只是要求我下不为例，最后，无一例外地拍我的肩膀表示理解和同情，鼓励我把心思用在教学上。

我长这么大，第一次喝醉酒，心里胃里都很难受。我也不想喝醉酒的，只是事情逼迫着脑筋，脑筋指挥了行动。我受不了女友离我而去，失恋的打击对于重感情的人，总是很深重的。但事情已经发生，我也只好把精力用在教学上，让自己没有时间回味悲伤。

我教三年级二班的语文，兼班主任。我刚来学校半年，并没有什么教学经验，主要是在这个山村小学，我是唯一的本科生，校长就让我当了班主任。我喝醉酒出丑后，渐渐发现班里的学生有了很大的改变。时常迟到的几个学生也不迟到了，上课爱打瞌睡的李石头也精神了，全班学生的成绩都有了提高。但我发现学生们下课了就躲着我，不再像以前围着我说说笑笑了，我百思不解，就把班长李玉兰喊到办公室询问。

李玉兰勾着头，不说话。我连问了几遍，她抬起头，眼睛里满是泪水，说：

"焦老师，你女朋友不要你了你才喝醉酒的，是吗？"我愣了，只好照实点点头。她又问："她不要你了是因为我们吗？"我很奇怪她这样问，就说："不是的，大人之间的事情，你们不懂。"李玉兰哭了，说："因为我们这里穷，你教我们你也穷，我们都商量好了，以后不让你操心，都好好学习，长大有钱了都给你钱。"我笑了，说："好啊，老师谢谢你们。"李玉兰跑回教室了，我的眼泪模糊了眼睛。多么可爱、聪明、懂事的一群孩子啊。

过了段时间，我觉得同学们又有什么事情瞒着我，每次放学，总有几个学生凑在一起嘀嘀咕咕的，好像商量什么事情。我找李玉兰问，也没问出什么。有一天上课，我发现李柱子脸肿了，眼睛挤成一条缝，忙问他怎么回事。他支支吾吾地说："老师，没事，是让马蜂蜇了。"过了几天，见到村民，他们热情地招呼我，他们问："焦老师是不是经常放学后留孩子们上自习啊？"其实我是很少占用放学时间的，觉得学生们回家撒谎了，就说："是不是学生回家晚了？"村民们笑着说："这段时间，孩子老是回家晚，说在学校上自习，焦老师多受累了。"

这些孩子放学后干什么去了？我一定要弄个水落石出。我决定放学后偷偷跟着他们，看他们到底做些什么。这天，同学们很是异常，因为都看着我偷笑，我看到谁，谁就立即勾头，或把头转到一边，避开我的目光。我装作没察觉他们的异常，等到放学后跟着他们，一切就都明白了。

放学铃声响了，同学们都坐着没有动。我更加奇怪了，刚想开口问，李玉兰抱着个纸盒，站起来说："焦老师，我们挣钱给你买了双皮鞋，你穿上皮鞋，就不愁找女朋友了。"我惊讶了，接过打开，是一双黑色的皮鞋。同学们纷纷说："焦老师，你快穿上吧。"在同学们的注视下，我穿上了皮鞋，同学们欢呼起来。我问："你们怎么挣的钱？"同学们七嘴八舌地说："我们放学后去挖草药，摘蜂巢，星期天拿到镇药店卖钱。"

我泪流满面。

同学们问："焦老师，你怎么哭了？"

我笑着说："谢谢同学们，老师只是感觉太幸福了。"

回到宿舍，我把调离申请撕掉了。

老　徐

他说："老徐很苦呢，十二年前，他四岁的独生儿子铁蛋丢了。他出外寻找，一找就是十二年啊……"

老徐五十来岁，看上去倒有六七十岁了，头发基本上全白了，顶也谢了，不高的身材，背有些驼。眉间一道"川"字纹，深得能装进无数稠稠密密的日子。他在县一中门口摆了个烧饼摊。

这所高中是阳夏县重点高中，每年都有考上北大或清华的大红喜报贴在门口。白色瓷砖的底色，衬着大红喜报，养眼，好看。老徐站在喜报前，一边看一边笑，说："这个娃经常来买烧饼呢。"有时候会叹息，轻轻地叹息后，眼里漫起了水雾。

老徐的生意很好，中午和晚上的饭点，许多学生跑来买烧饼吃。这时候老徐最开心，他边卖烧饼边笑着说："好好读书，娃，争取考个好大学。"这些半大孩子就笑着说："好啊，老徐，你把烧饼烤焦些，保准我们都能考上一本。"老徐说："中，烤焦些，都上好大学。"学生们嘻嘻哈哈地买完烧饼，有回学校的，有拿着烧饼去旁边烩面馆或牛肉汤馆的。

每年到了寒暑假，一高周围的小饭铺生意就冷淡了，那些炒拉条、烤肉串的流动小摊就离开了，寻找人流大的地方做生意，等到学校开学，再回来。老徐的烧饼摊在这里有两三年了，从来没有动过地儿。他的全部家当，就是一个圆形的烤炉、一个齐腰高的桌子、一把破藤椅、一个褪色的遮阳大伞，这些家

当全放在一辆破三轮车上。不管学校放没放假,老徐每天还是来到学校门口摆摊烤烧饼。学校附近的小区,有人经常来买烧饼,使得他烤炉里的炭火不至于熄灭。有人劝过他,到城里的闹市去,等学校开学再回来。老徐笑笑,没有说话,也没有听话。

老徐坐在藤椅上,打开老年唱戏机听家乡的道情戏,听着道情清澈婉转的音调,半眯上眼睛。学校里的电子铃响过六次的时候,他就睁开眼,关掉老年唱戏机,走进学校里,在水管下洗干净手,走回来,从面盆里拽出面团,用脚尖踢开烤炉的封口,开始干活儿。他算的时间刚刚好,总是等到学生放学时,烧饼出炉,散发着热气,又焦又香。

有个男孩儿,很瘦,面色苍白,戴着厚眼镜,来买烧饼。男孩没来买过烧饼,老徐对他没一点儿印象。老徐只望了男孩一眼,目光就被粘住了。他仔细打量男孩,从衣着上看出了男孩的寒酸。男孩放下一块钱,拿起个烧饼,转身走的时候,老徐浑身颤抖了几下。他喊:"孩子,等等。"男孩站住了,嘴里嚼着烧饼,用手指指放在烤炉边沿的一元硬币。老徐平复了一下起伏的胸膛,说:"孩子,每天放学来帮我卖会儿烧饼吧!我给工钱,一天三十,还管一碗牛肉汤。"男孩愣了下,欢喜地问:"真的?"老徐说:"真的。"男孩高兴地答应了。

每天放学,学生们集中来买烧饼,很忙。有男孩帮忙,老徐清闲了许多。忙过后,男孩高兴地接过老徐给他的三十元钱,拿着烧饼,跑到不远处的牛肉汤馆,就着烧饼喝一碗牛肉汤。一个月后,男孩面色红润了。他喊老徐老徐伯,老徐喊他铁蛋。男孩说:"老徐伯,我叫华耀,不叫铁蛋。"老徐嘿嘿笑,还是喊男孩铁蛋,还说:"铁蛋,你耳朵棱子的这颗痣长得好,今年一定能考上好大学。"男孩高兴地说:"我的目标是清华。"老徐说:"铁蛋一定能考上清华。"老徐让男孩帮工的第二天,就打听过男孩,知道男孩是清营镇华屯的,很小的时候爹病死了,娘跑了,奶奶养大了他。这年高考,男孩考了715分,全省的理科冠军。老徐望着喜报上男孩的照片,高兴地抹了几把眼泪。男孩临走的时候,抱着老徐哭了,说:"老徐伯,我记得你的恩呢,我以后会报答你的。"

这件事被很多人知道了,都感觉暖心,四处传。有个老徐村里的人在酒桌上听说后,说起了老徐。他说:"老徐很苦呢,十二年前,他四岁的独生儿子铁蛋丢了。他出外寻找,一找就是十二年啊。他老婆因为儿子丢,疯掉了,夜里跑出去掉塘里淹死了。老徐三年前才回来，给爹娘还有老婆烧了几刀纸，圆了圆坟，打个烤炉跑城里来了。也不知他什么时候学会的烤烧饼。铁蛋那孩子长得虎头虎脑，可招人喜欢了，他耳朵棱子上有个黑痣，我经常揪他耳朵上的黑痣，骗他说帮他捉虫子呢。"

酸酸甜甜的腌黄瓜

小姜有点着急，忙问，为啥？你看我哪不中你的意，我改。槐花笑了，说，你个傻样。说着，啪叽，亲了小姜一口，然后打开车门，跑了。

槐花说，小姜，我搭你的车去市区里买点东西，中不中？小姜说，怎么不中？中一万万还不够中哩。

槐花坐上小姜的车去了市区，一路上俩人嘻嘻哈哈地说话，下车一起逛了几个大超市，又进了几个大商场，最后溜溜达达去了公园。看看天要黑了。小姜说，天要黑了。槐花说，是呀，真快。小姜领槐花去吃饭。槐花说，回我干活那个饭店吃饭吧。小姜说，都这个点了，早饿了，今天我请客。

俩人到一家小饭店，小姜点了两个小炒，一盆鱼头汤，要了两碗米。槐花指指饭店玻璃菜柜，问，小姜你那么喜欢吃腌黄瓜，咋不点？小姜笑笑，说，我只爱吃你腌的黄瓜。槐花的脸腾一下红了，抿着嘴偷笑。

槐花腌黄瓜可讲究了。选鲜嫩、带刺、条细的黄瓜，择去花蒂，用清水洗干净，晾干水分；刷干净大缸，先在缸底撒层精盐，然后码一层黄瓜，再撒层精盐，再码层黄瓜……雪白的盐和青翠欲滴的黄瓜搭配在一起非常好看。第二天开始倒缸，上下那么翻腾一遍，要连续倒八九次，最后添上适量的盐水，放在屋角阴凉里，三十天左右就腌好了。每次小姜接过槐花刚捞出的腌黄瓜，都是拿清水一冲，当水果咯咯吱吱吃。小姜每天都会去槐花打工的饭店吃饭，每顿饭都要吃两根腌黄瓜。

　　小姜是豫东太康人，初中毕业考个驾照去了浙江柳市，在一家工厂送货。厂子挨着，就是槐花打工的小饭店，卖馒头、包子、稀饭，也有小炒和米饭。槐花是淮阳的，在太康南边百十里地。她个子不高，扎根马尾，白脸蛋儿，细眉毛，眼睛里汪着股清水，秀秀气气的。

　　槐花搭小姜的车进市区买东西，一个大下午，两手空空，连根皮筋也没买。车到了槐花住的地方，小姜熄了火。小姜清清嗓子，问，槐花，我想一辈子都能吃上你腌的黄瓜。小姜觉得语调不自然，怪怪的，就吧唧着嘴掩饰。槐花扑哧笑了，说，看你那个傻样。小姜说，咱家乡彩礼重，等我攒够一大笔彩礼就去你家提亲。槐花幽幽地说，我可不是看钱重的人。小姜说，那也不能委屈你，怎么着随大流也要随下去，再说，我工资又不低，我估摸明后年就能娶你。槐花呸了一口，说，谁说要嫁你了？小姜有点着急，忙问，为啥？你看我哪不中你的意，我改。槐花笑了，说，你个傻样。说着，啪叽，亲了小姜一口，然后打开车门，跑了。小姜摸着脸嘿嘿嘿笑。

　　没过两天，小姜失踪了。槐花打小姜电话，没人接，去小姜的厂子问，才知道小姜辞职了。槐花哭了。

　　槐花每次看见腌黄瓜，都要哭一场。

　　小姜家里出事了。他父亲站在板凳上挂玉米串子，晕了，摔了一跤。本以为没大事，送进医院，查出是肝癌晚期。小姜接到电话就回家了。治了四个多月，父亲走了，家里欠了不少债。母亲受不了打击，一会儿清醒一会儿糊涂。小姜断了对槐花的念想——槐花是多好的女孩啊，怎么能让她跟着自己受苦呢？

　　小姜姐姐嫁得远，母亲又离不开人，小姜不再出外打工了。他订阅了些报刊，学了不少农业知识，租了别人家的四十多亩地，加上自己家的，足有五十亩地。小姜想，就算不出去打工，也要赶紧挣钱把欠的账还了。小姜打破了麦茬豆，或麦茬玉米的种地习惯，种麦时留好西瓜套，西瓜套种辣椒。

　　小姜忙地里还要忙着照顾母亲，累得又黑又瘦，眼睛显得更大，透出坚毅、乐观的光芒。

　　小姜天不亮就下地给西瓜对花。对完花，踩着亮晃晃的阳光跑回家，再给母亲做饭。他急慌慌地回家，进院看见小方桌上摆个塑料盒。屋里有人和母亲说话，笑声不时地传来。小姜打开塑料盒，原来是一盒腌黄瓜，他捏起一根腌黄瓜放嘴里咯吱咯吱嚼，一边嚼一边笑，笑得满脸泪水……

看电影

老伴说，七十块钱一张票，这么贵看的人还恁多。老刘笑了，说，反正咱的票不要钱。老伴也笑了。

在二楼电影院前台，穿蓝制服的女孩问老刘，你看啥片？老刘答，八点那场。女孩又问，啥片？老刘有点慌，忙答，啥都中。女孩用笔在票上写上二厅，头没抬，问，几排几号？老刘发蒙，想，几排几号应该你告诉我啊？

后面排队的说，快点，快点。老刘有点囧。挨着老刘排队的一个年轻人，指着电脑屏幕说，在这里选座，竖是排号，横是座位号。老刘面前的屏幕上横竖排着很多数字，有些数字被黑白头像盖住了。年轻人说，有头像的座位已经被选过了。老刘感激地冲年轻人笑笑，对女孩说，九排十三、十四号。

老刘捏着票找到老伴，老伴站在鱼缸前看鱼。老刘擦着汗说，现在看电影不但贵，还很麻烦呢。老伴说，七十块钱一张票，这么贵，看的人还恁多。老刘笑了，说，反正咱的票不要钱。老伴也笑了。

下午老刘去县文联送水，刚把饮水机上的空桶卸下来，张编辑气咻咻地进来说，什么人啊。老刘问，张老师，谁惹你了？张编辑说，我老公，说好的下班看电影，他又加班，气死我了。说着把电影票摔桌上。啪！老刘探头看，七十块钱一张，可惜了。张编辑说，向朋友要的，不花钱。又说，老刘，送给你吧。

老刘个子不高，黑红脸，来县城干送水工一年多了。他最大的骄傲就是儿子。

老刘四十多了，得了个儿子，这在乡村，也算是老来得子。儿子打小懂事，学习又好，去年考上了大学。他知道父母年纪大了，就想方设法替父母减轻负担。他生活节俭，勤奋用功，拿到了奖学金，还利用节假日到餐厅打工。老刘和老伴说起儿子，那是又骄傲又心酸。

老刘原先在村里种西瓜，套种辣椒，收成挺好，只是连年重茬，瓜秧开始生病，产量低了，需要改茬两三年。老刘只好种玉米。玉米是懒庄稼，不费多少人工，人闲了，但收成低。庄户人家闲下来，会觉得日子空了，没意思了，再说老刘还想多积攒钱呢。虽然儿子说了，结婚什么的用钱都不要老刘管。老刘想，当父母的对孩子不能留劲，能帮多少是多少，再说，他和老伴身体好着呢。

老刘和老伴进城了，老刘送水，老伴在一家购物公园打扫卫生。儿子每次来电话，都劝老刘他们回村，不要太劳累，不要太俭省，他不缺钱，奖学金加上打工的钱够用。

老刘兜里装着电影票正忙着送水，儿子来电话了，还是说不要劳累不要俭省注意身体。老刘就说，街上太吵，晚上八点你再打电话吧。

快八点了，老刘和老伴随着人流涌向检票口，检票员把电影票副票撕掉后递过来一副墨镜。老刘不知道咋回事，也没敢问，和老伴拿着眼镜进二号放映厅了。电影开始了，老刘看大家都戴上墨镜，用肘碰碰老伴，俩人也戴上了。一堵墙般大小的屏幕上，一辆汽车爆炸了，碎片似乎飞出来掉在老刘脸上身上，太逼真了。而且老刘感觉像没吃晕车药坐长途大巴，胃里一阵翻腾。老刘忙摘掉眼镜。电影画面变成混混沌沌的了。他扭头看老伴，老伴早把眼镜摘下来了，低声说，我差点要吐了，怎么像晕车？老刘和老伴都有晕车的毛病。老刘望望模糊的电影画面，说，儿子咋还不来电话？俩人不敢再戴眼镜，看着模糊的画面迁就着。

电影放映二十来分钟，儿子才来电话。老刘低声说，儿子，我正领恁妈在电影院看电影呢，你听，可精彩了……儿子说，爸，这就对了……

因为在电影院，不敢通话太久。儿子叮嘱了老刘注意身体，不要太劳累……老刘和老伴又叮嘱了儿子，注意身体，好好学习……电话就挂断了。

老刘把手机装兜里，冲老伴点点头，电影还没有演到一半，俩人心满意足地离开了电影院。

好好爱

　　还没有等薛军想好，陆梅寒下脸，说，薛军，你太不像话了，我辛辛苦苦伺候你妈，你在这里不好好工作挣钱。你不知道你妈多难伺候……

　　陆梅回老家快俩月了。

　　薛军早上六点起床，洗洗脸刷刷牙，溜溜达达去南边县前街口一家粥店。一枚茶鸡蛋、一份鸡蛋煎饼、一碗南瓜米粥，就着咸萝卜丝，香香美美地填饱肚子。到单位，一堆活儿像座山无形地耸在桌面，像条河无形地汹涌在电脑里。忙！中午只好叫盒饭。

　　晚上八点，薛军甩着外八字腿，晃着尖长的脑袋下班回家。在谢安路口，他拐进家饭店，揉揉大鼻子，说，下一碗肉丝手擀面，热三个凤凰蛋。他不清楚毛鸡蛋什么时候改称凤凰蛋了，不过比毛鸡蛋喊着文气。薛军喜欢文气。

　　回到家，薛军洗洗脚坐床上。儿子上九年级了，过周末才回来。薛军抖着脚趾头，拿着遥控板一个一个按顺序换了一遍频道，然后关掉电视。启动电脑，浏览浏览网页，看看乱七八糟的新闻，打个哈欠，关了电脑。他想，陆梅这会儿干啥呢？

　　中午薛军用单位的电话和陆梅聊了会儿，询问了母亲的痊愈情况。母亲骑电动车不小心摔了一跤，右手腕伤了。薛军丢下手头的活风风火火赶回家，带母亲去医院拍片子。医生说，不算太严重。薛军松了口气。母亲的手腕打了石膏，用绷带吊着，面色蜡黄，花白的头发有些凌乱。薛军心里一疼，眼泪下来了。伤筋动骨一百天，母亲需要照料。薛军在单位是临时工，手头一大堆活儿，他忙着却快乐，有用处的人才能在单位站住脚。他等着机会转正呢，不敢请长假。他打电话给陆梅，领导好，我现在在家呢，咱妈摔伤了手腕，我带她看过了，这段时间你能不能回家照顾照顾咱妈。

薛军你说的啥话？陆梅的尖嗓子传来，妈可是你亲妈我亲婆婆，能不能个啥啊，我马上辞职回去。薛军心里一暖，陆梅找份超市的活也很不易呢。快俩月了，母亲恢复得很快，右手能拿筷子吃饭了。陆梅在电话里说，我再照顾妈俩月，等妈像以前一样右手能提桶水我再回去。

薛军想起了陆梅的种种好，好多了，像天上的云彩，堆着叠着多了，天大的不好也能挤得没地方容身，再说，陆梅也没什么天大的不好。薛军想，等陆梅回来，一定好好爱陆梅。用最暖心的话对她，用最美好的笑对她。带她去淮阳看看荷花，带她去开封看看菊花，带她去鹿邑看看老子故里……最不济带她去县南二十里的谢堂看看谢安故居，去县北二十里的高贤看看寿圣寺塔，去县西三十里的小吴看看吴广塔……领着她去金店买条柔细的项链，领着她去专卖店买件皮草……领着她去吃香虾麻辣火锅，领着她去吃地锅鸡……

日子像薛军的外八步，踢踏踢踏，就过去了。母亲可以用右手提起满满一桶水了，陆梅回来了。薛军请了个假，洗完胀满洗衣机肚子的衣裳，拖干净地板，理了头发。他要和陆梅温存温存，说说话。

陆梅把电动车推进屋，看见薛军，奇怪地问，你咋没上班？薛军思忖着如何富有幽默感地把为什么没上班的理由告诉陆梅，然后看陆梅满月般的脸怒放成花朵儿。

还没有等薛军想好，陆梅寒下脸，说，薛军，你太不像话了，我辛辛苦苦伺候你妈，你在这里不好好工作挣钱。你不知道你妈多难伺候，饭菜一会儿嫌淡一会儿嫌咸，剩菜汤还要用馍蘸蘸，恶不恶心啊，还有——

行了，一进家就唠叨。薛军听陆梅数落母亲，心里一阵火起，父亲去世，母亲一个人生活容易吗？他打断了陆梅的话，她是我亲娘，你是我老婆，伺候她老人家不是天经地义吗？

陆梅也火了，涨红脸说，咋了，我说几句咋了？我伺候你妈几个月，我说一句不中了。想想你妈，咱家豪杰她给带过吗？谁家孩子小的时候，不是婆婆带。咱家可好，她一甩手打工去了，我那时候日子咋过的，啊？

薛军拧身走出门，丢下句硬邦邦的话，昏蛮泼妇！

薛军在去单位的路上想，我这是第几次想好好爱陆梅了？他用力想了想，还是记不清次数。

老 人

记得父亲生病后，想吃苹果，我买了一个，父亲舍不得一次吃完，每次吃一小块。我真该多买几个，可药费已经交不起了……

老人穿着褪色的老年衫，淡黄色的肥裤子，圆口布鞋里露出黑丝光袜子；他坐在人行道树下的一块砖头上，眯缝着眼打盹。老人的穿戴打扮、身形像我父亲。我急忙走过去，脚步放得很轻，怕惊扰老人。老人国字脸，浓眉毛，花白的头发梳理得整齐，大鼻子，厚嘴唇，鼻子两边的竖纹很深，相貌也像父亲。

父亲因病离开已十三年余。父亲病时，我刚添了个孩子，经济困顿。父亲在县医院医治，因是肝癌晚期，主治医师没有好的治疗方案。我想带父亲去郑州或北京、上海甚至国外医院治疗，这样也许能延续父亲的生命。但这是奢想，家里的钱早已花光，能借到钱的亲朋已经借了一遍，有几家借了两遍。庄户人家的钱都是汗珠子摔八瓣从黄土地里抠出来的，手中的余钱像受灾的禾谷，秕。后来父亲偷偷从医院跑回家，躺在堂屋的木床上，说："孩，俺哪里也不去了。"我的眼泪扑簌簌落在潮湿的地面，父亲笑了笑，沉沉睡去，再没有醒来。

老人睁开了眼睛。我问老人："大叔，县委怎么走？"他站起来，伸手给我指路，慈祥地笑说："往北一百多米，靠右就是县委大院。院里有个高高的旗杆飘扬着国旗。"我从村里到县文联帮忙，快有四个月了，县文联在县委大院里，我只是想与老人搭讪，找不到合适的方法。我点头致谢，顺手把提着的几个苹果递给老人。他推辞。我忙说："大叔，你拿着，你给我指路，我要感谢你，我，

你很像我的父亲，我——"我语无伦次了。老人愣住，最后接过苹果。我快步去上班，眼泪要忍不住了。我听人说，要流泪时，仰起头眼泪就不会流出来。我仰起头。人云亦云的东西真实性不强，眼泪从眼角滑落。记得父亲生病后，想吃苹果，我买了一个，父亲舍不得一次吃完，每次吃一小块。我真该多买几个，可药费已经交不起了。

　　第二天中午上班，我又看见了那个老人，他还是坐在老地方。看见我笑了，说："孩子，你给我的苹果很好吃，我好久没有吃过那么香甜的苹果了。"我很高兴，问："大叔，你还想吃吗？"他摇摇头，说："我不想吃苹果了，我想吃粽子。"不远处，有个卖粽子的小贩，挂在车把上的喇叭不时播放录好的吆喝："大胡子粽子，吃了心想事成。"我买了两个粽子送给老人。老人慢慢剥开苇叶，晶莹洁白的米粒散发出浓郁的香气。老人甜甜地吃着粽子，很满足。我看着老人吃粽子，心里充满了温暖和淡淡的忧伤。

　　后来我和老人熟识了。只要天气好，他中午都会在老地方等我，接过我给他买的东西。有时候是烤红薯、煮玉米、包子、饮料之类，有时候是一把挠痒耙子、一把纸折扇，或是老人临时指定要个甜瓜、酸杏什么的。一晃，半年过去了。我们都没问过对方的情况。我内心深处有着满足和欢喜，有着安慰。

　　老人连着五天没有出现了，我不得不每天上下班拎着一顶红帽子。老人说想要一顶红帽子。第五天中午，有个女孩站在老人等我的地方，她脚边有两个大纸箱。我恐惧起来，不祥的感觉幽灵般围绕。我走到女孩身边，停下。女孩望着我手里的红帽子，试探着问："你好，请问你是不是经常给一位老人买东西？"我点点头。女孩说："老人是我父亲，我母亲去世早，父亲退休后喜欢一个人散步。有天他给我打电话，说是遇见一个小伙子，陪他说话，给他买东西吃。我告诫他小心受骗，他气得骂了我几句，把电话挂了。我手头有个项目，抽不开身。终于有一天抽空回来看他，见他面色红润，精神很好。他不断地说你和他之间的事，我打算第二天见见你，谁知我负责的项目出了点问题，我连夜飞回去了。谢谢你给我父亲带来了很多欢乐，他一直想有个儿子，可惜只有我一个女儿。"

　　我问："大叔呢？"女孩眼里漫上泪水，然后一颗颗坠落，她抽泣着说："三天前我父亲在医院去世了，他走时留话，把所有的藏书送给你。我都装在这两个纸箱里了，有些是珍贵的孤本……"女孩还说了什么，我没听见，我紧紧捏着红帽子，泪水渐渐模糊了眼睛……

挑灯笼的女孩

男人撞开女孩，冲进屋。我跟着冲进去，挡在女孩前面，让女孩赶紧打110报警。女孩没有动。

我在县委宣传部办的《阳夏月刊》谋了份活。李主编帮我在县委后面的小区租了个单间。

有次校对稿子下班晚了，路边的白玉兰在夜色里发散淡淡的清香。一个女孩挑盏灯笼，进了楼道。楼道没有装灯，我跟着上去。女孩住在我斜对面。

女孩挑着灯笼照明，让我有些惊奇。我夜里照明是用手机上的手电筒。我留意了女孩。一旦留意，很快弄清了女孩的一些事情。她是县西北清集镇的，在一家酒楼后厨干活，住这里小半年了。

周末，传来砰砰极响的敲门声。不胜其扰。我放下书，开门。一个宽肩膀的男人敲女孩的门。我说："她上班去了，不在家。"男人转头，问："她在哪儿上班？"男人脸色焦黄，两眼通红，传来一股酒臭。我说："不知道。"男人骂骂咧咧走了。

晚上，我听见女孩回来，忙开门。女孩挑着灯笼，却没有点亮。灯笼是很简单的那种，竹子骨架，粉色塑料外壳。我问："灯笼咋没点亮？"她看我一眼，脚步没停，说："有些灯笼，不用点亮，依然能发出光，只是有些人看不见而已。"她言下之意，我是那"有些人"了。我尴尬了一下，忙说："今天有个男人找你。"

女孩开门，进屋，啪嗒，关上门。

　　一大早，砰砰砰，擂门声震醒了我。开门，又是那个男人。我大声问："大早上的，你干啥？"男人红着眼睛，喷着酒气，晃着拳头，问："你是谁？"我壮着胆气说："我在县委上班。"男人眨巴眨巴呆滞的眼睛。女孩开门，看见男人，想关门。男人撞开女孩，冲进屋。我跟着冲进去，挡在女孩前面，让女孩赶紧打 110 报警。女孩没有动。男人一屁股坐在沙发上，跷着二郎腿吸烟。我对女孩说："别怕，赶紧打 110。"女孩小声说："他是我爸。"

　　女孩给了男人一沓钱，男人晃晃悠悠离开。

　　女孩向我道谢，眼泪扑簌簌落下来。女孩平静后，向我讲了她的事情。

　　女孩叫王小芳。记事起，父亲就酗酒成性。母亲眼睛看不见。有一年元宵节，村里小伙伴都挑着灯笼出门玩。她没有灯笼。父亲不知道醉到哪儿去了。她很渴望能挑着灯笼走来走去。她趴在门缝里，望着小伙伴们挑着亮晃晃的灯笼笑着闹着，泪水滴落在黑漆漆的夜里。第二天，她捡了一只别人烧坏的灯笼，用白纸重新糊一下，拿铅笔在纸上画月亮、星星、小鸟、树木、男人女人牵着一个小女孩。

　　晚上，她把一截蜡烛头放进灯笼底座，点燃，灯笼发出明亮的光。她挑着灯笼小心翼翼地出门了。她和灯笼遭到伙伴们的嘲笑："哇，这是啥灯笼啊，哈哈。""你挑着灯笼是去找醉鬼爹，还是给瞎眼娘照路？"有个野小子轻轻一撞她的灯笼，嗯，灯笼变成一团火。她哭了，从此不再挑灯笼。她没上初中就辍学了，后来她母亲因病去世。埋葬母亲那天，她父亲躺在镇上酒馆里大睡，叫不醒……

　　她长大了，父亲贪图彩礼，要把她嫁给一个家里有钱的痴呆，她不愿意，最后保证定期回家给父亲一笔钱，父亲才没苦苦逼迫。她来到县城，在一家酒楼后厨干活，很累，但工资高。她买了只灯笼，晚上回来挑着，心里很温暖，就像母亲陪伴在身边，再大的苦累也不怕。她的住处和干活的地方都瞒着父亲，不知怎么的，父亲还是找来了。

　　上班时，我眼前一直浮现王小芳清秀的面容，被水泡烂的手，红肿的眼睛，还有那份坚毅的神情。下班，我拉李主编去吃饭。几杯酒后，我问："李主编，打扫卫生的阿姨辞职好几天了，我推荐个亲戚来怎么样？"李主编说："可以啊，不过人要勤快。"

　　晚上，我看书等王小芳下班。我要告诉她个好消息。

王小芳却一夜没回来，第二天还是没回来。

我问房东，房东说："王小芳今天上午退房走了。"

"去哪里了？"

"不知道。"

我向房东要了王小芳的手机号，打过去，没有人接听。

我再也没见过王小芳。

杨 光

十来分钟过去了，杨光站在烈日下的麦田里，没有回来的意思。

黄编辑扶扶眼镜说："这家伙……"

认识杨光，正是小麦成熟的时节。满眼如海的黄，风吹，一波一波，浓郁的甜腻香味，撞得车窗玻璃乒乓作响。

杨光，哦，几分钟后才知道坐我左前方的矮瘦男人名叫杨光，他翻来覆去摆弄一台相机，大眼睛瞪着，嘴里嘟嘟囔囔着什么。"杨光，今天多拍点劳动场面，多拍点丰收镜头，月刊上好用。"黄编辑说。杨光嘴角一拉，挤出一声"哼"，表情硬得像风干的烧饼，是那种长条烧饼，阳夏县喊作"带把儿"烧饼。"咱来就是弄这个的，你好好操心采访的事吧。"杨光举着相机晃晃，说。

下车后，大家忙起来。黄编辑他们忙着找采访对象，杨光四处抓拍镜头。我站在树荫里，这边望望收割机隆隆着吞进麦稞子，那边瞅瞅麦粒从收割机放进拖拉机车斗上，显得悠哉。这次"大美阳夏"采风活动，我作为特邀作者，只要写几篇三夏大忙题材的文学作品就算完成任务。

杨光在烈日下拍了几组收麦场面，把相机往车里一放，去帮农人收麦。一个六十多岁的老人，弯腰用力扒拉放在车斗上的麦，杨光敏捷地爬上去，帮老人扒拉麦。上车回城，杨光的白衬衫被汗水溻出一圈一圈的米黄。

车走在乡间的水泥路上，两旁杨树碧绿，叶片像闪亮的镜子，没有收割的麦田一望无际。"停车！"杨光喊。司机不知道发生了什么事，忙停下。杨光拉开车门跳下去，抱着相机进了麦田。中午的热浪在麦梢上蒸腾出发光的雾气。杨光举着相机，变换角度拍照片。司机"咳"了一声，说："我当什么事呢，原来想拍几张照片。"十来分钟过去了，杨光站在烈日下的麦田里，没有回来的意思。黄编辑扶扶眼镜说："这家伙，是个摄影迷。"半个小时后，杨光满身汗水地回来了，深陷的大眼睛放着光。

杨光来《阳夏月刊》编辑部送照片，我请他给我拍张半身照。出版社要求新书封面放作者照片。杨光很高兴，问我懂不懂摄影，我摇头。他兴致很高，说："摄影一词源自希腊语，大意是'以光线绘图'，是把日常生活中稍纵即逝的平凡事物化为不朽的视觉图像。"然后什么焦距、光圈、景深、感光度、色温讲了一大堆。黄编辑打断杨光的话，说："杨光，别忽悠了，你拍的没有说的好。"杨光不乐意了，撇着大嘴，露出不屑。黄编辑站起来，说："来，杨光，拍我，你能把我拍成黄晓明那么帅吗？"杨光举着相机石化了半分钟，嘿嘿笑，挠着稀疏的头发，说："那真不能。"杨光指挥我摆了几个姿势，又要求了几个表情，拍了几张照片。我在电脑上看了，杨光的技术的确很好。杨光说："焦辉，用照片时记得标注，摄影：杨光。"我点头答应。

杨光因为痴迷摄影，没少受老婆埋怨。杨光四十七八了，在农牧局上班，不求仕途不求钱，烟酒不沾，牌桌不上，就喜欢摄影。摄影器材挺贵，又四处跑，照顾家的时候就少了。主要是不挣钱。老婆的意见很大。杨光想了个办法，有机会就连哄带骗让老婆拍几张照片，慢慢地，老婆对摄影有兴趣了。俩人节假日各背一台相机，结伴四处跑，志同道合，夫唱妇随。老婆年前退休，在家开了个摄影工作室。

我去郑州开会，起早去坐车。在银城路上看见杨光两口子。俩人端着相机，四处瞄着拍照。我打招呼。杨光笑说："我们等第一缕金色阳光照在牌子上那个瞬间呢。"他说着指指高大路灯杆上的一个文明市民宣传牌。他老婆说："我们要比下，谁拍得好。"杨光低声对我说："我闭着眼睛拍，老婆也不是我对手。"然后他大声说："那一定是老婆拍得好。"他老婆高兴地笑了。杨光和我也相视而笑。

我调去周口上班了，不经常见杨光，但在报纸上经常能看见杨光夫妻俩拍的摄影作品。

进京记

　　田小芝对着镜子用尖嘴钳子薅白头发，她用钳子的尖嘴咬住白发，像咬住一团稠杠杠的日子。她咬着牙，用力把白头发薅下来。

　　高晨和田小芝把孩子送去一所大学后，原本狭小的租住屋突然变得空荡荡的。孩子去上大学了，县城的房子当然就没有租下去的必要了。

　　下一步，是让田小芝跟着自己去北京，还是另谋出路。高晨有点犹豫。

　　高晨把田小芝跟着自己去北京好还是不去好像烙饼一样反复烙，烙得两面都糊了，也决定不下来。在高晨"烙饼"的几天里，田小芝不插手不建议，每天做饭，收拾衣物。这里房子不租了，东西要搬回老家那几间旧房子里。

　　早上洗完脸，田小芝对着镜子用尖嘴钳子薅白头发，她用钳子的尖嘴咬住白发，像咬住一团稠杠杠的日子。她咬着牙，用力把白头发薅下来。

　　高晨问："田小芝，你看——"

　　"你看着办呗？"田小芝截断高晨的话。

　　按道理田小芝跟着高晨去北京是没什么二话说的，孩子不用照顾了，高晨又在北京打工，没有理由不让田小芝跟。可是很多事情既然纠结，就总有不顺畅的疙瘩。

　　田小芝小学二年级退学，高晨也没好到哪里去，刚进初中校门半个月，就跑回家了，转天就跟着同村的老黄去外地工地干活了。他在工地搬几天砖头了，书包还留在逊母口镇二中一（3）班教室的课桌里。日子翻翻滚滚间两人各自长大了，经人介绍，相了亲，订了婚，转过年的冬天，两人结了婚。

蜜月里，高晨说："你看看书吧。"田小芝白了他一眼，说："你订婚时就知道我没文化，现在这样说什么意思？"高晨忙说："你多想了，看点书学点字，以后用得上，我就后悔下学早了。"田小芝哼了一声，说："种个地，认不认字都一样。"高晨没办法，也不再劝田小芝，自己开始看书学习。等他们的孩子在县城上小学时，高晨已经在省级刊物上经常发表文章了。县文联《康县月刊》编辑部聘高晨当了编辑，高晨在县城临靠着学校租了两间房子。田小芝这么多年并没有多认识一个字，她操持家务，照顾孩子，倒也自得其乐。

高晨在北京一家出版公司项目部上班，公司有宿舍。田小芝要跟着去北京，就只能租房了。再说田小芝这么多年没有工作过，又不识字，在北京也难找到什么好活儿干，工资低还会很累，干活时还要用普通话才能交流，这些对四十多岁的田小芝来说都算是挑战。租房、交通等一些日杂生活费用最低也会耗去田小芝的全部工资。高晨打算让田小芝在家乡县城找个活儿，或者去家乡县城产业聚集区的工厂找个活儿，这样花费少收入高，能多攒点钱。孩子大学需要学费、生活费，再往后想，车、房、孩子结婚……

东西打包好，高晨把房子退了，旧家具便宜卖给邻居们了。剩下的衣物等，高晨找县城有小货车的朋友帮忙，一车拉回了老家。

睡在老家的旧床上，高晨不能入眠。十几年的旧时光呼啦啦扑面而来，从田小芝嫁过来，到孩子出生，到县城租房住，酸甜苦辣都化成一种难言的感触，毛茸茸地爬上心头，高晨的眼窝湿了。身边的田小芝安安静静地睡了。高晨伸手摸摸田小芝的脸，愣住了，满手湿漉漉的泪水……

高晨给北京的同事打电话，让他帮忙租了房子，又联系了发往北京的客车，微信订了两张卧铺票。

到北京已经是凌晨两点了。田小芝毫无睡意，眼睛里闪烁着亮亮的光。高晨叫了出租车，又给同事打电话要了钥匙。同事帮租的是一室一厅，设施齐全，月租金一千六。

高晨忙着上班，让田小芝先歇几天，过星期再领她找活儿。高晨对田小芝找工作的事没有一点信心。

高晨晚上下班回来，田小芝说："高晨，我找到活儿了。"高晨有点惊讶。田小芝兴奋地说："就离这里不远有个美食城，有个包饺子的小店，招工呢，管吃管住，一月三千块钱。"高晨说："没看出来，你自己敢找活儿。"田小芝笑了，说："跟着你，我心里不害怕，就有胆儿了。不在你身边，我白天晚上都有点害怕。北京这儿，只要肯吃苦，好活人呢。"

高晨说："那是，只要肯吃苦，不光北京，哪里都好生存。我下班早，到时我去接你。"

"好啊！"田小芝咯咯地笑了。

天桥上的微笑

站在天桥上的田小芝，脚下是不息的车流，黄昏的阳光有点发
黄却有着毛茸茸的温暖和亮丽，正照着田小芝望过来的笑脸……

田小芝跟着高晨到北京后，很快在住处附近的美食城找到了份包饺子的活儿。
月薪三千，包吃住。田小芝在店里吃，却没有住那里，高晨这里好好地租着房呢，
两个人能每天在一起，是最快乐的事情。

高晨下午五点半下班，田小芝是六点半。高晨下班后可以去接田小芝，然后
一起逛逛超市，买些水果、馒头、菜什么的，早饭晚饭田小芝会给高晨做。

田小芝包饺子的美食城在地下一层，一溜二十几个小店，都是一个柜台一个
操作台，门头上做了灯箱广告牌，图文并茂着展示小吃店的亮点。小店的前面，
四排褐色桌椅整齐排列着，纵向延伸，每个桌上都有盆娇嫩的绿萝。田小芝娇小
的身影在一个亮着"纯手工水饺"招牌的小店里忙碌。

田小芝下班后出来，要先上天桥，下了天桥，走到街这边来。高晨到天桥后，
先发一条微信给田小芝，"我在看象棋"，然后在天桥旁边的象棋摊前等，看漏
洞百出的棋局，听对弈的人用地道的京片子调侃。田小芝下班才有时间看手机，
她看到高晨的微信后，并不急着回，等到走上天桥，看见高晨了，才回条微信，
"我在天桥上"，高晨抬头，田小芝正走在天桥中央。

站在天桥上的田小芝，脚下是不息的车流，黄昏的阳光有点发黄却有着毛茸
茸的温暖和亮丽，正照着田小芝望过来的笑脸。田小芝大眼睛，长发，穿着红色

的外套，微微地笑，这些使她有着一种穿透力。这种力高晨不知道是如何形成的，但这种力无比强大，这种力穿透了婚后十几年反复叠加的难以统计的琐琐碎碎喜怒哀乐，穿透了密密麻麻晦暗明媚的厚厚薄薄的日子，直抵高晨的胸口，而且迅疾地进入高晨心底最柔软的那部分。高晨觉得，因为天桥上田小芝的微笑，日子也一天天地鸟语花香起来。

　　每天下班，能看见天桥上田小芝的笑容，是高晨期待和享受的愉悦。这愉悦不仅美好了日子，还坚定了高晨对明天的憧憬。随着时间积累，田小芝变得越来越自信和快乐。

　　有天晚上，田小芝说："高晨，我们应该再往前一步。"高晨不明白田小芝的意思，问："什么往前一步？"田小芝说："我想了好久了，我想在美食城租个小店。"高晨愣了一下，有点惊讶，他万没想到，田小芝来北京短短的半年多，就从什么事都要问他主意的人变成了敢独闯世界的人。田小芝接着说："美食城里有个小店房租到期，店主改行，我想租下来，早上卖包子、胡辣汤、八宝粥，中午卖饺子，下午买食材准备第二天的生意。租金也不贵，可以季交，两万多。扎的本钱不大，每天就能见着钱。"高晨张张嘴，一时竟然找不到什么合适的话。田小芝又说："既然来北京了，就应该大胆闯闯，再说，人活着吃饭为大，只要好好做，凭良心做生意，我想小吃店生意不会差。"

　　小吃店开张了，生意果然很好。田小芝买食材都是挑最好的，挑最新鲜的，田小芝说，吃的东西可不敢打马虎。很快，田小芝一个人忙不过来，又雇了一个大姐。田小芝让高晨搬回公司宿舍，她和那个雇来的大姐一起住。田小芝丰富了包子、饺子的品种，小吃店回头客很多，生意越来越好，田小芝忙得团团转。

　　高晨下班和节假日都要到小吃店帮忙，他每次走到天桥旁的象棋摊前都会停留几分钟。看看漏洞百出的棋局，听听对弈的人用地道的京片子调侃，然后抬头望天桥。天桥有时候空空荡荡，有时候是匆匆忙忙的行人，没有田小芝站在那里笑着望过来了。高晨心头有着深深的失落。

　　进了小吃店，高晨看见田小芝娇小的身影忙忙碌碌，以及每月高出自己工资很多的营业额，他心里有着深深的疼惜和自豪，还有些无奈。靠自己的辛勤和智慧，打拼出幸福的生活，小芝做得没有半点错，孩子大学的生活费、家里的房子要翻新、买辆车……高晨洗洗手，撸起袖子帮忙。

　　高晨每次来小吃店帮忙时，都会在天桥旁的象棋摊前停留几分钟。看看漏洞百出的棋局，听听对弈的人用地道的京片子调侃，然后抬头望望天桥……

那个叫邵虹的女孩

邵虹不应该长期在这里上班，我怕邵虹眼睛里那干净的光芒在某天早上突然消失。我多次想劝她离开，又舍不得……

我曾有两年时间在一家温泉酒店上班。我不喜欢在那里上班，十二小时的班，两班倒。我熬夜头疼。还要与形形色色的客人打交道，讨厌与人打交道是我天生的脾性。

不喜欢还要在那里上班，这没什么好说。很多人活着都不能事事喜欢，为什么到你要例外呢？我上班三个月后升职为值班部长。穿着笔挺的蓝色西装、紫色衬衣，打着蓝色斜纹领带，戴着耳机，腰里挂着对讲机，黑着眼圈，疼着脑袋，脚步落满这个十二层建筑的角角落落，却没有留下一个脚印。

温泉酒店在东街还有个宾馆，那里的生意不好，要辞退门迎。我这班正缺一个门迎，就写了个调动单，找总经理签了字。

那个门迎名叫邵虹。

邵虹二十岁，圆脸蛋，大眼睛，细弯的眉毛，头发挽着松松地垂在肩头，肤色白皙，身材高挑。她的眼睛里有着干净的光芒，回答问题时，微笑着，左脸颊有个浅浅的笑窝。我把工牌发给她，让她去找库房领工装。邵虹离开好一会儿了，我还处在一种怅惘的感受中。我从监控里看见穿着蓝色长裙、红色短外套的邵虹缓缓地走向前厅，眼泪落下来。邵虹眼睛里干净的光芒，微笑时左脸颊那个浅浅

的笑窝，多么像我的妹妹啊。我的妹妹现在也应该二十岁了。

有些醉酒的客人在前厅喜欢找邵虹搭讪甚至纠缠她。我时刻注意着前厅，看到邵虹被纠缠就会过去帮她解围，我不愿像我妹妹一样的女孩受到任何的委屈或伤害。有时候我望着亭亭站在玻璃转门旁迎送客人的虹，心里充满了温暖、忧伤、胆怯还有疼惜。邵虹不应该长期在这里上班，我怕邵虹眼睛里那干净的光芒在某天早上突然消失。我多次想劝她离开，又舍不得。

有天中午在食堂吃饭，邵虹与我坐在了一起。她轻声说，焦部长，谢谢你。我说，什么？她冲我笑笑，低下头吃饭。人与人之间是有某种看不见的通道的，你的心思会从这个秘密通道传达给对方。

每个季度温泉酒店会出钱让班组搞一次聚餐，属于集体活动，要求那个班的每个人都要参加。酒店高层也会派人参加。聚会上，副总挨着给大家敬酒。到邵虹时，副总倒了一大杯白酒递给邵虹。邵虹为难地端着足有二两的白酒杯，有点不知所措。我说，邵虹不会喝酒，喝果汁吧。副总说，那不行。然后对邵虹说，小美女，倒进杯里的酒要进肚子啊。我心里有点火，我夺过邵虹的酒杯，说，副总，邵虹是我班上的人，我替她喝。副总嘿嘿笑了，说，行，你英雄救美我成全你，不过，你替酒，要喝三杯。邵虹说，焦部长，我喝吧。我生气地打开她的手，说，一边待着去。

我一杯啤酒喝急了还会晕半天呢，三杯白酒，喝完后没出包间门就吐得昏天黑地。醒来已是次日了。我躺在广场的椅子上，女贞树宽厚的叶子挡住了天空，晨光闪烁。辉哥，你醒了。邵虹放开我，把我扶起来，递给我一瓶矿泉水。我喝了两口水，说，邵虹，你还是找份其他工作吧，这里不太适合你。

邵虹说，我知道，我原来在北京一家图书出版公司上班。奶奶病了，我回来了。温泉酒店工资高。其实我打算等奶奶出院了，就离开。

你奶奶现在怎么样了？

下个星期就出院了。辉哥，有你在，我不想离开了。

邵虹脸红了，看了我一眼，笑了。邵虹眼睛里干净的光芒，微笑时左脸颊那个浅浅的笑窝，多么像我的妹妹啊。我的妹妹现在也应该二十岁了。

我结婚了，与邻村的一个女孩。女孩没有文化，人很朴实。

不久，邵虹辞职了。

我也辞职了。

从此我再也没有见过邵虹。

每到下雨我思念妹妹时，邵虹的身影也会浮现。

两岁多的妹妹躺在病床上握着我的手说：哥哥，哥哥，我想跟着你追蝴蝶……

邵虹说：辉哥，有你在，我不想离开了……

她们微笑着，左脸颊有个浅浅的笑窝，大眼睛里闪烁着干净的光芒……

第二辑　人间万象

　　人间众生，林林总总，诸事纷繁，百味杂陈……上演了多少或让人莞尔，或让人动容，或让人愤慨，或让人洒泪，或让人叹息的故事……

绿叶上的雾气

春花把喷药筒子的盖子拧好，天太热了，剩下的两桶药，下午再打吧。她用手捶着腰站起来。热气暴雨如注般泻下来，天气预报说今天三十八度呢。

刚过九点，夏村就像蒸了半天的笼屉，突然被打开，热气四散。七月的阳光干净又毒辣，箭般射下，发出破空的噗噗声。绿叶上升腾起闪烁的雾气。

春花望着绿叶上的雾气，感觉耳边隐隐响起一支曲子，曲调不甚清晰，她断不准是当年庆民牵着她的手走进县城一家商场时，电器柜台传来清溪般音乐的曲调，还是大儿子结婚那天轰鸣的音响曲调，又像二儿子口旁哼出的曲子。她又想，这曲子，很像孙子的第一声啼哭呢。

春花个子不高，圆脸盘，双颊被日头晒成黑红。她的眼睛很像她的名字，眼波有着春花的美好。嘴角微微上翘，含着无限笑意。当年春花没看上庆民，庆民干巴瘦小，笑起来找不到眼睛。只因庆民下河救了俩小孩，春花认定庆民是真正的男子汉，才答应了婚事。

昨天春花和庆民微信聊天。庆民说："花，不中就雇人，八九亩地你自己咋忙过来？"春花说："能忙过来。你吃好，不要挂念家，看你又瘦了。"庆民忙调整了角度，说："哪瘦了，是手机的事。我让你种懒庄稼，你不听，嫌玉米、豆子收入少，非种辣椒和棉花，累垮了咋办，人值哩多。"春花眼里有了泪。庆

民跟着老表在北京干室内装修，一天一百多块，管吃管住。

上大专的二儿子，暑假回来两天就跟着同学去郑州干活挣钱了。二儿子说："妈，你和爸不用操我的心，我自己挣钱办自己的事。"春花说："小鹏，当父母的要一碗水端平，不想亏欠任何一个，你哥办事加上盖房子，约莫花了二十五六万。我和你爸得给你挣够这个数。"

春花把喷药筒子的盖子拧好，天太热了，剩下的两桶药，下午再打吧。她用手捶着腰站起来。热气暴雨如注般泻下来，天气预报说今天三十八度呢。绿叶上的雾气愈加浓重了，幻化出千般光彩，熠熠闪烁。春花一阵眩晕，胸口也有些发闷。她慌忙坐下，拿起塑料水壶灌了几大口凉白开。心头松快些。她把喷药筒子放进辣椒丛，回家了。走几步，拖鞋祥子断了。她捡起来，看一会儿，从路边黄瓜架上解根铁丝，把祥子捆扎在鞋帮上。她想，等会儿上街买菜，顺便买双拖鞋。

给大儿子盖房娶媳妇落下小四万亏空，年前又给孙子办满月酒借了一万多。春花虽然欠着账，心里很满足很欢喜。这些都是快心事，都是喜庆事。再说，今年松松的也能把账全还上。

大儿子在外面打工，春花住在他家。她进门，儿媳从冰箱里拿出饮料和水果。春花很欣慰，儿媳长得好看，像大瓷娃娃，还孝顺，又给家里添了个顶梁柱。当初办事，亲家说："成亲戚了，不瞎胡来，咱随大溜，楼房要有，换帖六万六，送好日子三万八，上车礼一万，小轿车买辆七八万的吧。"儿媳发话了："爸，大鹏爱喝几口，车不要买了，要不我整天提心吊胆。"亲家瞪闺女一眼，张张嘴，塞进根烟。儿媳没过门就知道给婆家亲，管事的回来一说，春花心里像灌了蜜糖。

春花问："宝呢？"儿媳说："妈，宝睡觉了。你歇歇，喝点饮料。要不还是你照顾孩子，我下地干活吧。"春花笑着说："你的责任更大，照看好咱家的宝，就中了。"

春花推出电动车上街。儿媳忙拿两百块钱给她。春花推辞。儿媳硬塞给她，说："咱娘俩现在一个锅，你上街就应该花我的钱。"多懂事的儿媳啊。春花的眼睛有些湿。

春花去超市买了菜，买了壶油，想着儿媳爱吃樱桃，又买了些樱桃。看小孩衣服好看，给孙子买了件小衣服，又买了顶小花帽。春花看看晌午了，忙骑上电动车回家。路两边的庄稼地落满白花花的阳光，绿叶上的雾气唑唑跳跃。她的脚一阵疼。停下看，铁丝扎肉里了。她忽然想起来，忘给自己买拖鞋了。她用力把铁丝头摁下去，穿上，寻思，回家用针线连缀，一定不会扎脚，还结实。

宝该醒了吧。她想起孙子，心头一阵战栗，加快了电动车速度。风迎面吹来，裹挟着绿叶上甜丝丝的雾。她嘴边的笑里哼出太康道情戏：一句话我羞住了小妹妹……

再 见

小风离开时，对着小厂挥挥手，说，再见。又说，祝福你云娴。
手放下来，落满了泪水。

在二十多年日子的边边角角里，云娴时常会跳到小风面前。她扎着马尾，弯着细眉毛，眼睛里饱含着微笑，说，嘿，帅哥，帮忙提桶水呗。

缫丝厂孤零在县郊南关，女工寝室在三楼，没有通水，夏天还好，冬天洗漱就不方便了。大都是青春女孩，柔嫩，冬天就不下楼洗漱，买个水桶、盆子，提水去楼上，再弄个烧水器烧热水用。每天晚上，住厂的女工就要提着水桶到伙房前的水管处接水，然后左手换右手，右手换左手，歇歇停停地把水拎去寝室。楼梯台阶上洒落的水，结成冰，走在上面，不小心就会滑倒。女工上下楼梯，不管平时是文静还是风风火火，都会袅娜着慢慢走。

很多女工会让男工帮着提水，女工心细，会想法换着人帮提，只用一个男工，很快就会风传暧昧。女工一般会帮男工洗洗工作服什么的，也算礼尚往来。

云娴是只让小风提水的。就算小风忙着保养机器，也会跑到他面前，对着满手油污的小风说，嘿，帅哥，帮忙提桶水呗。就算小风正钻在机身下面，露出两只脚，云娴也会轻轻踢他的脚尖，嘿，帅哥，帮忙提桶水呗。小风呢，就会乖乖地放下扳子、钳子，抓一把掺有洗衣粉的锯末，一边用力搓手，一边跟着云娴走。桶接满水，提到寝室门口。当然，每当小风洗衣服的时候，云娴也会出现，帮着小风洗。俩人在外人眼里，俨然是一对小鸳鸯。其实不是。还隔着层窗户纸呢。不用费什么力气就能捅破的纸，薄薄的纸，竟然一年多都没有捅破。

小风父亲是个剃头匠，母亲多病，还有三个弟弟。家穷。小风想，云娴这么好的女孩一定要嫁到锦绣家庭，自己的寒窑不能委屈金凤凰。却又暗暗爱着云娴，伴着她，见着她，就能收获莫大的幸福。

快过年了，天更加冷。小风帮云娴提水。以往嘻嘻哈哈爱说话的云娴沉默了。水接满了。小风关水龙头，云娴也伸手关水龙头。手握在了一起。小风觉得一股暖流冲击心头。他挣脱。云娴紧紧抓着，眼泪落下来。云娴要捅他们之间那层纸了。一阵寒风来，小风腿肚子打了颤。他强挣脱开，转身跑了。小风第一次没有帮云娴提水。以后也不会了。小风离开了，本就是小厂，没什么正式工不正式工，来去自由。小风离开时，对着小厂挥挥手，说，再见。又说，祝福你云娴。手放下来，落满了泪水。

有时候小风觉得日子就像弹簧，不定把人弹到哪儿。小风曾四处漂泊，干过十几种工作。这两年刚在县委宣传部帮着编几天杂志，眼看着算稳定了，又一脚弹去了北京。

挤地铁上班，在刷卡进站时，小风意外遇见了云娴。多年的风霜，把云娴剥食得有点面目全非。但仅凭一点旧时光遗留下的痕迹，小风就认出了云娴。

让小风没有想到的是，云娴也一眼认出了他。

云娴眼角堆起了皱纹，层层叠叠像岁月积淀的尘埃。眼睛里没有了月光般的微笑，有着木然和烟火味。她眼睛里噙满泪水，笑着说，小风，我真想给你个耳光。又笑说，当年突然消失，连个再见也不说。她用手一直遮挡着宽大的超市工作服前襟，小风还是看见了那里有一块咖啡色的污渍。

然后，丈夫去世后的云娴频频联系小风。微信，电话，QQ，短信，总能找到需要小风帮忙的事情。小风有时候望着云娴也恍惚看见当年的情景，她扎着马尾，弯着细眉毛，眼睛里饱含着微笑，说，嘿，帅哥，帮忙提桶水呗。

云娴过得不好。至少云娴没有小风想象中过得那么好。其实生活就是如此，没有谁过得很好或者很坏，就是一步步踩着弹簧般的日子，过着无法预测弹到哪里的生活。小风却固执地认为，云娴就应该过得花好月圆，过得花团锦簇，过得花满人间……但，生活不是小风的固执……小风泪落如雨……

北京的雪来得早，漫天晶莹的花朵。小风帮云娴修完淋浴头，云娴拉着小风不让走……

小风透过高铁的车窗，望着窗外飞速流逝的时光，挥挥手，说，再见……

南风往北刮

老夏笑着说："真哩，昨个是南风，往北刮。俺真能闻到咱村的味道……"

每逢周末，老夏总会回村。他几年前搬去县城儿子家住，帮忙接送上学的孙子。县城在北边，离村七十多里地。有时候是老夏儿子开车送他回来，有时是他自己搭车到镇车站，再雇辆带篷子的电动三轮回来。

老夏个子高，腰有些佝偻，面皮稍微有些黄，眼睛不大，目光温和，满脸的皱纹映衬着花白的头发，像岁月河流里一些温柔的漩涡。他回村第一件事就是去看看村南他家的三亩地，地里有时种的是麦茬豆，有时是麦茬玉米，有时又是麦套西瓜，不管是啥庄稼，与他没有太多关系。老夏搬去儿子家时，地就不种了，一亩五百租给其他人种。每年麦播下楼时，种地户会把一千五百块钱送到老夏家。老夏捏一千，把那五百还给种地户，说："俺那口子还占着地呢，咋着不能让你吃亏。"然后，硬拉住种地户，整几个菜，喊来几个老玩伴，打开瓶好酒，一起晕晕。席间，老夏一遍遍嘱咐种地户要好好侍弄庄稼，说他的地好，庄稼不能孬。

老夏围着三亩地转转看看，庄稼长势好，他就高兴，笑着哼道情戏，庄稼不好就叹气，摇着头。他转转看看地走到老伴坟前，弯腰拔掉坟上的杂草，蹲着吸根烟，絮絮叨叨地说："咱强子随你的脑子，聪明，又升职了，俺怕他犯错，挂面就嘱咐他不能忘本，清白做人。强子两口子都孝顺，看，咱儿媳给俺买的这件衣裳，好几百呢，心疼得俺几宿没睡好。孙子上一年级了，脑子也随你，聪明，成绩好，就是喜欢玩手机，说他又不听，说多了就恼。咱孙子清明回来，你看到了吧，长得真好，大眼睛随儿媳，赶明儿一定是个帅哥，嘿嘿……"老夏说了会儿话，站起来，慢慢走回家。

门口几个老人等着呢。老夏开门，几个人搬出小方桌，摆开象棋杀几盘。快晌午了，老夏说："哥几个，都不走，咱晕晕。"大家附和着。有个老人说："老夏，正好俺有个斗鸡昨个斗败了，刚到家就撅倒了，俺拾掇拾掇给炖了，没舍得吃，想着今个星期天，你一定回来，俺回家端去。"老夏嘿嘿笑，说："中啊，昨个俺站在县城阳台上就闻见炖鸡肉的香味儿了。"几个老人哈哈着打趣："老夏长了个狗鼻子。"老夏笑着说："真哩，昨个是南风，往北刮。俺真能闻到咱村的味道。只要刮南风，俺就会站阳台上，春天能闻见咱村头大槐树的槐花香，夏天能闻见小麦成熟的香气，秋天能闻见收割后田地里潮湿的腥香，冬天能闻见老刘家门口的梅花香，而且每到星期天俺回来，验看验看还都挺准。"说着说着，老夏眼里有了泪光。有老人问："那你干脆回村住呗，咱几个老哥们可以吹吹牛，下下棋，乐呵乐呵，反正也都快去给狗子说话了。"老夏说："那不中，强子两口子都上着班，孙子没人接送。"香味飘来，一大盆炖斗鸡上桌了。老夏又配了几个菜，开瓶好酒，几个人吆五喝六地划拳。吃饱喝足，老夏他们一起去西村看戏了，是县里送戏下乡，连唱两天呢，而且是县道情剧团名角表演的经典剧目《王金豆借粮》。

强子一直不太理解父亲老夏为什么周末回村，有几次周末安排的旅游，老夏也拒绝去，还是坚持回村。强子在县城买房后，就要接老夏进城住。强子上高中时母亲就去世了。强子心疼老夏，苦了一辈子了，该进城享享清福了。老夏却不愿意进城里住，强子两口子磨破了嘴，老夏还是抱着葫芦不开瓢，就是不进城。后来强子两口子一合计，对老夏说孩子没人接送。老夏心疼孙子，也心疼强子两口子，只好进城了。强子的妻子在县文联上班，工作不忙，有时间接送孩子，为了让老夏进城住，享几天清福，才找了个借口。

强子常看见老夏站在阳台上发呆。他有时也站在老夏身边，顺着老夏的目光往前看，目光被一幢又一幢高楼截断。他就问："爸，站阳台上看啥哩？前面都是楼。"老夏笑笑，说："不看啥，起南风了，闻闻。"

灯笼灯笼亮晃晃

我还想问吕亦一些问题，比如他母亲和父亲为什么分开，他后来去城里跟父亲生活，那他母亲呢……诸多问题像旋风一般围住我。

吕亦站在孩子们中间，笑着笑着，深眼窝里透出点点星光般潮湿的亮。他这是第十个年头给村里的孩子们送灯笼了。第一批收到灯笼的孩子如今成了大小伙，散落在各处生活，在无穷无尽或者说须臾一瞥的岁月里喜怒哀乐着。有的记忆中一定会有一点属于吕亦灯笼的亮，有的早已忘怀到爪哇岛深沉的海底了。这些，吕亦不管，不想，兀自在每年正月十五元宵节和八月十五中秋节给这个名叫吕寨的小村送各式各样的灯笼。

要说元宵节送灯笼，那是习俗，中秋节送灯笼就有点奇怪。吕亦还是不管，不想，每年按时从近百里的小城买了灯笼送进村里。从会走路的孩童到六年级的学生都能收到吕亦的灯笼，上了初中，再伸手要灯笼，吕亦就笑着问："大孩子了，还玩娃娃们的东西？"那个半大小子，脸一红，呲溜，脚底像抹了半斤油，眨眼不见踪影。

孩子们点亮各自的灯笼，欢欢乐乐地围着吕亦闹一阵，也就散了。吕亦照例谢绝村里的挽留，走去六里外的镇上喝碗胡辣汤，吃个焦烧饼，坐车回城。

我在《太康月刊》编辑部工作，听人说起吕亦送灯笼的事情，对他有了兴趣，决定见见他。这年元宵节，我托人联系了吕亦，与他一起拎着几串灯笼去吕寨。

村里的青壮年很少了，七不出八不归，过了初九四处飞。到十五，很多人已经回到打工的地方了。村里留守的老人和孩子，还有些女人，让小村有点面黄肌瘦，有点羸弱。吕亦给孩子们带来了欢乐，这是离别父母伤悲难过中难得的喜庆。吕亦站在孩子们中间，笑着笑着，深眼窝里透出点点星光般潮湿的亮。我有点感动。

一起喝胡辣汤吃焦黄的烧饼时，我问吕亦送灯笼的原因。他往胡辣汤里加些醋，用白色短柄勺子舀着喝了几口汤，咬了两大口烧饼，腮帮子鼓着嚼。我耐心等他。他咽下去，又喝了两口汤，说："也没啥。我小时候生活在吕寨，直到上中学才回到城里父亲身边。我在吕寨跟着母亲住。母亲打小眼睛看不见。

每年元宵节，村里的小伙伴都挑着灯笼玩耍。只有我没有灯笼。母亲看不见，听见村里孩子在外面嬉闹，问我怎么不去外边玩。我说不想去。家里那么穷，母亲那么苦，就算母亲知道灯笼的事情，又哪里有闲散钱买呢？再说，母亲从来就没挑过灯笼……"

我和吕亦并肩走向车站。我又问："吕老师，那你为什么中秋节给孩子们送灯笼呢？"吕亦笑了笑，说："我都是捡伙伴们元宵节玩坏的灯笼修好，中秋节晚上在院子里偷偷地挑。"说完，他又笑，而且别过头去。我听见泪水破开空气的声音，啵啵啵。

我还想问吕亦一些问题，比如他母亲和父亲为什么分开，他后来去城里跟父亲生活，那他母亲呢……诸多问题像旋风一般围住我。最终我没有问。有很多问题注定要淹没在时光的脉络里，深埋在心底最幽暗的地方，然后随着浩浩荡荡的日子一片一片散淡零落，灰飞烟灭。

最终，我写吕亦的文字没有在《太康月刊》上刊登。原因很简单，没有明确的主题，零散，不够完整。就算我是编辑部主任，也不敢把这样表达含糊的东西登在杂志上。半年后，我去了北京一家图书出版公司上班，再也没听到关于吕亦和灯笼的事情。很多个夜里，我望着北京房山区茫茫的夜色，无缘无故地看见吕亦站在孩子们中间，笑着笑着，深眼窝里透出点点星光般潮湿的亮。无数灯笼的光芒，亮晃晃的，一荡一荡，像我年久失修的童年，以及像父亲帮我捡掉在河里的灯笼而溺亡的黄昏。

不经意间，在日子的缝隙里，有歌谣暗暗从唇边绽放：灯笼灯笼亮晃晃，照出谁的小模样……

两张电影票

小芹从大衣口袋里掏出两张电影票，晃晃，说，装傻，我们周末去看电影。吕辉有点懵。小芹把两张电影票塞他手里。

吕辉，帮个忙呗。志华说。志华的大眼睛又圆又亮，清澈得让人不敢看，又想看。

怎么了？吕辉问。自行车链条太松了，我从家里来，一路上掉了好几次。志华说着用手把垂在胸前的辫子扔背后，这个轻快的动作，在吕辉眼里划过一道云影。吕辉慌忙把眼睛从志华隆起的胸前移开，脸上起了一点烫，这烫，还有蔓延的意思。

小事一桩，我去拿工具。吕辉说着转身快走。红砖铺就的小路两旁植着桂花树。花如雪，串串簇簇温柔地挨挤在绿叶中，散发出一阵一阵甜蜜的香气。缫丝厂不到二百人，是县农业局（现在叫农牧局）引进的一个项目。吕辉和志华都在缫丝车间，志华是缫丝机北车头工，吕辉是机修工。

吕辉拿来钳子、冲子、锤子，卸下链条，截了几节，重新装好，调试合适。又帮志华把自行车的闸啊，铃啊，车筐啊，脚镫子啊，车轴啊等都查修了一遍。再推到水管前，接水龙头上根胶管子，一通冲洗。志华那辆粉红色的自行车光洁洁地站在桂花树旁。

志华脚下像装了弹簧，蹦跳着过来，拍着自行车嘻嘻笑。笑着还拿眼偷偷瞟吕辉。吕辉瘦高个子，眉目清秀，说话前嘴角总先挂上微笑。吕辉是机修组副组长，业余还喜欢写点文章。厂办墙上的几块大黑板，除了公示栏，还办有板报，板报每周更新。县一高退休的杨老师负责公示栏和板报，杨老师因送过两个清华学生闻名县城，退休后被聘到厂办。经常有吕辉写的诗歌、散文被杨老师用好看的粉笔字誊写在板报上。

志华骑上自行车，围着吕辉转了几圈，笑声银铃般。志华说，吕辉我要谢谢你。吕辉说，不值当的。志华说，那不中，必须谢谢你。

吕辉在伙房前的水管边刷碗，肩膀被重重一拍。他扭头，一张白净的圆脸映入眼帘，是志华。志华拿着个花花绿绿的盒子。

送你。志华说。

吕辉甩甩手上的水，接过看。盒子上印着嫦娥奔月。

是什么？吕辉问。

月饼。大姨从北京带来的。

高级月饼，一定很好吃。

那当然，吕辉，一定记得吃啊。

志华甩甩辫子，笑一笑，转身跑走了。吕辉觉得志华的脸颊比平时红。

第二天，志华问吕辉，月饼吃了吗？

吃了。吕辉答。

真的吃了？

真的吃了。

好吃吗？

很好吃。

真的很好吃？

真的很好吃。

然后呢？

什么然后？

志华低着头走开了。再见面，志华把脸扭到一边，匆匆走过。在车间，志华也不再理吕辉。吕辉心里有点虚，不敢主动找志华说话。没过多久，志华调去了煮茧车间。

第一场雪下得很大，飘洒宛如大蝶。小芹说，吕辉，我考虑好了。吕辉愣愣，问，什么？小芹从大衣口袋里掏出两张电影票，晃晃，说，装傻，我们周末去看电影。吕辉有点懵。小芹把两张电影票塞他手里。

又一年桂花飘香。吕辉和小芹开始谈婚论嫁。俩人牵着手去买月饼。小芹拿起月饼，说，吕辉，你示爱的方式很特别啊。吕辉问，什么示爱方式？小芹笑，轻轻拧了吕辉一把，说，你把两张电影票夹月饼里送给我，当时吓我一跳呢。你说你平时没显露一丁点，冷不防就来那么一下子。我考虑来考虑去，整天心里乱糟糟的，你倒好，装作没事人一样。等我下定决心和你好，两张电影票早过期几个月了。以彼之道还施彼身，我就买了两张电影票送你。吕辉想了一会儿，明白了，笑笑，没说话。

那天吕辉拿着志华送他的高级月饼，心想，眼看中秋节快到了，把这盒高级月饼送给杨老师吧。杨老师经常鼓励吕辉坚持写作，还送过吕辉几本书，吕辉一直想感谢杨老师。

吕辉拿着月饼去找杨老师，谁知杨老师去无锡出差了，要一个多月才能回来。吕辉很遗憾，刚走几步碰见小芹。小芹是杨老师的小女儿，在选茧车间上班。吕辉想，干脆把月饼送给杨老师的女儿吧，让她转达自己对杨老师的谢意。

吕辉上前几步，说，小芹你好。

小芹说，吕辉你好，爸经常夸你文章写得好，以后一定能当大作家。

吕辉不好意思了，红着脸忙把月饼塞给小芹，转身跑了……

纽扣里的秘密

遇到日本鬼子装备精良的行动队了。而且枪声会引来大批鬼子。情况危急!

我十四岁参加游击队。一次执行任务途中,遭遇了一股鬼子,边战边退中,我走散了。在山里钻了半天。刚出林子,遇到了从临城回来的八路军三团侦察小分队。小分队一共五个人,队长姓黄,虎背熊腰。黄队长递给我些水和干粮,转头对一个人说:"老吴,注意保护这个孩子。"老吴点点头。

老吴又矮又小,头发乱蓬蓬的像老鸹窝。大概他从来不洗脸,黑黝黝的,看不清五官。衣裳也脏得看不出颜色了。他不爱说话,目光却亮得像两道光。他背着杆擦得锃亮的旧长枪,耷拉着头走在小分队后面。

刚蹚过一条河,一名队员闷哼一声倒下,鲜血从眉心涌出。大家慌忙卧倒。老吴噌噌两下,爬上棵树,一跳,落到一块石头后面。石头随即被一颗子弹打出火花。黄队长低声说:"有鬼子狙击手。大家小心!"黄队长话音刚落,对面石头后、草丛中响起枪声,子弹呼啸着射过来,又有一名队员受伤。遇到日本鬼子装备精良的行动队了。而且枪声会引来大批鬼子。情况危急!

老吴居高临下,开枪了,草丛里不断传来鬼子的惨叫。大家趁机往旁边的小树林里撤。七八个鬼子哇哇叫着追出来,很快被老吴一一击毙,都是一枪致命。老吴竟然是个神枪手。鬼子的狙击手也不断开枪,没跑到小树林,几名战友牺牲

了。只剩下我和黄队长。我们伏在地上还击。鬼子不敢出来，胡乱放枪。

鬼子狙击手也藏在一块石头后面。老吴与鬼子狙击手互相射击，除了各人藏身的石头溅起火花外，谁也伤不了谁。鬼子的增援很快就会来。

突然，老吴跳出来，翻滚着向另外一块石头转移。子弹贴着老吴的身体射在地面。老吴很快转移到另一块石头后。他向鬼子狙击手藏身的石头，瞄了一会儿，调转枪口，瞄向另一块石头。枪响了。子弹打在石头上，击起火花，然后斜射出去。藏在石头后面的鬼子狙击手一声惨叫。黄队长拉着我跑进小树林。老吴用怪异的方法击毙了鬼子狙击手，我下定决心，只要能活着出去，一定拜老吴为师，当一名神枪手。

枪声引来了大批鬼子。鬼子哇哇叫着，子弹雨点般飞来。黄队长猛推我一把，我翻了几个跟头。等我爬起来，看见黄队长浑身血洞，缓缓倒下。我猛地站起，举枪射击，右臂一麻，枪脱手而出。鬼子逼上来。老吴从旁边蹿过来，连着放倒了十几个鬼子。鬼子们哗啦卧倒，伏在地上射击。老吴左腿中弹了。我们滚进一个坑，粗大的树干和树根挡住了鬼子的子弹。

老吴说："小子，我还有些子弹，鬼子上不来，你赶紧往北跑，出了小树林一直往西。"我摇摇头，说："我不能扔下你，我背着你一起走，要死一块儿死。"老吴说："小子，让你走，是要你把情报带出去。"说着，老吴拽掉一枚脏兮兮的纽扣，放我手里。我说："老吴，你不要骗我，刚才你让我跑，为什么不拿出情报？"老吴说："我刚才试试你，看你义气，不怕死，才敢把任务交给你。这情报很重要，一定要亲手交给部队首长。"看我还在犹豫，老吴生气了，红着眼睛吼："你是游击队员，执行命令！"我攥紧纽扣，擦着泪转身跑了。我出树林不久，听见树林里响起剧烈的爆炸声……

两天后我把纽扣亲手交给了三团首长，说明了情况。首长拍拍我的肩，眼里有了泪光。我成为三团的一名战士。后来，日本鬼子投降了，后来，全国解放了……

在烈士陵园，爷爷缓慢地擦着一个又一个英雄的墓碑，给我讲了一段关于纽扣的往事。爷爷退休后，就来守护这个烈士陵园，到今天已有十多年了。

我问："爷爷，纽扣里有什么秘密？"

爷爷摇摇头，说："我也想知道纽扣里的秘密，多次想问首长，没敢开口。百团大战中，首长牺牲了。纽扣里的秘密，我怕是再也不会知道……"

稻草人

秋收后，村人会把稻草人拔掉，脱光衣裳，拉回家，扭断铁丝，把胳膊、腿、脑袋塞进灶里烧锅，煮熟一锅饭后还能烤熟几个土豆或红薯，有时候还能烤焦一串肥美的蚂蚱。

夏村寥廓的田野里，站着很多稻草人。它们戴着褪色的宽边草帽，披着不应时令的破衣烂衫，手里举着根系了彩色布条或塑料布的长棍子。风吹过，它们伸展的双臂似乎晃动，手中棍子上的布条或塑料布发出哗啦哗啦的声响。

我打小就不喜欢稻草人。母亲告诉我它们能看护庄稼，九爷也说："多亏了稻草人，俺的西瓜纽儿才没被鸟啄烂。"但我还是不喜欢它们。我见过扎稻草人，一般用两根木棍交叉绑成十字，再用干麦秸和茅草捆扎出身子、胳膊，脑袋扎成椭圆形，插半截木棍作鼻子，腿是一根独木棍，削尖后钉进土地里。然后它们就傻乎乎站在田野里，毫无美感。

在平顶山煤矿上班的父亲，有年夏天回来，那年我刚上初中。我们一起走进田野，落日的余晖有着近乎透明的金色，点点闪耀在蜻蜓伸展的翅膀上。父亲吸着烟卷，指指稻草人说："辉，人如果没有梦想，活在世间，与稻草人没有分别。"说完拍拍我的肩膀，目光柔和地望着我，眼神里满是期待和爱意。我用力点点头，说："我懂，我压根儿就不喜欢稻草人。"

秋收后，村人会把稻草人拔掉，脱光衣裳，拉回家，扭断铁丝，把胳膊、腿、

脑袋塞进灶里烧锅，煮熟一锅饭后还能烤熟几个土豆或红薯，有时候还能烤焦一串肥美的蚂蚱。

儿子月贤今年上七年级，在县三中上学，三中是县重点中学。他在六年级时迷上了打回旋镖，课余全把时光消磨在打回旋镖上。我曾不止一次站在远处望着他打回旋镖。他把右臂像拉弓一般尽量后拉，双脚在地上扭着，腰也随着右臂后拉绷得弯曲，然后身子猛一转，手中的回旋镖飞出去了。银色的回旋镖旋转着，像个飞碟飞向远处，然后在空中定住，接着回转来，月贤伸手接住，嘴里响一阵欢乐的笑。我很心疼他的时间，都玩掉了，成绩本来就中等稍靠上，不好好做功课，考不上重点初中咋办？看录取名单，手里着实捏着把汗，当看到"焦月贤"三个字后，松了口气。后来看分数，刚过录取线。

我和月贤回夏村，我们一起走进田野，眼前立着很多稻草人。我指指稻草人说："月贤，人如果没有梦想，活在世间，与稻草人没有分别。"说完拍拍他的肩膀，目光柔和地望着他，眼神里满是期待和爱意。他嘻嘻地笑，说："爸，你怎么知道稻草人没有梦想？"我愣了。

月贤在草地上翻几个跟头，说："田野里的空气真好，饱含负离子，稻草人真是有福气。它们可以白天看着阳光落满大地，万物茁壮成长，清风吹拂，鸟儿鸣叫。夜里呢能望着月光飘落下来，星星眨着眼睛，蛐蛐歌唱。不用被熙熙攘攘的人群打扰，远离嘀嘀乱叫的汽车，极目远望不必担心被鸽子笼般的高楼大厦阻挡——喏，稻草人的梦想就是快乐地生活着，用心享受每一天的美好。"我一时不知道如何开口，眼前浮现出当年与父亲一起散步，一起谈论稻草人的那个黄昏。

"爸，你看，它也有梦想呢。"月贤的手里托着一只蚂蚱，草绿色的身子微微动着。我没有答话。月贤晃晃手，蚂蚱跳落进草丛里。我眼前又浮现出那些被稻草人的火炭烤焦的蚂蚱。

月贤伸手拍拍沉默的稻草人，笑着说："哥们，好好的啊。"他又冲向一群蜻蜓，惊得它们四散乱飞。落日的余晖有着近乎透明的金色，点点闪耀在蜻蜓伸展的翅膀上……

昨夜星辰

没想到姑娘不要彩礼，就一个条件：不跟婆婆一个锅。这是开门揖响不养活老人啊，这是公然把"花喜鹊尾巴长，娶了老婆不要娘"的讥讽当赞歌唱呢。

七姑说，姑娘不要彩礼，但有个条件，不跟婆婆一个锅——

娘端着红糖鸡蛋茶走到门边，定住脚。

夏新安打断七姑的话，七姑，那不中，娘辛苦养大我，娶了老婆把娘赶出去，不是人做的事。

娘进屋，把红糖鸡蛋茶递给七姑，说，中，别听孩子的，这事就这么定了。

夏村这里，媒人进男家，男家要打红糖鸡蛋茶（荷包蛋）谢媒人，鸡蛋要双数的。七姑喝完鸡蛋茶，又说了几句闲话，起身走了。

新安爹死得早，孤儿寡母的，日子没有向荣的景象。一晃眼，新安三十了，婚事还没着落。相过几个亲，都不如适，愁得娘眼睛里的黑云越来越厚，头上的霜雪越来越白。七姑介绍了个姑娘，眉清目秀，高挑俊俏，新安相中了。姑娘的丈夫三年前车祸死了，没有孩子。

新安和娘主要担心彩礼。虽然这几年地里西瓜套种辣椒、花生收入高了，新安农闲又去村建筑队干活，也能分些整撮钱，但这些年彩礼是越来越重，十万二十万的稀松平常。没想到姑娘不要彩礼，就一个条件：不跟婆婆一个锅。

这是开门撂响不养活老人啊，这是公然把"花喜鹊尾巴长，娶了老婆不要娘"的讥讽当赞歌唱呢。

夏新安不同意婚事。娘拧开农药瓶，说，新安，你不答应，娘就死。新安跪下了，抱着娘的腿哭，说，娘，你就俺一个孩子，你上哪儿去呢？娘扶起新安，说，俺住养老院。

新安结婚了，娘住进镇上的养老院。

姑娘叫晓雅。晓雅问新安，头胎你想要妮还是小子？

妮。

二胎呢？

妮。

三胎呢？

妮，一百胎也是妮。

为啥？

要儿干啥呢，等结婚了把爹娘赶出门？

晓雅不言语了。

新安每月去养老院交钱，看看娘，有时候晓雅也去。养老院伙食不错，娘却不见长肉，又黄又瘦。新安心里不是滋味。夏村人也多不与新安家来往，想啊，能把亲娘赶出去的人，能共事吗，能结交吗？

地里活忙，晓雅又怀孕了，加上心里挂念娘，还忙着村里建筑队的事，新安瘦了，腰也佝偻了。晓雅妊娠反应厉害，干不成活，吃不下东西，人也瘦了一圈。

月初，新安和晓雅去养老院。娘瞅见晓雅隆起的肚子高兴得合不拢嘴，又看两人瘦了，心疼得直掉泪。

回家路上，晓雅看新安的腰弯得越来越厉害，说，新安，你站直了啊。新安说，站不直啊，自打娘住进养老院，俺见人矮三分呢。晓雅低头不说话。

俩人回到家，新安说，晓雅，要不让娘回家帮几天忙？过了西瓜季，再送娘回养老院。晓雅想了一会儿，说，新安，俺怕。

怕啥？

晓雅讲了她以前的一些事。

晓雅原来的婆婆不喜欢她，又觉得晓雅把儿子抢跑了，于是处处挑刺。晓雅也犟着劲。婆媳俩搞得剑拔弩张，家里没半点好声气。丈夫劝了这个劝那个，受了不少夹板气。丈夫生完闷气，就借酒浇愁。有天，婆媳俩又因为鸡毛蒜皮闹得不可开交。丈夫心烦，喝了不少酒，骑摩托出去了，出了车祸……

新安明白晓雅为什么提"不和婆婆一个锅"的条件了。他说，晓雅，就让娘回来一个月，地里和工地都忙，你又怀着孩子，非常时期。晓雅没答应，也没反对。新安去接娘了。

娘把家务活全包了，每天变着花样给晓雅做好吃的，清炖鱼，红枣莲子粥，小鸡炖蘑菇……晓雅随口说想吃酸山楂糕，娘冒着炎热去镇上买……新安给晓雅说话，有一点粗声或不耐烦，娘就不答应。娘训斥新安说，男人要懂得疼老婆，给老婆说话要软言细语。晓雅胖了，头发乌黑发亮，皮肤洁白细腻。新安不知不觉地腰也直溜了。

娘帮晓雅洗完头，拿木梳子给晓雅梳头发，说，晓雅，俺最喜欢妮了。生完新安，打算生个妮，他爹就病了，一病十来年，医院成了家，后来还是没治好，走了。晓雅，你进了俺家，就是俺的妮。晓雅的眼泪啪啪往下掉。

转眼一个多月过去，西瓜季结束了，晓雅的妊娠反应也不厉害了。娘去菜园给番茄对花，她在地头弄了个小菜园，说，自己种的菜，随吃随摘，干净新鲜。

新安说，晓雅，你看，送俺娘去养老院的事——

是俺娘。

啥？

新安，你敢把俺娘送养老院，俺跟你没完……

去出版社的路上

他感觉他的"写作"像一只小狗，一只追咬尾巴的小狗，不停地转着圈，但永远咬不住尾巴，又不愿放弃，就这么一直追咬着转圈。

华语终于挤上了一辆中巴客车，他提着个塑料袋，里面装着三本打印好的小说稿。

这是他潜心创作的一部新作品。华语的脸色呈现着苍白，眼睑虚肿，发散淡淡的乌黑，这大概是长期伏在电脑前写作的缘故。他眉头的焦躁和眼神的虚浮，告诉人们他似乎身处沙漠或茫茫大海。他在彷徨，等待救赎或者自我彻悟；他在迷茫，等待指引或者自我觉醒。

华语把座位让给了一个白胖的老人，一手拎着塑料袋，一手抓紧车顶伸下来的淡白色扶手。华语今天是去临市的一家出版社，要把三本打印稿交给出版社的三位编辑，然后回家等结果。不管这部书稿通过与否，华语心头都没有喜悦和激情。他感觉他的"写作"像一只小狗，一只追咬尾巴的小狗，不停地转着圈，但永远咬不住尾巴，又不愿放弃，就这么一直追咬着转圈。

砰！哗啦！咣！

一阵怪响，客车戛然停下。

司机下车检查一番，说，车坏了。说完打电话让公司派车来。

虽是春天，料峭寒风仍给大家坏心情。人们纷纷抱怨，司机解释和宽慰着大家，看看没有效果，就不再言语，趴在方向盘上，装出和周公畅游的模样。

人们抱怨累了，开始闲谈，从国际局势到国内热点，从三条腿的蛤蟆到五条腿的小牛，最后的确累了，都不再说话。几个年轻人玩起手机，其他人大眼瞪小眼。有人说，要是有书看就好了，其他人随声附和。

华语也很无聊，掏出本书稿闲看。旁边的人说，分给我几页，我读完还你。其他人也这样说。华语是善良的人，听完，就把书稿拆开，分发给想看的人。大家按页数，读完后互相换。当知道这本书稿是华语写的，很多人露出敬佩的神情，那几个玩手机的年轻人也索要几页，认真地读起来。一车人安静地读着小说。华语内心感动起来，不是因为他的书稿被大家喜欢，而是这种认真读书的场面，华语很少见到了。

阳光飘下来。大家纷纷下车，三三两两地坐在石头上，靠在树上，读着手中的书稿。大家像熟悉的朋友般彼此交谈读小说的体会，交换彼此手里的书稿，有些人跑来找华语，询问某个不理解的情节。

一个刚睡醒的小女孩，伸手要妈妈手里的书稿，说是叠飞机。妈妈出于礼貌，不愿当着华语的面满足爱女的要求。五六岁的小女孩哭起来。华语走过去，又掏出一本书稿，说，来，叔叔给你叠飞机。小女孩露出了笑脸。

华语撕下一页书稿，叠了一架纸飞机，把女孩抱到一块大石头上，让她放飞纸飞机。女孩用力掷出去，飞机飞得很平稳，飞到了远处的路沟里。华语再撕一页，叠成飞机递给女孩。每次放飞，女孩都要欢快地笑一阵，清灵灵的笑声美好如春花。又有两个十来岁的男孩和一个十来岁的女孩走过来，羡慕地望着石头上的小女孩。华语掏出了最后一本书稿，递给他们，说，拿去吧。很快，天空飞满了纸飞机和欢笑声。

大家交换着看完了小说，就把书稿垫在屁股下，坐下休息，望着远处草色近却无，望着萌芽的力量在树枝上酝酿，望着几只麻雀在路边跳跃，望着满天飞翔的纸飞机，脸上露出欣喜的微笑。车来了！司机站起来喊。大家上了车，笑着说着，年轻人纷纷把座位让给了老人、女人和孩子。大家像亲人朋友一样，聊着家常，说着温馨的话。最后，不知谁起头，大家打着拍子唱起了歌，每支歌唱完，就响起一阵欢笑声。

华语已经没有一页书稿了。但他神采奕奕，满面笑容。他开朗了，彻悟了，觉醒了，他明白了文学的意义，明白了为什么要写作，也知道应该写出什么样的作品了。

夜 车

　　我的人生不就像此刻走着的夜路吗？漆黑，没有星月，没有温暖，没有希望，父亲在病床上等着我弄来钱，母亲和几个幼小的弟弟妹妹也等着我弄来钱。

　　夜色漆黑，没有半点星光，我独自走在通往县城的路上。

　　我的思绪像被枪声惊吓的鸟儿，忽地飞到东边，忽地飞去西边，不敢在一个地方停下超过两秒。父亲的肝病，需要长期住院。钱，像烈日炙烤下的露珠，还没有濡湿干枯的禾苗，就已没有踪影了，连点痕迹也没留下。我真的弄不来钱了。但我又必须弄出来钱。

　　此刻，我的口袋空得像团空气，我不得不步行五十里进城，找熊三。

　　熊三是我的中学同学，他高大健壮，我却瘦弱矮小，他可以揉着扯破的鼻子，抡着砖头跟高年级的同学打架，我却看见血就会头晕。我们俩的关系很好。这很奇怪，也不奇怪。很多事情都在对立中统一，辩证中互补。我寻求着熊三的庇护，他寻求着抄作业蒙骗老师。我们彼此欣赏，彼此爱护。

　　几个月前，我见到了熊三。这是中学毕业后第一次见面。不知道熊三在县城干什么工作，但他很阔绰。我把父亲送到镇卫生院，赶紧出来弄钱，我心里很急，脚步很慢，我想不起还能敲开哪家亲友的大门。我就这样急得冒着汗，缓慢地走。一辆黑色轿车停在路边，下来个大块头，赤裸的胳膊上有个青色的狼头。大块头站在路边，扯开裤子，对着路沟小便。我走过他的时候，他回头看了我一眼，喊，文亮。我停步，望大块头，哦，原来是熊三。

他上下看我几眼，说，文亮，跟我去县城吧。我说，我还有急事。他掏出一把钱，塞给我，说，我今天也有事，这钱就当请你吃饭了，来县城跟着我混吧，我缺个管账先生。记得来找我啊，县城西街天堂俱乐部。熊三走后，我数了一下钱，三千二百元。我的手哆嗦了几下，这么多钱啊，我种地一年也难挣到这个数。

等到钱用完最后一张的这天夜里，我动身去县城找熊三。我知道，跟着熊三，他不会亏待我，我更明白，跟着熊三，不会有好下场。熊三干的什么，我想象得出来。但我又能如何呢？我的人生不就像此刻走着的夜路吗？漆黑，没有星月，没有温暖，没有希望，父亲在病床上等着我弄来钱，母亲和几个幼小的弟弟妹妹也等着我弄来钱。

一束灯光从我身后射来，我往路边靠了几步。车走近了，放慢了速度。我没理会，依然慢慢低头走。车和我平行了，眼前的路清晰起来，路面上的几个坑，在灯光照射下，像吞噬一切的黑洞。我想，熊三就活在黑洞边缘，而我马上也会活在黑洞的边缘。最后，都会跌进黑洞里去。车摁了一下喇叭，车窗摇下来了。司机问，要坐车吗？我扭头，看见车顶上的灯箱，原来是一辆出租车。我摇头说，不坐。

司机说，到县城还有二十多里地呢。我厌烦了，还生出悲哀，我没有一分钱，怎么坐出租车啊？我忽然坚定了跟着熊三干的心，我需要钱，需要钱，去他的未来吧，去他的黑洞吧。我生出狠劲来，脚步也仿佛有了力量。司机说，兄弟，我不收钱，就当有个说话的吧，来，上车。我愣了。

车停下了，车门打开。司机说，我刚送完人回来，这条路坑坑洼洼的，跑不快，一个人无聊，你正好可以陪我说说话。我说，谢谢。司机是个中年男人，圆脸，大眼睛，亲切地笑着。司机很健谈，天南海北地聊。我发现方向盘前贴着一张画，好像是张彩色的画。司机见我看画，打开了灯，说，这画是我女儿画的，是女儿亲手贴这里的，温馨吧？

画有一本杂志大小，用彩色蜡笔画的。一轮金黄色的太阳，照耀在一大片亮丽的向日葵上。向日葵里有三个人，牵着手，笑着，一起仰望着太阳。左边穿西装的是爸爸，右边长发长裙的女人是妈妈，中间穿红裙子的女孩是女儿。女儿一

手牵着爸爸，一手牵着妈妈，开心地笑着。我心头一阵温暖，多么幸福的一家人啊，多么美好的生活啊。我一定也会有温柔的妻子，有可爱的女儿，有幸福的生活。我的眼泪落了下来。我扭头看窗外。黑夜里的万物，模模糊糊，这模糊里，熊三的脸清晰起来。

我没有找熊三，而是在饭店后厨找了份工作。我努力学习炒菜，没几个月，我成了一名厨师。父亲的肝病也好多了，回家边喝中药边休养。

一年后，我拿着三千二百元钱去找熊三还钱，但天堂俱乐部没有了。新老板问我："找熊三？"我点头，老板嘿嘿一笑："远着呢，城北监狱……"

桃花无言

最高兴的是关在阴暗地牢里的那几位学者大家，也被释放出来，又可以考据论证一些历史留下的面加水般糊涂的问题了。

阳城和夏城毗邻，但互相敌视，经常调兵布阵剑拔弩张。敌对的原因两个城主说不清楚，老百姓更是不知道，史书上也没什么记载。甚至从什么时候开始敌对的也是半盆水加半盆面，糊糊涂涂。

两城有喜欢探究的学者大家，根据历代留下来的野史故事和市井小说经过数年考证，得出结论说，几百年前两城本是一家，统称为阳夏城，后来城主让两个儿子分兵统领两城，老城主过世，不知因为什么两兄弟失和了，互相带人打了一仗，从此就断了血亲，成了仇敌。此言一出，阳城和夏城大哗。两位城主都很生气，分别把自己城里大放谬论的大家学者打入地牢。

两城相对的城门都是重兵把守，而且各自离城三十里修筑了岗楼，各有兵丁把守。岗楼四周大片的空地，长满荒草，滋生蚊虫毒物。阳城岗楼的把守名叫洛白，白面黑须，神采飘逸，饱读诗书，胸藏韬略。他派人把阳城这边的荒草清除，深翻土地后，种植上了桃树。夏城岗楼的把守飞黑一看，对面行行桃树，绿意盎然，自己这边就更显得荒凉，也派人清除了荒草，种植上了桃树。

洛白勤快，时常带领兵丁给桃树浇水施肥，悉心管理，桃树小鹅一样昂头生长。飞黑懒惰，对桃树不加管理。转眼到了第三年。飞黑望着对面洛白的桃树面

色铁青。洛白种的桃树花朵灿然，在春天的阳光下无限美丽。飞黑的桃树干巴矮小，像生病的老人般憔悴。夜里，飞黑带人持刀偷偷潜入洛白的桃林。

天未亮，洛白闻报桃树被砍，他闭目沉思久久不语。忽闻喧哗，忙推门走出来。见手下兵丁重甲长矛，怒满胸怀，只等洛白下令，冲到夏城桃林里泄愤，如若飞黑敢挡，定当一决雌雄。洛白拈须长笑，说，兄弟们，此事要从长计议。

洛白入夜召集兵丁，说，夏城飞黑砍我桃林，我们心疼，是因为我们的桃林茂盛，如是干枯死木，我们就不会如此愤怒，甚至我们会不以为意。我们要想让飞黑和我们一样暴怒，就应该如此这般。洛白定下计谋，众人领命而去。

飞黑派人暗中观察洛白有什么举动，果然发现许多阳城兵丁潜进夏城桃林。飞黑披挂重甲偷偷包围了桃林，但看见洛白带着兵丁在给桃树浇水施肥。飞黑大惑不解，悄悄地撤兵了。每夜都是如此，洛白亲自带人为夏城桃林施肥浇水。飞黑先是疑惑，再是羞愧，后是敬佩。阳城兵丁却在偷笑，等桃林繁茂，让夏城人欢喜，再痛下杀手，一举摧毁，把飞黑气得七窍冒烟。这就是洛白的计谋。

飞黑一天天看着他的桃树由黄变绿，最后竟然开出很多艳美的桃花，再看被他毁坏的阳城桃林，竟然夜不能寐。他决定把此事报告给城主。夏城城主听完，也深为阳城的仁义和宽容感动，决定备份厚礼见见阳城城主。阳城城主听信使说，夏城城主备厚礼来见，非常感慨，既然夏城主动来结好，也应该以诚相待，立即隆重接待，设宴欢饮。

两位城主相谈甚欢，遂订立盟约，永不为敌，世代和睦。

两城立即拆除了岗楼。当天夜里，飞黑带人偷偷为阳城栽了千棵桃树，并背荆棘跪在洛白府前请罪。洛白亲自搀扶，设宴欢饮。洛白手下兵丁没想到是这个结果，但不用兵刃相向，可以和平安乐，也很高兴。最高兴的是关在阴暗地牢里的那几位学者大家，也被释放出来，又可以考据论证一些历史留下的面加水般糊涂的问题了。远离了战乱，两城百姓安居乐业，歌声载道。

每年春天，阳城和夏城之间的百亩桃林，花开如霞，香气弥漫天地。

墙上的门

嫂子转头，看满地乱滚的包子，不高兴了，说："长大了也是个啃吃丫头。"说完盯着电视，没去捡包子。弟媳的脸唰一下阴了，领着麦花回家了。

夏村有兄弟俩，两家隔堵墙，大门出路一个朝东，一个朝西。

兄的儿子叫丰收，弟的女儿叫麦花。麦花刚会跑，丰收上幼儿园大班了。两家人很和谧。兄有事了，去找弟，出门，绕过三棵杨树，两棵桐树，走一段村街，进弟家；弟有事了，去找兄，出门，走一段村街，绕过两棵桐树，三棵杨树，进兄家。嫂子去找弟媳，弟媳去找嫂子，俩孩子互相找着玩，也这么兜一圈。太麻烦了。两家人都说。

后来，两家人一商量，在院墙上开了扇门。工钱和铁门钱，两家对半拿。这样一来两个院变成了一个院。

弟媳领麦花串门，嫂子和丰收正看综艺节目。桌上堆着新鲜的橘子皮。余晖般绚烂的橘子皮，发散香香甜甜的气息。麦花闹着吃橘子，嫂子说："麦花，不要闹，让哥哥给你拿。"丰收正看得起劲，答："妈，你去拿，橘子是你放的。"嫂子的眼睛粘在电视上，说："在柜橱里。听话，去拿。"丰收噘着嘴，打开柜橱。麦花捏起一片橘子皮，放嘴里咂巴。

丰收说："没有了。"

　　嫂子起身去柜橱，眼睛还瞄着电视。她打开柜橱看，说："有大米，有小米，有红豆，有挂面，有包子——就是没橘子。"说完，回沙发接着看电视。麦花自己跑去柜橱找，翻落了半筐包子，拎出几个橘子。

　　"看，橘子。"麦花喊。

　　嫂子转头，看满地乱滚的包子，不高兴了，说："长大了也是个啃吃丫头。"说完盯着电视，没去捡包子。弟媳的脸唰一下阴了，领着麦花回家了。

　　过几天，丰收找麦花玩，回来噘着嘴。

　　"丰收，咋了？"

　　"婶子不让我喝酸奶。"

　　"是不是没有了？"

　　"有。"

　　嫂子心里不是滋味。忽然想起橘子，觉得弟媳误会了。她上街买了一兜子橘子，给弟媳送去，说："新上市的橘子，给俺侄女尝尝。"晚上，弟媳抱来了半箱酸奶，说："这是好酸奶，给俺侄子喝。"

　　事情过去了，好像又没过去。说不上为啥，找不出原因，嫂子心里不得劲，弟媳心里也不得劲。见面还是嘻嘻哈哈的，互相走动少了。而且出现了一个奇怪的现象。但凡嫂子给丰收买了件新褂子，弟媳一定给麦花买条新裤子；但凡弟媳给麦花买了条新裙子，嫂子必定给丰收买双新球鞋。慢慢地，嫂子买顶新帽子，弟媳买件遮阳衣；弟媳买个金耳坠，嫂子买条金项链。兄弟俩发现不对劲了，各自枕头边没少费口舌。

　　弟西瓜套种辣椒收成好，卖了不少钱，买了辆电动轿车。嫂子说："俺攒钱盖房娶媳妇哩，不像只有丫头的人家，不用积攒钱。"这话本来就冒着陈醋和辣椒味，经过几张嘴又加进去不少酱油、花椒、十八香，最后全部塞进弟和弟媳耳朵里，嘴巴里，眼睛里，心里。弟媳哭了，弟生气了。弟媳生完麦花，不知道啥原因，一直没怀上。

　　弟去地里，把井里的泵拔了。兄跑过来问："我正浇着地呢，你拔泵干啥？"弟黑青着脸，说："我的泵，想拔就拔。"拉着水泵走了。兄茫然地站了一会儿，也生气了。就算女人间不和谐了，让她们别扭去，咱俩是男人更是兄弟啊。

　　兄弟两家不再过话了，各自用沙灰封了墙上的门。

　　这年冬天非常冷。兄凌晨起来，看弟家毫无动静，觉得奇怪。今天逢会，弟应该起早去卖菠菜啊。他回屋一说，妻说："昨晚他家看电视看到凌晨一点。"突然坐起来，警觉地说："你快去瞅瞅，昨个见弟生煤火——"兄腾地蹿出去，翻过墙，大喊。弟屋里没应声。兄铆足劲撞门。门开了，一股刺鼻的煤气味……

　　弟一家人醒了。医生说："好险，再晚一会儿，恐怕……"兄吊着膀子忙前忙后，他撞门撞伤了膀子。

　　两家又开始走动了。兄有事了，去找弟，出门，绕过三棵杨树，两棵桐树，走一段村街，进弟家；弟有事了，去找兄，出门，走一段村街，绕过两棵桐树，三棵杨树，进兄家。嫂子去找弟媳，弟媳去找嫂子，俩孩子互相找着玩，也这么兜一圈。墙上的门只是涂了层沙灰，拿铲子一戗，门就能露出来。两家谁也没提门的事，似乎墙上从来没有过那扇门。

英雄像

他时常梦见硝烟弥漫血肉横飞的战场，然后被震天的喊杀声惊醒。醒后，就再也不能安睡，只好起身到房外走走。

将军醒了，几缕血色月光透过窗户。风里，响着沙沙声。他知道，那是黄叶飘落的声音。将军起身，拧亮台灯，穿好衣服，走出宾馆。他想去阳夏公园看看。

满天星光，一钩残月，路灯显得暗淡。街上很静，偶尔有清洁工骑着三轮车经过，凌晨三点半的光景，正是小城安睡的时刻。将军裹紧大衣，抵御深秋寒气的肆虐。将军退下来后，头发白得很快。他时常梦见硝烟弥漫血肉横飞的战场，然后被震天的喊杀声惊醒。醒后，就再也不能安睡，只好起身到房外走走。

阳夏公园是将军的家乡康县最大的公园。将军身经百战，战功卓著，忠肝义胆，是人们敬仰的英雄。家乡人引以为傲，准备给将军塑像纪念。雕像准备安放在阳夏公园。将军走进公园，一眼就看见公园中心地带的一个石台。石台是大理石的，长三米左右，高一米左右，这是雕像的基座。将军叹了口气。

落叶落满方台，又被风吹起来，飘摇着，四散。将军的眼泪落下来。一场场战役里，多少亲爱的战友牺牲。那厮杀惨烈的场面，历历在目。将军这次回来，是阻止家乡政府给他塑像的。他宁愿默默无闻地老去，被今天和平的岁月淡忘。也不愿高高在上，被人们赞叹，接受鲜花和敬仰。因为和平年代的人们不了解残酷的战争意味着什么样的真实，战争是对生命最大的漠视和毁灭。那么多亲如兄弟的战友在眼前倒下，为了祖国和正义，将军只能高举冲锋的战刀，去创造一次次的胜利。

不知道什么时候，一位清洁工站在将军的身旁。她是位花白头发的老人，棉袄外面穿着黄色的工作衣。她手里捧着一束菊花，走到方台前，把花轻轻放在台子上。将军问，你好啊？清洁工回头望了将军几眼，点点头，你好。然后自语，不知英雄像什么时候能竖起来，希望快些，我就可以每天来看看了。

将军不解，问她，你认识雕像的本人？清洁工奇怪地看他一眼，说，这里的人谁不知道将军的名字，他是康城的大英雄。我儿子就参加了他的队伍，只是，我儿子再也没有回来。将军沉默了。她接着说，这下好了，等英雄像立起来，我就可以每天来看看雕像，献束花，这样就能感觉我的孩子还活着，正跟着英雄保家卫国呢。将军的泪水模糊了眼睛。将军说，你儿子也是英雄，英雄的母亲，政府没发你抚恤金吗，你怎么还这么辛苦？清洁工笑了，说，发了，政府按月发给我钱，街道也很照顾我，只是我还能动，不愿意闲着，就干起了清洁工，就当锻炼身体呢。老人说完，骑着三轮车走了。

将军陷入了沉思。东方渐渐发亮，一轮火红的太阳冉冉升起。晨练的人们三三两两地走进了公园。将军在路边喝了碗胡辣汤，回宾馆洗漱了一下，去了康县县政府。

数月后，康县阳夏公园中心地带，一组英雄浮雕群像格外引人注目。康县参加抗战的每一位英雄都在其中，将军在英雄群像的最后面。

炒花生

　　女人笑着点点头，递过来一张五十的。刘老汉看着女人的微笑，心里忽地一跳，想起了女儿小诺。

　　刘老汉吃过早饭，冲灶房喊："老婆子，刷完锅别灭火，开炒。"

　　"他爹，电视上说这两天变天，有雪。"

　　"今天准下不来。我说开炒就开炒。"

　　冬闲了，村子空落落的。刘老汉的儿子把他和老伴接到城里去享福，没半个月，他就病了，浑身没力，头晕目眩。医院也看不出个究竟，他执意要回村，儿子只好开车把他送回农村老家。刚看见村口的那棵大槐树，刘老汉神清气爽，浑身有劲，忍不住哼起了豫剧。

　　刘老汉回村后闲了好几天，闲得骨头都痒了，灵机一动，想起老伴炒的花生，那可是一绝。花生炒好后，从外面看起来和生花生并无二致，剥开壳吃起来，却是香喷喷脆酥酥的。对，去七八里外的县城卖炒花生去，不图挣钱，图个乐呵。

　　刘老汉把晾凉的炒花生装进袋子。老伴说："孩子月月寄钱，庄稼年年丰收，又不缺钱花，死老头子是牛驴命，不会享福。"刘老汉大度地笑笑，女人懂个啥，牛驴命也比猪命强。

　　他戴上皮手套，骑上电动车走了。到县城，他去了一家烩面馆，装进肚里一碗热腾腾的羊肉烩面，然后才去阳夏小区。他卖的炒花生都是晚上看着电视和老伴一颗颗挑拣出来的，个个饱满匀称，而且价钱公道，秤又足，每次不到两个小时准卖完。今天也一样，烩面的热乎劲还没下去，花生就快没了。他坐在阳夏小区前面的花坛边直想唱豫剧。

一个女人走过来买花生。刘老汉把剩下的一称，二斤高高的。刘老汉说："六块五一斤，二斤十三块整。"女人笑着点点头，递过来一张五十的。刘老汉看着女人的微笑，心里忽地一跳，想起了女儿小诺。

女人问："大爷，咋了？"刘老汉回过神，不好意思了，赶紧找钱。而且他专挑新钱，一张新十块的，三张新一块的。女人接过花生和零钱转身走进小区。刘老汉看着她走进二单元的楼梯口，才收回目光。

晚上，刘老汉对老伴说："今天有个闺女买花生，她一笑和咱家小诺一样好看。"说完忽然吃了一惊，说："坏了，钱找错了。"老伴说："他爹，快四年没见小诺了，这孩子不知道是胖了还是瘦了。"说着抹起了眼泪。刘老汉说："你看你，前几天小诺不还打电话吗？孩子工作要紧。"

晚上刘老汉在床上翻来覆去睡不踏实，老伴知道他老毛病又犯了。他只要占了人家针尖大的便宜，晚上就睡不踏实了。她也毫无睡意。

天刚亮，飘起了小雪花。早饭后，雪花扯天扯地怒放。

刘老汉说："老婆子，开炒。"

"他爹，可不敢去卖炒花生，路滑。"

"我说卖了？我还钱去，顺便再送给那闺女点花生，开炒！"

"他爹，你说那闺女一笑真和咱小诺像？我也想去看看。"

"等天好了我带你去，快去炒吧。"

厨房响起哗啦哗啦的声音，一股股炒花生的香气弥漫在漫天的雪花里。

八一的军人梦

远房舅说："看这孩子穿上军装多精神，可惜了孩子。"八一站在阳光里笑，笑得满脸泪。

夏光明改名那天，结结实实挨了顿扫帚疙瘩。爹虎着脸说："还敢改恁爷起的名吗？"他梗着脖筋答："就改，我就叫八一，我长大了要去当兵。"这么一说，爹脸色缓了。娘心疼地说："明，不早说，早说不能挨打。"他说："娘，不要喊我明，我叫八一。"

他改名那年，八岁，上小学一年级。老师讲黄继光、董存瑞的故事，讲两万五千里长征，说每年的八月一日是建军节，说军队是保卫祖国的钢铁长城，说军人才是真正的男子汉。他拿出橡皮，把课本、作业本上的夏光明擦掉，写上夏八一。然后宣布："从今往后我叫夏八一。"

那时乡村隔长不短会放露天电影，常有军事题材的影片，《地雷战》《地道战》《铁道游击队》《小兵张嘎》什么的，八一每场不落，就算要跑远路也义无反顾。有次孙岗放电影，八一听说有战争片，撺掇我们去。夏村离孙岗二十几里路，来回能把腿跑疼，大家没去。八一自己跑去看了，第二天上早课，他红着眼睛兴奋地讲昨夜影片的剧情。他平端双臂，比画枪的样子，嘴里发出阵"哒哒哒"声后，说："看，我一排子撂倒一堆鬼子。"口气很自豪。

八一走路挺胸抬头，衬衫的扣子全扣严实，不说脏话，被子叠成豆腐块。大家都知道他有个军人梦。八一个子长得又高又直溜，眉眼清秀，口方鼻直，人还机灵。村里老人说："这小子参军一定能当首长的通讯员。"

初中毕业，八一有个好机遇。他随娘去姥娘家，娘笑说起八一的军人梦。远房舅说："俺有个亲戚在湖北一个部队当军官，我帮着给问问。"回家路上，八一骑着自行车，兴奋地唱："日落西山红霞飞，战士打靶把营归，把营归，胸前红花映彩霞，愉快的歌声满天飞……"惹得很多路人侧目。娘说："这孩子魔怔了。"

远房舅是实在人，很快有了回信，说今年军官亲戚的那个部队正好来招兵。爹咬咬牙，把家里的余粮卖了，把圈里的猪也卖了，装了一袋子干花生，让娘领着八一去了远房舅家。远房舅留下了花生，死活不要钱，说是亲戚间不能外气，又说那个军官亲戚反复交代，一切按规矩来，不能搞歪门邪道瞎胡闹。临走，远房舅把一袋子干枣硬捆到八一自行车上。

夏村人都已经把八一当军人了，结果八一没有登上军车，进医院了。他体检没过关，医生查出他患有乙肝，正在传染期。等八一从医院回来，整个人瘦了一圈。他走路还是昂着头，挺着胸，脖子里的扣子还是扣得严实。只是他常挂在嘴边的《打靶归来》，再没唱过。

八一让娘去找远房舅，看那个亲戚能不能寄套新军装。娘抹着泪去了。过了一个多月，远房舅来，给了八一一套崭新的军装。八一穿上，绿色的上衣，蓝色的裤子，衬着八一高高的个子，清秀的面容，英气逼人。远房舅说："看这孩子穿上军装多精神，可惜了孩子。"八一站在阳光里笑，笑得满脸泪。

晚上，八一把军装脱下，叠好，放进柜子。泪水，把夜色打得湿漉漉的。

草绿草黄的一年年过去了。八一走路还是挺胸抬头，被子还是叠成豆腐块，还是喜欢看军事题材的影视剧，新闻也挑军事方面的看。

暑假的一天，镇郊树林几个小孩在抽沙子留下的深坑边玩。不久前下了场暴雨，水灌满了坑。八一去镇上办事，经过树林，听见几个孩子连哭带喊。有几个人闻声跑去了。他忙跳下电动车，快步跑过去。原来有两个小孩掉坑里了。浑浊的水面露出个小脑袋，一晃，又沉了。有人打电话报警，有人焦急地说："抽沙子的坑，深得很，不敢贸然下去。"

八一甩掉衬衫和鞋，一头扎进水坑。两个水猛子，他拉起一个小孩，托着游

到坑边。几个人手忙脚乱地把孩子拉上去。有人拉八一。他说："还有个孩子呢。"拉他的人说："兄弟，小心点。"八一说："没事，我是军人。"他又一个猛子潜进水里。

救上来的那个孩子吐了几口浑水，哇一声哭了。孩子得救了，大家缓口气。可看看水坑没有动静，心又都揪紧了。有人说："咱不能看军人兄弟孤身奋战，咱不是军人，但是男人。"说完，跳进水里。又有几个人跳进去。

警车和救护车呼啸而来。几个民警腰里拴着绳子也跳进水里。

很快，孩子和八一被拽出了水。他和孩子都昏迷了，医生忙展开急救。

早晨的阳光透过医院明亮的玻璃窗，轻轻落在床头的鲜花上，八一缓缓睁开了眼睛……

儿童节的礼物

有一位女士掩面哭泣，悲不可抑。斌劝她："你好，请把眼泪收起来吧，不要让孩子们看见，一切都会好起来的。"

一场地震，小杰失去了全部的家人。是斌从废墟里把他救出来的。

在医院，六岁的小杰给小病友们绘声绘色地讲故事，小病友们听得津津有味。

斌参加了救援队，连吃饭的工夫也没有，但他总会抽空去看看小杰。有一天晚上，斌去看小杰。病房里很安静。斌悄悄地走到小杰的床头，小杰一下子跳起来，搂紧斌的脖子，泪水濡湿了斌的脸。斌亲了下小杰的脸蛋，小杰在斌的耳根轻轻地说："我害怕，叔叔，你别不要小杰。"斌哭了，这次地震也吞没了他所有的亲人，他流着泪说："从现在起，你就是我的儿子，爸爸会永远和你在一起。"

小杰常去和一个叫静的女孩说话，静的病房在隔壁。静只能躺在床上，她的左腿受伤了。静唱歌很好听，是小学一年级的音乐委员，过几天她会坐飞机去河南的大医院动手术。这些都是小杰告诉斌的。

斌在郑州的朋友打来电话，说喜羊羊毛绒玩具已经让一个姓韦的司机捎去了，韦师傅是开救援物资运输车的。斌联系上韦师傅，取回了玩具。

"六一"儿童节的早晨，帐篷搭成的临时病房里欢声笑语。医生和护士从野地里采来鲜花、青草，编成花环，孩子们在一起快乐地唱儿歌。其中，有个大眼睛扎麻花辫的小女孩唱得最好听。来祝福孩子们的人很多，聚拢在病房外，一个

个噙着眼泪洋溢着笑容。

　　有一位女士掩面哭泣，悲不可抑。斌劝她："你好，请把眼泪收起来吧，不要让孩子们看见，一切都会好起来的。"那位女士点点头，眼泪仍如断线珠子般落下。斌准备再劝。女士轻轻地说："扎麻花辫唱歌的孩子叫静，是我女儿，明天就要去医院做截肢手术了。"斌吃了一惊，不再说话。

　　儿童节联欢会结束后，斌把一个精美的纸盒递给小杰。小杰赶忙拆开，原来是一个漂亮的喜羊羊毛绒玩具。小杰跳起来抱住斌，又闹又跳欢喜不尽，斌也开心地笑了。

　　很多孩子被抬上飞机，很快，他们会住进全国知名的医院接受治疗。很多人来到了机场，别情依依。短短数天，震后的余生们都成了亲人。

　　静和她的母亲向小杰和斌招手，斌忽然看见，静怀里抱着的喜羊羊毛绒玩具正是自己送给小杰的礼物。

　　送走静，小杰小心地看着斌，几次欲言又止，最后吞吞吐吐地说："爸爸，对不起。"斌俯下身，把双手搭在小杰的肩头，看着小杰清澈的眼睛，问："怎么了？"小杰嗫嚅着说："爸爸，我把你送我的儿童节礼物，送给静了。她偷偷地告诉我她的腿很疼，我想让喜羊羊陪着她，你不会怪我吧？"

　　斌一把抱起小杰，动情地说："不怪，不怪，小杰是个懂事善良的好孩子。"

　　"爸爸，静和她妈妈回来时，咱们还去接她们，好不好？"

　　"好啊。"

　　"爸爸，你真好。"

　　斌笑着流了满脸的泪……

《二婶的助听器》发表后

你初中下学，一不去外面打工，二不好好干庄稼活，三不帮忙卖菜，整天写什么小说，废物就废物吧，还惹祸，好啊，一村人都被你得罪了。

早上雾很大，我还赖在被窝，门就被擂响了。我开门，跳进来一张尖瘦的脸，头发和眉毛白蒙蒙的。哥，你来了？我裹裹圆点睡衣，打着哈欠，问。

你这啥意思？我给妈买个助听器也就两千来块钱，至于心疼得揪掉十几根胡须吗？说着，他下意识地揪揪稀疏的黄胡须，又忙把手拍在杂志上。我愣了愣，忙看杂志，哦，一篇千多字的小说《二婶的助听器》刊登在第三页。我忙向堂哥解释，哥，小说都是虚构的，瞎编的。

咱村是不是叫夏村，我妈是不是你二婶？

我点点头。

看——他再次拍杂志——《二婶的助听器》，豫东平原夏村，你污蔑我是假孝顺……还说咱夏村人说话不堪入耳，妈听见觉得污染耳朵，把电池抠掉，戴着没装电池的助听器给我撑脸面……

堂哥很生气地走了。

杂志落在我脚边。我捡起来，这是我在省级报刊发表的第一篇小说。心里有着惊喜，还有着委屈，堂哥和我的关系一直不错，二婶在我母亲用槐木条打我时也是死劲拉劝。一篇虚构的小说，怎么就得罪了堂哥呢？

我用毛巾拭掉杂志上的泥土。阳光穿透雾气，迷迷茫茫，父亲回来了，把手里的粪叉靠在墙角，吐几口痰，点一根纸烟。这些天正是麦播前上粪的时节，腾好的秋茬地，旷远里散发潮湿的泥土腥香，积攒的土粪拉进地里，隔十几步卸一堆，次日早晨，用粪叉把粪撒开。

母亲去镇上卖菠菜还没回来，父亲开始煮饭，说，你是不是该搭把手，烧个锅也中啊？我把杂志放枕头上，进厨屋烧火。吃完饭，阳光灿烂，雾气无影踪，一只红公鸡领着群芦花母鸡在院里转来转去。门口三轮车响，母亲回来了，她脸色很不好。

辉，你想咋着？

我隐隐觉得母亲的坏脾气与小说有关系。

果然。

你初中下学，一不去外面打工，二不好好干庄稼活，三不帮忙卖菜，整天写什么小说，废物就废物吧，还惹祸，好啊，一村人都被你得罪了。

我低头不说话，委屈像个无头毛线团，真不知道该从哪里捋。

父亲问，咋回事？

我卖菜回来，进村碰见夏奎爷，他拦住我，一顿好说，说你管你家辉中不，写了篇文章说夏村的老少爷们闺女媳妇说话都刁钻刻薄、搬弄是非，腌臜得老二家的助听器都不敢装电池。为这事夏奎爷特意去找了老二家的，问她助听器为啥不装电池，老二家的拿掉助听器，抠开，里面明明装着电池。夏奎爷说，这说明你家辉造谣诬陷，丑化夏村，给咱夏村六百多户泼脏水。夏奎爷最后还生气地说，更严重的是，文章里还说有些留守媳妇，暗暗做些伤风化的事，这可能会引出很大的家庭风波。

我暗暗吃惊，七十多岁的夏奎爷在夏村德高望重，村里的红白喜事都是他管事，他这样说，那事情可能要麻烦了。

果然。

村里人开始疏远父亲和母亲，我吓得不敢出门了。一篇虚构的小说，放在今天，万想不到会出现这种情况。意料外的是二婶一直没来骂我。

小麦种上后，天气暖，没几天，鹅黄的嫩芽钻出地面。我接到个电话，县文联筹办了一本文学杂志，聘请我当编辑，办公地点在县委县政府综合办公楼内。我没敢声张，从屋后小路沿河堤去镇上搭车。下河堤时碰见了二婶，她提着一小袋苹果。我喊，二婶——然后低头等着她骂我。她塞给我一个红艳艳的苹果，走了。

进腊月了，夏奎爷的小孙子结婚，夏奎爷特意嘱咐父亲给我打电话，务必要我回村参加婚宴。我买盒好烟回村了。进村碰见堂哥，我忙敬烟。堂哥嘴角咧咧，挤出笑，接过烟。两个月的时间，村里人已经淡忘了小说的事。我看见母亲和几个女人嘻嘻哈哈说笑，父亲在夏奎爷家忙前忙后。

开席，我被安排在贵宾席。我推托。夏奎爷硬拉我入席。夏奎爷个子不高，面色红润，稀疏的白发，眼窝深，眼神很亮，他说，这个大才子也是我孙子，在县里上班，和县委书记、县长一个楼办公。

神　匠

那人扑到地上，抱住金匾喊："我是神匠，神匠……"愤怒的人群，举起利刃……

从马车上下来个穿华服的人。

他看了看桥头那块一人高的青石，石上有神匠二字，他摇摇头，轻步走过。

两间茅屋，栅门破败，院内一人低头干活。华服人走到他身边，看了他一会儿，说："师兄，近来可好？"那人直身，昏花的眼仔细打量来人，垂首，独臂施礼："草民见过大人。"

华服人看他蓬头垢面衣衫褴褛，不觉动容叹息。

华服人说："兄与弟同获终南神木，兄不慎又失一臂，弟深感不安。弟今来特请兄去王城，入住神匠府与弟共享富贵，青史留名，何必在这荒野陋村，辛苦度日？"独臂人说："我已是无用之人，也早已过惯了乡野生活。"

华服人哈哈一笑。摆摆手，栅门外几个黑衣人掩了利刃，退去。

华服人说："我用神木制成美人，艳冠群芳，能闻乐起舞，我亦名闻天下。师兄却用神木建制成一座木桥，日久必朽，烟消云散。而我，将会成为一个传说，世代流传，万民膜拜。哈哈哈……"

独臂人平静地说："恭贺大人。"埋首沉思改进木犁的方法。

华服人冷哼一声，转身离去。

华服人经过桥头那块青石，淡淡地说："扔进河里。"

王上自从得到那个闻乐起舞的木制美人后，终日玩乐，不理朝政。很快，奸佞之臣相互勾结，排斥陷害忠臣良将。百姓不堪苛捐杂税水深火热。又逢大旱，饿殍遍野，民恨鼎沸，怨声载道。

有义士振臂一呼，万民响应。

王城如一叶扁舟被洪流一般的民众淹没。

王自知无力回天。夜，怀抱木制美人爬上刚刚兴建的千秋宫，引火自焚。

人群呐喊着冲进一个金碧辉煌的宅院，把大厅上悬挂的御笔金匾扔到地上。一个人被推出来，人群狂吼：祸国小人，奸臣妖孽，杀了他，杀了他。那人扑到地上，抱住金匾喊："我是神匠，神匠……"愤怒的人群，举起利刃……

我在神匠村吃着地道的农家菜，听着老根头娓娓地讲故事。吃完饭，我顾不得暑热，一个人去了村头的神匠桥。这是一座石桥，桥东头，立着一尊青石像，是个独臂老人。

老根头不紧不慢的声音又在我耳边响起：河水每年都会泛滥，恶水村淹死人，是常有的事。有一年，河水暴涨，冲毁吊桥，淹没农庄，数月不退，恶水村一百多口人眼看就要被困死在山里。这时，有个独臂人带着半根黑色木头来到这里，一夜之间，他就用那半根黑木在恶浪滔天的河上架起了一座桥。水马上就被驯服了。从此，水流到这里，老老实实的……天长日久啊，木桥变得比石头桥都硬了……

二爷给我件破棉袄

这件棉袄快看不出颜色了，前襟、肘弯打着几个补丁，袖口油腻闪闪发光，下摆露出几团褐色的棉絮。我硬着头皮接过，一股陈腐味袭来。

思来想去，还是去二爷家借吧。

二爷是镇小学的伙夫，手头宽裕点。自从父亲生肝病后，有联系的亲朋门槛上都留下了我的脚印，二爷家的槐木门槛上我的脚印重叠了三次。

二爷官差不自由，农忙大多抽不开身，他家的农活多是父亲帮忙干的。二爷回来，炒几个菜拉父亲喝酒，一瓶地方白干，总喝得天昏路不平。当然，这些都是父亲病前的事。

二爷家在夏村东头，我家在夏村西北角。去二爷家可以走大街，还可以从屋子后的田间小路斜着绕过村中几个热闹地带，沿无名小河的堤岸，穿过一片稀疏的桐树林，就能看见二爷家的山墙了。父亲生病半年后，我开始喜欢躲避人群。

黄昏，我沿着田间小路去二爷家。再寻摸不来钱，父亲床前的吊针瓶就会空了。今天二爷从学校回来，机不可失。

二爷家正吃饭，两大盆菜，白菜和粉条散发出香味，萝卜炖肉散发出甜蜜。"辉来了，一起吃点。"二爷圆脸红润，额头明亮，眼睛温和地望着我，举着筷子示意我坐。二奶瘦削，大眼睛，热情地说："辉来了，刚才你爷还念叨你呢，这么晚了，你吃过了吧。"我偷偷咽下口水，点点头说："吃过了。"二爷问："你爹——"二奶起身给我抓了把炒花生说："辉，吃点花生。"二爷咽了几口饭，清清嗓子说："辉——"二奶说："辉，喝点红糖水。"说着忙给我倒杯糖水。堂姐小声说："听说肝病传染呢。"我没敢动面前的茶缸。二奶说："辉，你来没啥事吧，没事就回去吧，天黑透了。"我也正想离开，借钱的话是不能够说了。

二爷从里屋拿件破棉袄，说："冷了，披披。"二奶认真地看几眼棉袄，热情地说："是啊，是啊，快披上。"这件棉袄快看不出颜色了，前襟、肘弯打着几个补丁，袖口油腻闪闪发光，下摆露出几团褐色的棉絮。我硬着头皮接过，一股陈腐味袭来。我捧着破棉袄，走出二爷家，眼泪落在棉袄上。身后传来二奶的话："事不过三，这都来借三回钱了，次次没让失面子，再说那病又瞧不好，哼。"二爷压低声音说："小声点。"

我流着泪走上河堤，心里又难过又恨。父亲生病后，难过成为常事，倒没有什么大不了的，恨，不是恨二爷不借钱，钱是人家的，借给你是情分，不借给你是正常，再说去二爷家借过三次钱了，一共是两千三百四十一块，这笔钱对庄户人不是小数目，这次的恨主要是破棉袄。这件棉袄太破旧了，就算施舍给乞丐，也不一定能拿出手。我甩手把破棉袄扔进了河里。破棉袄在水面像只黑色大鸟，扑扇几下翅膀，沉入水下，顺着缓缓流动的河水，向南，向东，流进涡河，注入淮河。

经过二爷家的菜地时，白色的大棚在月光下很亮。我四下看看，四野静阒，我跑过去，手脚并用把大棚的塑料布弄了个稀烂。心里的闷透过几丝清凉，恨淡去了许多。

埋葬父亲时，二爷哭得很伤心。

二爷拉我到一旁说："四百块钱应该可以住段医院的，咋这么快就不中了？"我不明白二爷的话。

他看我不语，说："辉，前几天爷手里也没钱了，找了好几个老师才借了四百块钱，那天晚上塞进破棉袄内兜里给你了。原指望大棚里菜秧多卖点钱，再给你送些，不想大棚塑料布烂了，菜秧全冻死了，唉。"

我跪在二爷面前，泣不成声……

这件事虽然过去十几年了，于我却清晰如昨。

夏达的风筝

　　我揉着被布鞋底揍肿的屁股，疼得龇牙咧嘴掉泪，夏达说："你多么幸福啊。"我气得差点翻脸，幸好他饶了一句："挨爸打也是一种幸福。"说完，他哭了……

夏达在我眼中是与众不同的人。

我八岁跟着父亲从平顶山回到夏村，与夏达是邻居。夏达矮矮胖胖，长我半岁，皮肤黑，圆脸圆眼圆鼻子，性格好，不爱说话。他每年春天都会去镇上百货商店买一只风筝，然后爬上河堤，把风筝放上高空，一直放线，直到线轴上的线用完。他从口袋里掏出一把小刀，刀刃放在紧绷的风筝线上，一拉，线断了。风筝融进天空，杳然无踪。

我对此惊讶万分，要知道，一只风筝的钱需要将近一年的努力，需要平日拒绝花花绿绿零食的诱惑，需要钻进树林收集蝉蜕、摘掉马蜂窝等拿到镇上中药店换钱，需要各种精打细算积攒零花钱。再说，夏达跟着孤寡的夏山爷生活，钱是更加不好逮摸的。好不容易攒够钱买一只风筝，第一次放，就故意割断线，不可思议。

我曾问夏达："你喜欢风筝？"夏达点点头。我再问："为啥割断风筝线？"夏达不回答我。我再想追问，发现夏达眼睛红了，泪水慢慢溢出来。我吓得不敢再问。夏达的学习成绩不好，他倒不以为意，整天琢磨怎么弄到钱。夏山爷不大管他。听母亲与父亲说闲话，隐约说好像夏达是夏山爷从火车站捡来的。我向母亲打探："妈，夏达是捡来的孩子吗？"母亲扬巴掌嗔道："别出去瞎说。"

天气好的时候，父亲喜欢把饭桌放在院里的桐树下，一家人围坐在一起，吃着饭说说笑笑。这时候，只要我往东边墙头看，在丝瓜藤和葡萄藤间，就能发现一个圆脑袋。有次我想冲圆脑袋喊："夏达，夏达。"还未喊出声，圆脑袋就不见了。后来，我们一家人再坐在桐树下吃饭时，我不敢再扭头看东边的墙头。但我知道，那个圆脑袋一定藏在那里。

我和夏达都在夏村北边的马庄学校上学，我不喜欢数学，然后不喜欢数学课，继而不喜欢数学老师。数学课的铃声响后，我把一只大个的灰褐色癞蛤蟆放进讲台课桌斗里，把粉笔擦和粉笔也放课桌斗里，结果是教数学的女老师尖叫着跳出教室，我被父亲领回家，结结实实地挨了一顿打。我揉着被布鞋底揍肿的屁股，疼得龇牙咧嘴掉泪，夏达说："你多么幸福啊。"我气得差点翻脸，幸好他饶了一句："挨爸打也是一种幸福。"说完，他哭了，比挨打的我眼泪还多。

春天来了，夏达又买了一只风筝。他破例让我陪他放。我们爬上高高的河堤，风里飘着桃花香。夏达让我帮他拿着风筝，他掏出钢笔，在风筝的肚子上写：爸爸，妈妈，你们在哪里啊？写完这些字，又用笔重重地描了三遍。我想问他点什么，看他眼里的泪光，没敢问。风筝飞起来了，越飞越高，线轴不停地旋转，最后，线用完了。夏达从裤袋里掏出小刀，刀刃放在紧绷的线上，一拉，风筝失去了牵绊，飘杳无影踪。夏达把线轴扔进河水里，用手背抹着泪默默走。我跟在他身后，心里很难过。

初中一年级刚开学，夏山爷生病了。夏达退学回家伺候夏山爷，忙活家里三亩多农田。等夏山爷病好，夏达没有回学校。夏达告诉我："爷老了，不能再操劳了，我要养着他。"我问："你还放风筝吗？"夏达说："放。"过了一会儿，夏达又说："不割断线了。""那些字你还写吗？"我问。夏达点点头，不再说话，勾着头，眼泪落到地上。

父亲去郑州工作，我和母亲随着父亲落户在郑州。我求学、工作，日子哗啦啦地过去，很多年没有再回夏村。父亲和母亲偶尔会回趟夏村。听父亲说，夏达在镇上开了家风筝店，生意很好。听父亲说，夏达娶了西村的一个女孩。听父亲说，夏达两口子都很孝顺，夏山爷九十多岁了，身子骨硬朗着呢。

郑　哥

郑哥抄起拇指粗的钢筋棍，噼啪砸在铁架上，迸起一溜火星。

郑哥把我拉他身后，举着钢筋棍强硬地说："把十块钱给我们！"

在民间艺术精品展演上竟然见到了郑哥，他坐着轮椅，右手拍击三尺长的竹筒说唱，左手敲击竹板伴奏，表演道情筒子《姜子牙卖面》：太阳出来从东升，照到咱中国四大京……

二十年前的时光，瞬间涌到我眼前。

我初中退学，去北京工地打工。工头把我的名字记进一个灰色笔记本，领我去工棚。我抱着蛇皮袋畏缩着站在工棚一角，头上的雪花开始融化。"嘿，你是哪县的？多大了？"一个高个子、圆眼睛的男人问。我答："十六，太康哩。""我也是太康哩。老乡，挨着我睡吧。"他说着帮我支好木板，安放好被褥。他床头上有个方洞，挂着个旧灰浆桶。皮桶里长着一棵单薄的植物。他得意地说："这是我的春天。"他就是郑哥。中午，阳光从方洞照在绿草上，晚上，郑哥用塑料布封好方洞，把灯泡亮在皮桶旁，给他的春天加温。

郑哥长我八岁，身体健壮，干活麻利。他时常说，干活不能耍滑，要成一块刀刃上的好钢，这样人家才看得起。他领着我盘钢筋曾盘过一天一夜，保证了打地基的顺利进行。皮桶里的绿草，在一天中午开出紫色细碎的花，闻上去有淡淡的香气。这朵花，芬芳了我们两个多月的寒冷时光。

　　这里的活结束后，我跟着郑哥去了安阳的一处工地。他到工地后，先找个破皮桶，在木料堆下挖了棵半黄的草植进破桶里。吃完饭有一点时间，我俩出工地溜达。我们识趣地靠路边走，知道城里人不待见。一个骑单车的女人经过后，我们面前的地上卧着个乳白色的钱包。我忙用脚踩住，蹲下装作系鞋带，趁机捡起钱包，遮在怀里打开，花绿的钞票像火苗燃亮了眼睛。我说："郑哥，我们发了。""你想干啥？"郑哥说着眼睛瞪圆了。"这是我们捡的。""这钱是你挣的吗？"我低头不语。"不是咱的钱，就不能要。"郑哥夺过钱包。我与郑哥一起等那个女人。终于等到了女人，却耽误上工了。女人连说谢谢，拿出几张钱给我们，郑哥摇摇头，拉着我跑了。

　　傍晚工地来了车地板砖，要找几个装卸工，现钱，每人二十五块。这可顶两天多工钱啊。地板砖很沉，满满一大车，我们六个人卸到夜里十二点多才卸完。货主把钱给了一个粗壮的男人，让他给我们分。他给我和郑哥一人二十，说是我俩年龄小，干活慢，拖累他们了。郑哥说："我们不比你少干。""咋，想刺毛？"粗壮的男人靠过来。我心里一阵打战，退了半步。郑哥抄起拇指粗的钢筋棍，嗪啪砸在铁架上，迸起一溜火星。郑哥把我拉他身后，举着钢筋棍强硬地说："把十块钱给我们！"空气沉闷，世界静极了。粗壮的男人小声哼了句什么，但没有动。僵持了一会儿，粗壮的男人扔过来一张钱。郑哥用脚踩住，踢到我旁边说："焦辉，看看钱。"他仍举着钢筋棍，盯着粗壮的男人。我捡起钱，说："郑哥，十块钱。"郑哥哼一声，拉着我转身走，我的腿有些软。快到工棚了，郑哥扔了钢筋棍说："是我们的钱，就不能让。"没过几天，我父亲病重，二叔辗转找到我，我跟二叔回家了，从此与郑哥分别。原想着同在一个县城，总有很多机会见面，没想到，一别二十年。

　　郑哥的容貌没有过大变化，两条腿却没有了。他上下打量我，说："焦辉，你胖多了，那时候你多么瘦啊。"我看着他的空裤管，想问他怎么失去的腿，话到嘴边却变成："郑哥，在安阳工地你皮桶里的春天后来怎样了？"他回忆了一下，笑说："最后开花了，你猜是啥？""啥？""油菜。"我们相视而笑。

　　一个高个子女人走过来，冲我笑笑，推着轮椅。我忙打招呼。女人依然微笑，不理我。郑哥把手放在女人手上，对我说："我老婆，她听不见，也不会说话，人很好。"我们又闲聊一会儿，互留手机号，女人推着他离开了。

　　过了几天，县曲艺家协会王主席来文联开会，我说起郑哥。县里的民间艺人他都知道，他告诉了我一些郑哥的事情。郑哥的双腿是十年前在私人小煤矿失去的。他去技校学了裁剪技术，在镇上开了家裁缝店，生意还行。后来，大家喜欢买成衣，郑哥的生意萧条了。又去了一家福利厂，做些手工，再后来工厂倒闭，他回村了。干不了农活儿，就拜民间艺人学艺，他勤奋好学，很快学会了表演道情筒子。王主席说："小郑心灵，能现编现唱呢。"我问起高个子女人。王主席说："女人是个聋哑人，四五年前嫁给了小郑。小两口很恩爱，他们儿子都上高中了。"我听完，很为郑哥高兴，又觉得哪里不对，郑哥结婚四五年，儿子怎么可能上高中呢？没等我问，他接着说："那孩子是小郑开裁缝店时捡来的，懂事，知道孝顺小郑两口子。功课也好。"王主席又说："小郑家种满了花草，有几十种呢，香气飘了大半个村子。"

今夜有雪

不出去打工怎么行啊？买房买车要钱，小冬上学要钱，娘年纪大了，有个好歹更要钱，两亩地，种出花儿也弄不出几个钱。

夏北望着慢慢落下的夜幕，烟头闪成一粒火。吸完这根烟就去找老马，不去浙江了。

"娘老偷偷哭，小冬也常常看日历，巴望你回来。"晚上，小莉用长发辫轻轻打着夏北的鼻子，偎他耳边说。

夏北问："你不想我？"

小莉撇撇嘴："我想你干啥。"说着，把身子紧紧贴过来。

夏北吐掉烟头，夜彻底黑了。路灯渐次亮起。

他走出大门，冬风从左边刮来，他忙竖起衣领。水泥路像条白带子向前延伸。

老马家是幢三层新楼，白墙映着灯光，像露天电影的幕布。

"嘿，夏北，干啥去？"迎面碰见黄坤。

夏北说："找老马有事。"

黄坤递来根烟："他马上出来，我们进城泡澡唱歌，你也去吧，咱俩还没好好聊聊，过几天又各奔东西了。"

黄坤在北京先是骑板车卖菜，后来买货车贩菜。算算也就八九年，他已买三辆货车了。年前在县城买了房。夏北在几个地方打工没挣到钱，去年跟老马学了

技术，一年才有五六万进项。夏北心想，一年五六万，几年过去，也能在县城买房，再过几年买辆车，走亲戚多气派，带娘去淮阳赶庙会，不把娘喜欢得抹泪才怪。

老黄晃着膀子过来，说："夏北，这么巧，一起去县城玩玩？"夏北不想去，去县城洗澡、吃饭、唱歌、住宿的，这些项不能都让黄坤和老马出钱吧，自己刚摸着钱，不能乱花，再说夏北也不喜欢那么玩，昏天黑地，瞌睡得难受。

夏北说："不去了，今夜有雪，娘说菜园子草棚歪了，我看看，里面储藏有大葱和白菜呢。"

黄坤说："你不是找老马有事吗？"

"没啥事。"

黄坤的车走远，夏北慢慢踅回家。

夏北心里有些庆幸，幸好遇见黄坤了，要不到老马家说不去浙江，再反悔挺难为情的。不出去打工怎么行啊？买房买车要钱，小冬上学要钱，娘年纪大了，有个好歹更要钱，两亩地，种出花儿也弄不出几个钱。

夏北进院，听见堂屋小莉和娘说话。

"娘，夏北说不出去打工了，守着咱们哩。"

"好，好，钱算个啥，一家人团团圆圆在一起多好。"

夏北站在门口，不知道该不该进去。

小冬出来，喊："爸回来了。"

夏北进屋。

小莉问："见过老马了？"

"嗯。"

"咋说的，真不出去打工了？"

"今天夜里有雪。"

"啥？"小莉没听明白，问。

娘高兴地说："有雪好啊，老话瑞雪兆丰年哩。"

牙 疼

点点滴滴的方晴汇聚成滂沱大雨汇聚成汪洋大海汇聚成春夏秋冬汇聚成阳光空气汇聚成桃花盛开……一天夜里，宝润那颗补过的牙突然开始疼了。

一天夜里，宝润那颗拔过的牙疼了起来。

说起宝润的牙疼，要先说说其他事情。

宝润童年时失去了父亲。父亲离世时，他难过地想，过年没人给买大白鸽奶糖了。他父亲在林城煤矿工作，每年春节才回来几天。一回来准给宝润买大白鸽奶糖。

过了几年，宝润快要忘掉大白鸽奶糖的味道了，麻秆出现了。

宝润放学回家，一个男人慌忙站起来。男人个子很高，像一根瘦骨伶仃的麻秆。宝润想笑。母亲从厨房里出来，手在围裙上擦着，音调有些颤抖地说，宝润，快叫马叔。马叔，姓马啊，名副其实的麻（马）秆，宝润心里想着，忍不住扑哧笑了。母亲也笑了。麻秆也笑了。这孩子跟我有缘。麻秆对宝润母亲说。说完，从挎包里掏出两袋大白鸽奶糖。宝润不客气，用牙咬开袋子，抓了一把塞裤子口袋里，跑出去抓蜻蜓了。麻秆住进了宝润家。宝润不缺大白鸽奶糖吃了。

初中时，宝润指着英语老师的厚底眼镜喊，四只眼，一辈子嫁不出去。英语老师哭了，跑去找校长。宝润发了半分钟呆，回过神，背着书包跑回家。第二天

就去温州找表哥了。刚下车，左上颚的一颗牙突然疼了。表哥领他去看牙医。牙医说，蛀牙，补吧。表哥说，都是大白鸽奶糖吃多了。他反驳，满嘴牙都嚼大白鸽奶糖，为啥就这颗被虫蛀了？表哥回答不上来，牙医也回答不上来。那颗蛀牙被小水管冲洗，被小钻头打磨，又填进些药棉。过两天，再去牙医那里，补了牙。牙不疼了，还能咯吱咯吱嚼脆排骨。

接下来的十几年，宝润在温州柜架厂、北京建筑工地、村里的六亩农田、保险公司、作文培训学校、温泉宾馆等地方干活谋生，那颗牙都没有疼过。直到进了《康城》编辑部，那颗牙突然疼了起来。

刚过完年，残雪未消，《康城》编辑部招人。宝润拿着厚厚一摞报刊去面试，发表他小说的那页都折叠好了。张总编是个矮瘦的老头，他透过镜片看看报刊，再看看宝润。这样反复三次的时候，宝润觉得很有趣。宝润挺直腰身。宝润不怕看，一米七八的个子，五官不算清秀，倒也端端正正。

发表这么多小说啊，你在哪儿上的学？张总编继续翻报刊，问。

宝润想实话实说逊母口初中，觉得不妥，含糊说，在县城上的高中。张总编又盯着他看了看，点点头，去编辑部报到吧。

《康城》是县文联主办的文学月刊，每月上旬出版。宝润去楼下编辑部，刚想推玻璃门，有个女孩拿着文件夹出来。她问，你有什么事？宝润说，我是来报到的。女孩推推眼镜，说，你是耿宝润吧，张总来电话说了。宝润点点头。跟我来，女孩说。

女孩叫方晴，文学硕士，副总编。宝润觉得在哪里见过方晴，她披在肩头的长发，细弯的眉毛，柔和的目光，干脆利落的处事方式，都给宝润非常熟悉的感觉。

宝润每天晚上都会认真想仔细想，把脑袋里管记忆的零部件高速运转，直到发烫才罢，还是寻觅不到之前关于方晴的哪怕是丁点的痕迹。越来越清晰、越来越深刻的是他到编辑部后关于方晴的点点滴滴。点点滴滴的方晴汇聚成滂沱大雨汇聚成汪洋大海汇聚成春夏秋冬汇聚成阳光空气汇聚成桃花盛开……一天夜里，宝润那颗补过的牙突然开始疼了。

疼！宝润不理会它，不看医生，不吃药，不用偏方，让牙生生地疼，酸不溜地疼，扯心拉肺地疼，麻酥酥地疼，刀剜似的疼……宝润似乎很享受这种繁复浑厚、绵绵不绝的疼。

终于有一天，方晴结婚了。

参加方晴的婚礼那天，宝润走着走着拐进了牙科诊所。拔牙！他不听牙医劝阻，说消消炎，治疗治疗，能止住疼。铁了心要拔牙。打麻药，拔牙。眼泪一串串流出来。牙医吓了一跳，问，疼吗？有什么不舒服？宝润摇摇头。

哦，我干吗不大胆些，勇敢些，向方晴说出来？不管结果如何，只要吐露了心声就好……已经过去很多天了，宝润只要想到这些，还会觉得那颗拔过的牙生生地疼，酸不溜地疼，扯心拉肺地疼，麻酥酥地疼，刀剜似的疼……宝润意识到，世界上有一种牙疼，就算你拔了它，还是能感觉到疼……

麦里混

收割机刚进地头，轰隆隆，一阵雷，哗啦啦，下起了雨。雨不
大也不小。麦是没法收了。高超只好用牙再磨出"怕啥有啥"……

怕啥有啥。高超用牙磨出这句话。

高超八亩地，小麦套种了辣椒。栽辣椒那些天，都是好天，连根云彩毛儿都
没有。顶着毒日头，汗珠子噼啪摔八瓣，终于栽完了辣椒。刚离开育苗池子的辣
椒苗是个水物件，蔫嗒嗒地半死不活了。看看天，瓦蓝蓝，白花花。只好架泵浇
水。此时，小麦开始上面了，有点头重脚轻。不敢大浇，水大，麦容易瘫。

见水的辣椒苗像新婚小媳妇，水灵灵嫩娇娇。可天晒地蒸的，没撑两天，又
蔫嗒嗒了。这时候麦大黄了，一晌，就能熟勾头。不敢浇水了，浇水麦不但会瘫，
还会被水撑死。来点小雨呗。有人说。还是旱着吧，万一雨大了呢。有人说。雨，
不会麦里混吧。又有人说。

一场南风，麦熟了。望着满地勾头的小麦，笑，上了高超黑红的脸。再瞅瞅
旱得只剩顶尖叶的辣椒，又皱皱粗短的眉。

高兵的收割机连夜从南阳回来了。村里几百亩小麦，搁不住几天收割，像高
兵新买的收割机，一天能割一百多亩呢。麦下来，不晒不存，直接拉到镇上粮食
收购点。高超的八亩地，几十分钟就能麦罢。当然，天要好。

高兵买收割机时，摆了顿大酒。菜丰盛，酒也好。高兵矮胖，光头，眼睛小。

他举杯说，老少爷们，俺新买了收割机，大家要捧个场。大家举杯说，当然，家里的麦不会用人家的收割机。这顿饭，吃得很热闹，当场醉倒了三四个。高超也喝得走路三条腿。

高兵的收割机回村，一头扎到村北地。北地的身子长，好收。高超的地在村南。外村来了两台收割机，有些人家等不及，用外村的开始割了。高兵看看天，瓦蓝蓝，白花花，多等一天吧，人值哩多，再说麦干透了价钱高。

落黑，轰隆隆一阵雷。哗啦啦下了场雨。雨不大，也不小。高超牙里磨出来一句话，怕啥有啥。

第二天，大晴。晾了一上午，收割机嗡嗡着开进地里，开始收麦。高超去北地找高兵，北地没多少地块了。高兵说，超哥，你那一点儿地，落黑落黑也给你割了。还多干一会儿麦，能顶个最高价。高超想想也是。半下午的时候，地邻给高超打电话，说收割机挨着地边了，收不收？高超问，谁家的收割机？地邻说，牛村的。高超说，我再等等，干干麦。

落黑，高兵来电话，说，超哥，赶紧开车来地里，马上割你的麦。

车、斗预备两天了。高超开车去了南地。收割机刚进地头，轰隆隆，一阵雷，哗啦啦，下起了雨。雨不大也不小。麦是没法收了。高超只好用牙再磨出"怕啥有啥"，只能开车回家了。第二天，没有大晴，日头在云彩眼里捉迷藏。麦籽不去潮。这雨，真麦里混了。天擦黑，又一场雨。不要刮风啊。麦一瘫，就麻烦了。高超夜里睡不着觉，出来进去，进去出来，像刚怀孕的老鼠，心慌慌的。

幸好，没有风；幸好，天大晴了。下午，车刚能进地，高超就让高兵赶紧割了麦。到镇上收购点，老板抓麦看看，撅嘴里嚼嚼，说，经了三场雨，甭想高价了。

高超卖麦回来，一大肚子难受。每斤比地邻的少卖九分。八千斤麦可是少卖七百多块钱啊。这钱摔地上也听个响，也能震起来一阵土，这下，打了水漂了，还不如打水漂，打水漂还能看个水花不是？

他正生气，高兵来电话，说收割机皮带断了，让高超帮忙去镇上买三根带，接着说了型号。高超正一肚子不痛快，说，你咋不去？高兵说，哥啊，我雇的师傅孩子病了，回家了，我一个人开，晌午饭还没顾上吃呢。高超想拒绝，又说不出口。他推出摩托车，拉长脸，去镇上买皮带。到半路，高超想，现在正是收割高峰期，高兵的收割机一个小时能收十好几亩地，七八百块呢。高超停下了。他

坐在路边阴凉里，抽烟。估摸着过了一个小时，才发动摩托车。这下终于扯平了。买回皮带，高超急慌慌帮高兵换好，说摩托车快到镇上，没油了，他推着去加油站加了油，才火急火燎地买皮带，赶回来。高兵一迭声哥，一堆谢。高超哼着道情戏，慢慢悠悠走回家。

高兵雇的师傅没回来，他就不去北边开封收麦了，刷了车，入了库，麦季挽了疙瘩。村里没顾上给收麦钱的人忙去高兵家送钱。高超晚上去了，把四百块钱放桌上，说，八亩地，正好四百。高兵捏起两百，塞高超兜里，说，咱自家，留个油钱，出去别吭气妥了。高超脸发烫了，说，那不中，你是生意，挣的辛苦钱。说着把钱掏出来，放桌上。

高兵拿起钱，死命塞高超兜里，推一把，高超不由己地出了门。高超走回家，饭没有心思吃了，本来扯平了的事，这又塌亏欠了。他在床上烙了一夜饼。一大早，他开车挂上玉米耧，去高兵家，说，小秋不让耧，赶紧着，耩玉米去。

耩完了高兵家七亩玉米。高兵很高兴，高超更高兴。

闰月鞋

老拐舅喜欢笑，不大声，呲，像开水壶喷出一股蒸汽。他轻易不说话，说话你也听不懂，他是"半语"，似乎还停留在孩童咿呀学语的时候。

闰六月头一天，夏村像过大节，日头刚在村东树梢晃出来，惺忪的雾气还未散尽，一双双各种式样的新鞋已踩在街面了。

村里老人们昨天傍晚一起把村街打扫得干干净净，现在穿着干净衣裳，相互间笑着打招呼。三句话内，一定夸到对方鞋上。夏村流传一个风俗，"闰月鞋，闰月穿，老人能活一百三"，逢闰月，儿女们早早买闰月鞋送给父母。在异乡打工的儿女，会提前几天把鞋寄回来。不给父母买闰月鞋，在夏村，是大不孝，会被人瞧不起，没有儿女送闰月鞋的老人，是大凄苦，会被层层叠叠的复杂眼神打伤心，嘀嗒嘀嗒流血。

老拐舅家的木门紧紧关着，木门斑斑驳驳，留着岁月的痕迹。他没起床，安静地躺着，眼睛望着天花板，想找个蜘蛛网，没找到，有点沮丧。他支棱着耳朵，彼此夸赞闰月鞋的声音很鲜活，像条条激水花的鱼。这些鱼游进他的眼里，甩尾巴，吐泡泡，弄得眼睛发涩发酸。不大会儿，眼里的鱼，因为缺氧渐渐失去活力。他想给眼睛注入些水，搭救那些鱼，可眼眶板结，像伏旱的田地。

他的泪没有了，从胡莹离开那天。

八叔是个烟枪，在夏村绰号"一根火"，点一根烟后，一根连一根，吃口馍也要就口烟。八婶子嫁过来，肚子多年没有动静，八叔的烟瘾越发大了。后来八叔害肺癌离世，临死拿手指八婶子的肚子。

八婶子因病去世时，老拐舅快六十了，身板挺直，面色红润，看上去也就刚五十的样子。老拐舅喜欢笑，不大声，呲，像开水壶喷出一股蒸汽。他轻易不说话，说话你也听不懂，他是"半语"，似乎还停留在孩童咿呀学语的时候。

八婶子嫁来夏村那天，雪花扯天扯地。老拐舅扶着轿杆送妹妹，送完妹妹，也住下不走了。这是事先说下的。八婶子父母去世早，"半语"哥供养八婶子上完了初中，八婶子给哥养老送终，是无其他话可说的。八婶子张罗过老拐舅的婚事，虽然老拐舅长得人高马大，人也实诚，可因为"半语"，加上八叔从中作梗，事情就搁下了。老拐舅干农活是一把好手，因为不说话，没有了口舌是非，他原本也没什么心机，只知道整天乐呵呵地干活儿。八叔被烟熏枯了精气神，身体不好，六亩多地全靠老拐舅顶着干。八叔又养了一群羊，当然，赶着羊群去河坡的还是老拐舅。日子像路边无人理睬的野草，青青黄黄，一年一年，却也是蓬蓬勃勃。

孤零零的老拐舅经人介绍，搬去邻县小镇的一个女人家住。女人叫胡莹，是退休教师，老伴几年前车祸去世了。她身体不太好，儿子在国外。老拐舅住到胡莹家，她儿子没有反对。老拐舅眼看着过了春天过了夏天，秋天也过去一半，却转眼又春暖花开了。老拐舅在胡莹家生活了五年，显得更年轻了。胡莹病重，她儿子回来了，要求老拐舅离婚。老拐舅连说带比画，告诉胡莹的儿子，他不贪图胡莹一分钱一片瓦。胡莹的儿子扶扶金丝眼镜，说："叔，我没其他意思，我只想把妈和爸合葬在一起。当然，我会给你一笔养老钱。"老拐舅愣了一会儿，点头答应了。葬完胡莹，老拐舅回到夏村，住在八婶子家的老房子里。

今天，老拐舅不想起床，起来干什么啊，是看满大街的闰月鞋吗？胡莹的儿子给他一笔钱，他没要。他种了几分地的蔬菜，养了一群羊。日子过得明净如秋叶。老拐舅翻个身，觉得背脊透进几丝寒气。豫东平原闰六月的天儿，哪来的寒气呢？

"老拐舅，起来了。"

"老拐舅，太阳八竿子高了。"

人们经过老拐舅家扭头冲矮墙喊，冲单薄的门楼喊，冲灰瓦屋顶喊。喊着喊着也就走过去了。老拐舅听着喊声，心里起了一股劲，一个人也应该把日子过得美美的。老拐舅起床了。

　　他推开堂屋门，阳光打着旋儿落下来，白花花迷了眼，好半天才回过劲儿。他身子一震，又被惊着了。堂屋门口一溜儿摆着三双新鞋，从左往右依次是皮鞋、布鞋、搭袢儿的凉鞋。老拐舅揉揉眼，又从右往左看了一遍，搭袢儿的凉鞋、布鞋、皮鞋。老拐舅的眼泪涌上来，扑嗒扑嗒往下落，怎么也擦不完……

唱琴书的老彭

老彭说，因为女人不会生。过了几年，他又结了次婚，还是没有生育。老彭查出是他有问题，后悔了，说这个女人比第一个差远了。

我在县文联举办的一次文艺活动中认识了老彭。他个子不高，瘦，眼睛也不大，却眼神明亮；下巴刮得干干净净，大嘴角咧出笑，露出黄牙；戴着顶圆形的软帽子，穿了件蓝袄，扎着条红围脖；尖鼻子不时微微抽动，似乎在嗅空气中是不是有菊花的香气。应该是有菊花香气的，初冬天气，演出的广场旁就有菊花园。

主持人报了老彭节目的幕，老彭拿着竹板走在前面，跟着他的是一男一女，高个子男人抱着把二胡，胖女人提着把扬琴。走到舞台中央，三人向台下鞠了一躬，然后坐下。从左依次老彭、胖女人、高个男人。老彭说唱："父老乡亲们好啊，我今天给大家说的是琴书……"老彭咬字清楚，音韵富于感情变化，引得台下观众阵阵叫好。

等老彭谢幕，观众里有人喊："再来一个！"老彭笑笑，红光满面地下了台，对着音响师傅和其他演员拱拱手。我职业病又犯了，打着《康城月刊》编辑部主任的旗号，背着照相机，找老彭拉呱。老彭很健谈，这也是意料之中的事情。

老彭告诉我，他十来岁时跟着爷爷要饭。那时饭也不好要。后来爷爷病死了。他看见有唱琴书的，即兴即景唱一段，能换来几个窝头，就死皮赖脸跟着人家学。后来老彭回到家乡，在生产队里种西瓜。没几年，与邻村的一个女人结婚，过了三年多，又分开了。老彭说，因为女人不会生。过了几年，他又结了次婚，还是没有生育。老彭查出是他有问题，后悔了，说这个女人比第一个差远了。要知道不会生怨他有毛病，打死也不会和第一个老婆分开。说到这里，老彭点了支烟，吸几口，让蓝色烟雾笼罩住他。

老彭说他中间停了几十年不再说唱琴书，说是琴书除了能要饭用，还没想到能干什么呢。再说，不是过不去日子，哪个愿意低三下四去要饭呢？我插话："现在琴书是国家级非物质文化遗产呢。"老彭点点头，说："万万想不到啊，2006年听说琴书列入国家级非物质文化遗产时，我喝了半瓶红薯酒，哭着说唱了半夜琴书。没过几天，我找了几个会玩乐器的，一起搭班子说唱起了琴书，也就是娱乐的意思。又过了两年，县文联成立了曲艺家协会，请我们去录了像。接着我就开始正式登台演出了。现在，我的演出日程排得满满的。"

"那你出场费肯定挣得不少。"我开玩笑地说。老彭嘿嘿笑了，说："这个不好说。"

老彭早年间要了个女儿，女儿很争气，也很孝顺，名牌大学毕业后在市里一家单位上班，过周末就回来看老彭，倒是老彭忙，有时候女儿回来还找不到他呢。女儿劝他去市里住，说又不缺钱，苦半辈子了，该享享福了，不要再奔波着说唱琴书。老彭哪舍得扔了琴书呢？说，乐乐呵呵地四处跑，还唱着过，是神仙日子呢。女儿理解他，就随他去了。

我问老彭："你老多大岁数了？"老彭站起来，拍拍手，说："我今年才八十岁。"又说："我今天高兴，一会儿再加演一场。"我给他拍了几张照片，握手告辞。

在掌声里，老彭又登台说唱了一段琴书……

风筝飞

妈妈说："宝贝，以后不管你长多大飞多远，都像妈妈的风筝，这根线是妈妈永远的牵挂和爱。"

"宝贝，妈妈今天带你放风筝去。"妈妈说。楠楠高兴地拉着妈妈的手，又蹦又跳。

楠楠和妈妈来到广场，蓝天白云间已经飞了好多风筝。广场东边，有好几家卖风筝的商店。妈妈领着楠楠走进一家比较大的店。墙上挂满了各种式样的风筝。

妈妈问："宝贝，喜欢哪一个？"

楠楠眨着大眼睛慢慢看，最后目光落在一个不起眼的瓦片风筝上，她用手指指。其实楠楠不喜欢瓦片风筝，单调，笨，可价格便宜啊，妈妈和爸爸在外打工挣钱不容易呢。

妈妈有点惊讶："宝贝，这个瓦片风筝不好看啊，妈妈帮你挑一个吧。"妈妈挑了一个色彩灿烂的燕子风筝，燕子伸展的翅膀上盛开着两大朵向日葵，剪刀尾巴装饰着云朵花纹。

妈妈和楠楠走进广场，拉住线，放起燕子，一起奔跑，楠楠看见妈妈的长发飘荡在风中很好看。燕子终于飞起来了，楠楠高兴地鼓掌欢呼。妈妈让楠楠一个人撑住线，燕子稳稳地飞在蓝天上。妈妈说："宝贝，以后不管你长多大飞多远，都像妈妈的风筝，这根线是妈妈永远的牵挂和爱。"楠楠甜甜地笑了，心里却在说："妈妈才像楠楠的风筝呢，过几天又会飞走飞远了，这根线是楠楠对妈妈的牵挂和爱。"楠楠边在心里说边用力攥紧风筝线，似乎一松手，妈妈马上就要飞走了飞远了。

过了两天，楠楠看见妈妈收拾行李，知道妈妈要走了。爸爸过了正月初六就走了，说厂子里催得紧，妈妈又多留下来几天，可最终还是要走的。楠楠不怪爸爸和妈妈，他们出去挣钱是为了让自己和奶奶过好日子呢。夜里，妈妈抱着楠楠说："宝贝，今年要上二年级了，等妈妈和爸爸回来，你还能拿奖状让我们看吗？"楠楠说："只要妈妈和爸爸喜欢，我就一定能。"妈妈紧紧抱着楠楠说："好宝贝……"

天麻麻亮，妈妈轻轻亲了楠楠，轻轻起床。楠楠已经醒了，她不动，也不睁开眼睛，她只能装睡，她怕自己会忍不住哭，那样妈妈也会哭。今天妈妈要坐车去远方了，哭哭啼啼的不好，要高高兴兴，要顺顺利利，要平平安安……楠楠这样想着，泪水还是不听话地顺着眼角流出来，濡湿了枕巾……

大门响了，楠楠听见奶奶和妈妈说话，然后是电动车的声响。奶奶一定是用电动车送妈妈去镇上车站。楠楠忙穿好衣服抱着风筝跑出院，向北一拐，顺着田间小路跑去小河边。她喘着气，爬上了高高的河堤，她看见妈妈了，妈妈坐在电动三轮车上，长发飘荡在风中很好看。

楠楠小声喊："妈妈，妈妈，妈妈……"泪水簌簌落在脚前湿漉漉的地面。

妈妈越走越远，看不见妈妈了，楠楠大声喊："妈妈，妈妈，妈妈……"喊着喊着大声哭起来。

楠楠哭累了，抽噎着望河对面通向镇上的小路。直到看见奶奶骑着电动三轮车回来，楠楠才慌忙下河堤。忽然，她又转身爬上了河堤，她想，说不定妈妈忘拿东西了，坐着三轮车回来拿呢。楠楠没有看见妈妈，鼻子抽了几下，又哭了。哭了一小会儿，楠楠沿着小路跑回家。

楠楠喘着气跑进院，迎面碰见奶奶。奶奶回来找不到楠楠，正着急想出门找，看楠楠慌里慌张跑进来，问："楠楠，大早上的，跑哪儿去了？"

楠楠举举手里的风筝，笑着说："奶奶，我放风筝去了。"

奶奶又问："你眼睛咋又红又肿的？"

楠楠笑着说："哦，风把沙子吹眼里了。"

啸 叶

何林打着哈欠，问："王领导，你可真有意思，我连自己都养不活，咋养活猪？"

何林摇摇晃晃走出村部，王楠揪揪眉毛，脑门闷闷地疼。不一会儿，吹树叶的声音传来，听调子，是太康道情戏《跪洞房》：临安城三五都会繁华胜地，冬云滚万花纷谢雪花飞……

唉，王楠叹口气。他驻村半年多，对何林这个贫困户非常头疼。何林四十出头，左腿轻微残疾，一人吃饱全家不饿。他的嘴角微微咧开，满脸轻蔑，有着似笑非笑的冷漠。王楠想，何林时常咧开嘴角大概因为他喜欢吹树叶。何林爹娘早逝，小学没读完，二亩薄田让他越种越薄，田里杂草的品种却日渐丰富。

扶贫干部王楠刚进驻何庄时，就找何林谈过心。王楠给何林谈人生理想谈生命价值谈脱贫的意义，嘴都磨明了。何林打着哈欠说："王领导，我早饭还没吃呢，要不你请我喝碗烩面，再接着白话。"王楠顿时噎住话头，干张嘴，像条脱水的鱼。

王楠再一次找到何林，说："何林，我送你只猪娃吧，好好养，等摸着养殖的门道，我帮你扩大规模——""中！"何林打断王楠的话。王楠很高兴，买了只二元猪送给何林。又领着村干部帮何林修了猪圈，又细细教了他一些养殖知识。过了两天，王楠去何林家，发现猪没有了。他忙到破旧的堂屋摇醒何林，问："猪娃呢？"何林揉着惺忪的眼，好半天迷瞪过来，说："我卖给西村老姜了。"王楠惊得摘掉眼镜，揪揪眉毛，说："你怎么能把猪娃卖了呢？"何林打着哈欠，问："王领导，你可真有意思，我连自己都养不活，咋养活猪？"何林这一反问，王楠答不上来了，揪了半天眉毛。

今天王楠把何林喊到村部，想让他参加县里办的脱贫培训班，开设的有种植、养殖、电焊、汽修等实用技术课程。何林一听，撂了句："我打小怕上课，不去。"转身摇晃着走了，经过槐树旁，伸手揪了几片树叶，放嘴里吹。

晚上，王楠家不远的广场有晚会，他走去看。舞台上有个矮胖的男人表演唢呐，他把短哨含进嘴里，呜呜咽咽吹。王楠心头突地一动，想起何林。何林吹树叶能吹出不少戏曲和歌曲，有次回城，看见何林坐在村北窑上吹树叶。他吹的是太康道情戏《王金豆借粮》，当时王楠还忍不住跟着低唱：日出东来又转西，王金豆我冬天穿着夏天衣……

王楠找到晚会负责人，说发现了一个用树叶能吹出戏曲、歌曲的贫困户。晚会负责人是县文联副主席，姓张。张主席说："吹树叶有个学名，叫'啸叶'，是一种民间艺术。如果真吹得好，敢登台，能接不少商演呢，是条致富的路，还繁荣了咱县的民间文化。"

王楠去何庄，逼着何林洗头洗脸，换上干净衣裳。

王楠问："何林，你是不是最喜欢吹树叶？"

"嗯。"

"要是让你天天吹树叶，还能发家致富，你干不干？"

"有这美事？干，当然干。"何林一下子来了精神，瞪着眼睛答。

王楠领着何林找到张主席。张主席说："吹个曲子听听。"何林伸手揪了片梧桐叶，双手捏住，往唇间一放，吹了首歌曲《小城故事》。张主席鼓掌，问："你敢当着几千人吹吗？"何林说："那咋不敢？我平时吹树叶心里就想着面前有万千听众呢。"晚上演出，何林大方地走到舞台中央，吹奏了一段《王金豆借粮》，台下掌声如雷。

年底，王楠把何林的贫困卡锁进了退贫档案柜。他出村碰见何林，差点没敢认。何林白衬衣，蓝裤子，皮鞋锃亮。他握着王楠的手说："王领导，恩人啊。"

何林告诉王楠，他参加了县里"改陋习、树新风"文艺宣传队，每个星期日都随着宣传队深入乡村义务演出。说这些的时候，何林腰杆挺得笔直，目光清亮，咧开的嘴唇绽放着微笑……

暖暖的鞋垫

母亲纳的鞋垫，结实、透气，凸起的丝线很好地按摩了脚底，华研走起路来轻松、舒服，似乎还从脚下生发出无穷的力量。

华研当上副局长没多久，母亲送给他两双亲手纳的鞋垫，让他惊奇不已。在华研的记忆里，从来没有见过母亲做针线活。鞋垫很漂亮，每只都织纳了朵盛开的莲花，莲花下是隶书体的红字，左脚是"清正"，右脚是"廉洁"。母亲让华研脱掉鞋，亲手把鞋垫放进鞋里，让华研穿上，说："小研，每一步都要走好，走踏实。"华研望着母亲期待的目光，用力点点头。

母亲纳的鞋垫，结实、透气，凸起的丝线很好地按摩了脚底，华研走起路来轻松、舒服，似乎还从脚下生发出无穷的力量。从此，每隔一段时间，母亲就会给华研纳一双织有"清正廉洁"或"勤政爱民"字样的鞋垫。华研有时劝母亲："妈，您老一辈子不会针线，退休了享享清福吧，别再费精力给我纳鞋垫了，我懂您老的心。"母亲笑着说："我捏了几十年针了，纳鞋垫小菜一碟，再说动动手动动脑子，预防老年痴呆。"华研哈哈笑了，说："妈，您在医院捏的是注射器针头，可不是纳鞋垫的针啊。"又说："妈，我看您老人家醉翁之意不在酒，主要是想预防我犯错误吧。"母亲扬手轻轻拍了他一巴掌，也呵呵笑。华研听母亲说纳鞋垫很容易，不累，不再劝她，再说每天穿鞋都能看见母亲纳的鞋垫，心里暖融融的。

二姨来华研家，说起鞋垫，华研从二姨口中知道了母亲纳鞋垫的艰辛。先是用上好的白麻布浆粘六层，待干透后剪成鞋垫样式，在最上层蒙上细细的格子布，再用丝线包边。母亲纳鞋垫用的线不是商店买来的普通线，是从棉纱中抽取的不同颜色的线，梳理缠团就要费去很多精力，要根据设计好的花样和字配不同颜色的线。还有针法，鞋垫正面小方格是交叉的"十"字针法，背面是整齐的"井"字针法，每一针每一线都要纳对小方格的位置。鞋垫上的小方格有近千个，要用很大的耐心、细心，千针万线才能纳好一只鞋垫。母亲纳一双鞋垫要二十多天呢。华研回村看望母亲，从半开的大门看见母亲坐在桐树下纳鞋垫，她戴着花镜，脸上满是微笑，勾着头一针一线纳得非常认真，阳光缓缓落在母亲花白的头发上，华研的眼泪夺眶而出……

刚过完年，华研被任命为驻村第一书记，母亲送来的鞋垫上纳织了"脱贫攻坚""担当奉献"字样。华研背着锅碗瓢盆进驻了阳夏县最贫困的林村。

华研经过调研，多方筹集资金，联系项目，建成了林村无公害蔬菜生产基地，扶持贫困户承包大棚，或到蔬菜基地打工。母亲来蔬菜基地看华研，华研正指挥十来个人过磅装车，地上排满了一箱箱新鲜的蔬菜。母亲望着又黑又瘦的华研，偷偷擦去泪水，笑着走过来。华研忙迎上去，说："妈，您咋来了？"母亲让华研坐下，脱掉鞋。她从包里掏出一双新鞋垫，上面纳织着红彤彤的字："精准扶贫""全面小康"。母亲刚把新鞋垫放进鞋里，有个人风风火火跑来，说："华书记，教套种苦瓜的老师来了，正在大棚里讲课呢。"华研忙穿上鞋，跺跺脚，对母亲说："妈，踩着您纳的鞋垫，踏实，有劲，不会走错路。"母亲欣慰地笑了，说："好，你忙去吧，我回家了，不耽误你工作。"来人忙拉住华研母亲的手，激动地说："大娘，华书记是我们林村的恩人啊，您老可不能走，一定在林村吃顿饭。"过磅装车的村民听说华研的母亲来了，纷纷跑过来。华研母亲被热情的村民们簇拥着去了新盖的村部。

华研迎着灿烂的阳光大步走向蔬菜生产基地……

都是我的错

周六下午，老婆回娘家了，我在家看黑色的金鱼吐泡泡。那泡泡一个连着一个，很有趣。张三穿着凉拖呱嗒呱嗒进来……

电动车买了两年多了，品相很好，就是内部有点问题——刹车报废了。就像人，就算你外在美容得再好，也抵不住岁月这把刀对你内里的宰割。这辆电动车设计得没前刹，后刹坏掉了要彻底换，可后轮大螺丝锈了，卸不动。碰见卸螺丝的是个新手，把螺帽外沿的棱角掰掉了。这就有点麻烦。

我是极其怕麻烦的一个人，又加上电动车不常用，也就每周日下午骑着去六里外的小学上班，到学校往宿舍一放，充充电，周六上午再骑着回家。我把行车速度压到能与步行者轻松聊天的程度，慢慢悠悠，看着乡路两旁绿油油的庄稼，一会儿就到了。索性不修了。我的电动车我做主。接着我知道我错了，有些属于你的东西，你并不能真正做主。

周六下午，老婆回娘家了，我在家看黑色的金鱼吐泡泡。那泡泡一个连着一个，很有趣。张三穿着凉拖呱嗒呱嗒进来，说："焦老师，你电动车在家吗？我去趟镇上。"电动车放在对着堂屋门口的院里，他进来要先经过电动车。"当然可以。"我条件反射般回答，然后心里一动，忙接着说："只是——你骑着要小心。刹车是一点没有的，你骑慢点，要眼观六路耳听八方，把无法挽回的后果及时果断地消灭在萌芽状态，而且……"我突然发现张三的黄脸变色了，仿佛我养的那两条黑金鱼从水里腾飞，然后甩着尾巴落他脸上了。我忙把已经到了舌头上的话截住。正当我伸着脖子把话硬吞进肚子时，张三黑着脸说："我还有事，不去镇上了。"张三走到门口咕哝："不想借明说，还弄那些幺蛾子。"我都没机会解释，张三已经走远。嗯，都是我的错，得罪了张三。

我没心思看金鱼吐泡泡了。"焦哥在家吗？"赵六有礼貌地敲敲大开的大门。当当，铁门发出类似于晨钟的声音。当当的余音未散尽，赵六已经走进来，他经过电动车的时候拍拍座。他问："焦哥，电动车在家吗？"我没接他的烟，说："在呢。""哦，我去东村买几袋除草剂，花生地里全是草。"他说。我点点头，说："电动车刹车不是太灵，不过没关系。"赵六说："哥，不要说刹车不太灵，就算没刹车又能怎样？你忘了我可是有 A 照啊，不是你弟妹得病，我还在义乌玩着大货车呢。"我的心啪叽归位了，说："这就好，这就好，我忘了兄弟有驾照了。"我觉得这次我处理得比较圆满。我又有心情看金鱼吐泡泡了，谁知金鱼沉在缸底，不再吐泡泡。

下午，大门咣当一声。"你咋这样呢？电动车没有刹车咋不告诉我一声？"赵六的声音里夹杂着恼怒。我忙出去。赵六因为激动脸色通红，左边的鼻孔用卫生纸塞着，右额头有块淤青。电动车前边的塑料壳烂了，长方形的灯掉出来，又被电线牵着，像吐舌头做鬼脸。我解释："我说了刹车不灵——"他截断我的话："啥叫刹车不灵？根本没有刹车好不好？"他说得对，我没有话说了。他又说："幸亏我驾驶经验丰富，一把方向撞路边线杆上了，要不非出大事。"说着，他气咻咻地转身走，到大门口咕哝："什么人啊……"嗯，都是我的错，又得罪了赵六。

我一肚子气，一脚把电动车吐出的舌头踢掉了。灯在地上滚两滚，正对着我。我俩大眼瞪小眼。我突然灵机一动，把赵六的事告诉张三，把张三的事告诉赵六，不就解释清楚他们对我的误会了吗？我趁着夜色，买两包好烟，先去张三家，又去赵六家，分别把事情解释一遍。我觉得我这次处理得恰当了，晚上还为自己的小聪明喝下去两罐啤酒呢。

等我再过周末回家，老婆一脸不高兴，说："一村人都议论你呢。"我吓了一跳，问："咋了？"老婆指着电动车说："因为借车的事，你咋给赵六说张三是个小心眼，又给张三说没刹车故意不告诉赵六，害得赵六差点出人命……"我没听老婆把话说完，扬手给了自己一嘴巴，说："都是我的错……"

第三辑 黑白维度

对人生对世界的别样思考和跳脱认知，对文学叙事方式的极端探索，在黑白维度里进行着另类的表达，演绎出斑驳陆离、有着多种色彩的一个个故事……

影　子

　　长长的影子，引领秦斌回到家。父亲满身酒气，抱着那棵磨光
滑了树干的桐树较劲："嘿，我就不信羊不吃麦苗，嘿，我就不信
一百斤面打不个烧饼，嘿，我今天非把你摔倒。"

　　影子越来越不听话。

　　早上，城市到处灰蒙蒙。秦斌洗把脸，嚼着口香糖，走去谢安路拐角的永是
早餐店喝银耳莲子粥，吃细粉牛肉馅包子。路灯熄灭，太阳还未升起。按理说影
子绝对不可能出现，可事情有时候就是这么不讲理，就是这么不可思议，影子出
现了。而且与秦斌并肩而行。

　　影子一会儿在秦斌左边，一会儿在秦斌右边，嬉皮笑脸。秦斌不理他，再说
秦斌肚子很饿。他有点羡慕影子，这家伙应该不知道饿。到早餐店，影子横在门
口，阴沉着脸，秦斌知道影子的意思，影子这态度表达着一句话："老秦，你咋
在同一时间同一地点喝银耳莲子粥，吃细粉牛肉馅包子好几年，腻歪不腻歪？"

　　秦斌喜欢习惯，驯顺于习惯，一成不变能给秦斌带来安全感。影子毕竟是影
子，一点不懂秦斌的心思。秦斌不理他，用力挤进早餐店。影子很生气，扬长而去。
秦斌望着影子渐渐远去的黑色背影，冷笑了，影子就是影子，能拿秦斌我如何呢？

　　吃完饭，走出永是早餐店，秦斌突然有点担心，万一早餐店哪天搬走或倒闭
了咋办？该去哪里喝银耳莲子粥吃细粉牛肉馅包子呢？秦斌忧心忡忡地去单位，
进了单位大院，秦斌脸上挂满灿烂的微笑，热情地与每个相遇的人打招呼。就连

每棵树每朵花秦斌也要逐个点头。走到办公楼拐角，秦斌看见灯杆上有个黑影，是影子，影子爬上了灯杆，用右手抓住莲花型的灯管，摇摇晃晃。秦斌的右手腕一阵酸疼，腿也觉得轻飘飘的。

影子以前很听话，很友好。小时候当秦斌试卷上是一个漂亮的红圆圈时，老师把试卷扔给他，不说话，面无表情。秦斌回家时，把试卷揣在怀里，影子温柔地陪伴秦斌。长长的影子，引领秦斌回到家。父亲满身酒气，抱着那棵磨光滑了树干的桐树较劲："嘿，我就不信羊不吃麦苗，嘿，我就不信一百斤面打不个烧饼，嘿，我今天非把你摔倒。"母亲接过试卷看看，把试卷扔给秦斌，不说话，面无表情。夜里，晶莹的露珠落满影子和站在影子旁边的秦斌。

秦斌在富豪国际大酒店干过一段时间的前厅部长。他觉得一个小城，几年不见个外国人来，大酒店怎么国际了？怎么国际呢？想想觉得好笑。凌晨一点半，影子突然对值夜班的秦斌说："哎，我喜欢上张潇潇了。"秦斌吃了一惊。秦斌的妻子陆燕虽然说不上温婉可人，可是诚心实意跟秦斌过日子的。秦斌父亲有病，家里穷，好不容易相个亲，女家一打听，准没了下文。只有陆燕点了头。这一晃，结婚小十年了，咋着也不能把良心掏出来喂狗。秦斌说："你爱喜欢谁喜欢谁，不要打扰我。"影子冷笑了。

再见到收银员张潇潇，秦斌的眼珠子就粘在她身上了；看不见张潇潇，秦斌心里又全是她婀娜的身影。秦斌知道，这一切都是影子捣的鬼。每次秦斌想起或看见张潇潇，就能听见影子的冷笑。秦斌辞职了。然后秦斌对着影子冷笑了。后来，秦斌被聘进了这家文化单位，一晃七八年就过去了。除了眼前的树叶黄黄绿绿，其他似乎没有什么改变。连影子也安安静静的。只是近来，不知道怎么回事，影子开始非常非常不安分。

起大风了，这风是小城历史上绝无仅有的。秦斌推开门，走上大街。大街上空空荡荡，没有行人，没有车辆，店铺都关门歇业。秦斌觉得开心极了，这下，影子，轻飘飘的影子，哈哈，看你怎么办？没有影子烦扰，应该是很开心的一件事。秦斌甚至想，他眼望影子越飞越高时，会不会伤感呢？但一定要记得挥挥手。

一阵更大的风刮来。秦斌一阵眩晕，眼前混混沌沌。影子站在一个公交车站牌旁，嘴角抽动几下，不知道是伤心，还是冷笑。影子缓缓举起手，冲秦斌挥了挥。秦斌惊了一下，四下看，发觉身在半空，转眼，已高过六十六层的宏图大厦。又一阵劲风刮来，裹挟着秦斌直上云霄……

回旋镖

汉斯却对回旋镖很心仪，不但自己勤加练习，还四处宣扬回旋
镖的好处，甚至说，母牛看他玩回旋镖，产奶量有所增加。

汉斯靠着玩回旋镖，拥有了一个很大的农场和一座矿山。他住在三进三出的大宅子里，出入乘坐镶着金边的四轮马车。回旋镖，消遣的小游戏，让一个挤牛奶的穷小子摇身变成当地屈指可数的富翁，这很难让人相信。奇迹就发生在汉斯身上。

汉斯喜欢一个人待在路边的绿荫里，他穿着金线缝制的棉质长睡衣，外披一件不知道料子的金光闪闪的大氅，半卧在铺有鹅绒褥子的檀香躺椅上，十几名忠心的衣冠整洁的仆人立在旁边，随时听候吩咐。初秋的阳光从树叶间落在他的长条脸上，惨白的脸颊夹着一道高高的鼻梁。他侧耳听着鸟鸣与风吹树叶的声音，慢慢地喝一种特制的葡萄酒，或者抽一种加进名贵香料的雪茄。人们从他身边经过的时候，都投以羡慕和敬佩的目光。汉斯表情沉静，无视这些带着红颜色的眼睛。

好几年前，这里的人根本不知道什么是回旋镖，那时候胖州长刚刚上任。他看民众工作以外没有事情做，生出很多恶习，比如打架、赌博、酗酒、聚众生事等，就想推广一种有趣的游戏，让民众游戏光阴，获得快乐。胖州长认为他曾经见过的回旋镖很有趣，就颁布法令推广，让民众学习玩回旋镖。民众很不乐意，对回旋镖非常抵触，大家联络举行了大规模的游行抗议活动。胖州长颁布了更加

严厉的法令，对不肯学习回旋镖的人拘捕坐牢。民众并不屈服，与前来抓捕的警察对抗。这时候，汉斯却对回旋镖很心仪，不但自己勤加练习，还四处宣扬回旋镖的好处，甚至说，母牛看他玩回旋镖，产奶量有所增加。有一次，汉斯正练习回旋镖，用尽全力把镖投出去，一阵风刮过来迷住了眼睛，回旋镖回来时，他没有看见，直接打在左眼上。他在医院住了一个月，左眼失明。有人把此事报告给胖州长，胖州长大为感动，而且受到启发。胖州长在中心广场隆重接见了汉斯，亲手在汉斯胸前佩戴忠诚金勋章，奖励汉斯一个有着苹果园、桃园、葡萄园、良田的农场。没过半个月，汉斯与一位美丽的姑娘结了婚。胖州长颁布了一系列奖励法令，鼓励民众练习回旋镖。时间慢慢过去，又是好几年，汉斯的孩子都能骑马参加成人回旋镖大赛了。民众也习惯了回旋镖，喜欢上了回旋镖。茶余饭后，处处都是回旋镖飞舞。

胖州长退休了，瘦州长上任。他对民众没有理想和追求，整天玩回旋镖很是不满。于是颁布了禁止玩回旋镖的法令。民众很不乐意，对禁玩回旋镖非常抵触，大家联络举行了大规模的游行抗议活动。瘦州长颁布了更加严厉的法令，对还在玩回旋镖的人拘捕坐牢。民众并不屈服，与前来抓捕的警察对抗。这时候，汉斯却对回旋镖很抵触，不但自己不再练习，也禁止孩子再玩回旋镖，还四处宣扬回旋镖的害处，甚至说，看我的左眼就是回旋镖害的。有一次，汉斯拿着回旋镖现身演讲他的左眼如何被回旋镖所害，他用尽全力把镖投出去，一阵风刮过来迷住了眼睛，回旋镖回来时，他没有看见，直接打在右眼上。汉斯在医院住了一个月，右眼失明。汉斯彻底变成了盲人。有人把此事报告给瘦州长，瘦州长大为震惊，而且受到启发。瘦州长在中心广场隆重接见了汉斯，亲手在汉斯胸前佩戴忠勇金勋章，奖励汉斯一座有着稀有金属的矿山。瘦州长颁布了一系列奖励法令，鼓励民众不玩回旋镖。时间慢慢过去，又是好几年了，汉斯的小孩子都能骑马参加禁止回旋镖演讲比赛了。民众已经不再玩回旋镖了。

汉斯靠着玩回旋镖，拥有了一个很大的农场和一座矿山，成为全州屈指可数的富翁。大家都认为汉斯是个最会玩回旋镖的人。

六六的红脖羽

　　六六吃了一惊，推老婆，没有反应，探身查看，气息全无。

六六一屁股蹲在地上，久久没能起来……

　　六六对这只脖梗上有撮红羽毛的鹌鹑有着特殊的感情。其他养鹌鹑的人把鹌鹑袋挂在腰间，干活时鹌鹑在黑棉布口袋里左冲右跳，一下一下撞着屁股。六六把鹌鹑挂在脖里，刷墙时蓝棉布口袋里的鹌鹑在心尖子上呢。

　　六六逮这只红脖羽的鹌鹑费了老劲。从凌晨两点就钓在村南那片晚收的辣椒地头，一直到太阳光咣咚砸在湿漉漉的大地，溅起的碎片子弹般击打在落叶上、血红的辣椒上、逮鹌鹑的网上、惊吓鹌鹑的吼声上，使得这一切遍体鳞伤，捕网上警示的红布条才呀呀地抖动。六六跑过去，看见鹌鹑粘在网眼上，惊惶地扑腾。

　　红脖羽鹌鹑让六六这个初冬的早晨欢欣满足，他像凯旋将军般回到家。发现老婆没有煮饭，这就有点奇怪了。他心里满是红脖羽，没有生气。他用肩膀撞开虚掩的堂屋门，看见老婆侧着身子躺卧地上，左手屈着指向前伸着，似乎要抓住什么珍贵的东西。六六吃了一惊，推老婆，没有反应，探身查看，气息全无。六六一屁股蹲在地上，久久没能起来。

　　远房表侄让六六进了他的装修公司。六六没了老婆还有个老大不小的儿子，要抓挠钱啊，要操办完儿子的婚事才敢喘口气，彩礼、买房可不是闹玩笑的。原本与老婆两个人的责任，啪叽，全压在六六一人肩头了。装修公司开的工钱是一月四千八，比城里上班的儿子工资还多。六六个子不高，五十多岁了，精瘦，焦

黄面皮，力气像嘴边的胡须，稀落得有些寒碜。能有这份差事全要感谢表侄，虽是拐几个弯才能搭上的亲，可一拃没有四指近，这条活路表侄还是给了他六六。

这天上午大雨，剩门头外的活了，没法干，大家都散了。六六拉下卷帘门，抱着红脖羽蜷在泡沫板上美美地睡了一觉。拉开门，哗啦，阳光像泼进来的一大盆水。表叔，你咋没回家？哇，好肥的鹌鹑。表侄穿着笔挺的西服，打着红领带，问六六。表侄公司做得大，装修队十来个，他很少来工地看。六六说，这鹌鹑，看，多稀罕。他说着用右手揪揪把在左手里的鹌鹑爪子、喙，摸摸脖子里的红羽。表侄的眼珠子就粘在红脖羽身上了，喉结咕噜咕噜上下滑动，像乒乓球比赛中来回飞舞的球。味道肯定绝佳，表叔，我出五百块钱，卖给我，我身后的大老板最喜欢吃鹌鹑了，这种脖子上长红毛的，稀罕见呢。表侄说。

六六哑巴了，脑门上沁出层亮光光的油汗。表侄看他木呆呆的，哼一声，掉头走，撂身后句话，表叔，给八百，明天上午来拿红毛鹌鹑。

六六没有干活，傻呆呆地坐在地下商场把着红脖羽。天黑了，他从商场爬上来，眼睛有着兴奋的亮光。六六骑着电动车连夜回了村。他去邻居家一百元买了个大小与红脖羽差不多的鹌鹑，把红脖羽藏在家里，带着买的鹌鹑回城了，用红颜料染了鹌鹑的脖梗子。表侄开着车来找六六。六六推开表侄递来的钱，说，你是老板，咱们又是亲戚，一个玩意，要钱，我老脸往哪儿搁？说完这句话，六六焦黄脸皮红了，还发热发烫。表侄很高兴，硬把钱塞给六六，开车走了。六六望着表侄的车走远，心里的欢喜一波又一波，过了会儿，又觉得不好意思，难过了，怎么说，也都是骗了人呢。

六六回家，把着红脖羽，揪揪它的爪子、喙，摸摸红羽，嘴角的笑像春雨后的野草，眼瞅着呲呲往上长。他突然想到一个问题，笑就生生断了。以后不能带着红脖羽了，让表侄看见，脸面没有了，工作也没有了。六六愁闷地蹲在地上，看初秋的日头一晃一晃醉汉般奔西去，一头栽进西边河沟里。暮色飘落，浓厚得压抑万物。

六六温柔地把着红脖羽，走向旷野，走进一片晚熟的辣椒地，红颜色灼疼了眼睛。露水慢慢浸透他，湿漉漉潮乎乎寒冰冰，他石头样不动。

第一缕阳光啪的一声掉在地上，六六的手颤抖了，于颤抖中骨节暴突，青筋蜿蜒。阳光像雨点般砸下来，满世界噼里啪啦，六六眼前红雾蒙蒙，把红脖羽的手生出疼痛的力，发出骨骼碎裂的响……

玉麒麟

老白又说："听我父亲讲，那人原打算把玉麒麟献给伪县长刘金坡，换回骂日本人的商铺许老板，玉麒麟没了，许老板被狼狗咬死了。那人气得一棍子打断了儿子的腿。听说那人的儿子还是个哑巴。"

老人把哑巴兄弟的手放进邵林手里，用力摁。邵林说："爹，我给叔养老送终。"老人笑了笑，咽下最后一口气。邵林按乡村习俗软埋了父亲，哑巴叔拖着瘸腿送棺到坟地。第一锹土落在硬木棺材上，哑巴叔哭昏了过去。

邵林收拾旧物。哑巴叔佝偻着背蹲在枣木门槛上，怀里抱着邵林父亲的遗像，刀刻般的皱纹藏满秋阳的余晖。邵林从父亲枕头下翻出一个小铁盒，打开，一个红绸卷，展开，一根白色羽毛。邵林看不出是什么鸟的羽。没听说父亲生前喜欢鸟，又怎么会珍藏一根白色鸟羽呢？邵林不解。

母亲早已过世，只好打电话问大姐，可大姐也不知道。

邵林想，既然老人把白羽珍藏，说明它是生前喜爱之物。他把白羽放进旧衣旧被褥，拿去河边焚烧。豫东乡村习俗，过世人的衣物一般不能留过头七。

邵林回城时把哑巴叔从逊母口邵家营子带走了。联系老年公寓，把哑巴叔安顿好。哑巴叔始终抱着邵林父亲的相片。他一辈子没找老婆，一直住在邵林家。邵林父亲对他好，他也知恩，吃罢饭就拖着残腿下田干活。

年月就这样黄黄绿绿过去了。邵林母亲去世后，父亲和哑巴叔一起生活，倒也是个伴。

领导喜欢鹌鹑，邵林下班去东关小同街寻。小同街是个背街，街上有鹌鹑市。想学习鹌鹑知识，这里可是个好去处。有个细白眉毛老者，腰间一溜四个色彩各异的鹌鹑袋子，大家都喊他老白。

有人把着鹌鹑问："老白，看看我这个品相咋样？"

老白斜睨眼，嘿嘿笑，摇头，说："麦鼻，蒜头，下品。"

又一人敬烟举鹌鹑："老白，您给掌掌眼。"老白接过烟，有人打火。老白吞吐口烟，指着鹌鹑的眉，说："黄须同金，白银一线。可惜啊，阔过额顶了，眉砬，一见诸鹑先躲藏。"

有个粗汉不服气，问："老白，你到底见没见过上品鹌鹑，不要只会背书格子忽悠！"

老白冷哼一声，长脸上满是不屑，说："我打小跟父亲走街串巷，七八岁时就在逊母口邵家营子豆腐铺见过玉麒麟。"

邵林听见"逊母口邵家营子豆腐铺"，忙凑到近前。老白说的豆腐铺是他祖父开的，邵林祖父的豆腐铺是邵家营子历史上唯一的一家，邵林父亲没有子承父业。人群听见"玉麒麟"也纷纷拢过来。粗汉不肯弱，说："玉麒麟不就是白鹌鹑吗，打斗时不定咋样呢，好多事都是看景不如听景。"

老白叹口气，神色黯然了，说："可惜啊，玉麒麟还没调养，就被开豆腐铺那人的儿子吃了。"人群也发出惋惜的嘘声。老白又说："听我父亲讲，那人原打算把玉麒麟献给伪县长刘金坡，换回骂日本人的商铺许老板，玉麒麟没了，许老板被狼狗咬死了。那人气得一棍子打断了儿子的腿。听说那人的儿子还是个哑巴。"

邵林听到这里，忽然想起父亲珍藏的那根白色羽毛。那根羽毛会不会是老白口中"玉麒麟"身上的？可惜那根白羽已经焚烧。要是"玉麒麟"的羽毛，父亲为什么珍藏呢？哑巴叔的腿，也一定是祖父打断的。邵林没见过祖父，他出生前，酗酒的祖父已醉死在河里。

没等邵林精通鹌鹑经，单位领导被双规了。邵林不再去小同街。

几年后的一天，哑巴叔到了落叶之秋。他很虚弱，用手比画着，想吃什么东西。邵林脑海中闪过那根白羽，忙打车去小同街，买了只鹌鹑，炖好。

哑巴叔吃了一块鹌鹑肉，笑了笑，咽气了。

后来邵林不止一次地想，当年哑巴叔吃"玉麒麟"时，父亲在干什么呢？

吃豪宴

当你日夜想着某一件事情时，这件事情就有可能发生。没几个月，李犇有了吃豪宴的机会。

李犇吸着劣质烟，跛着左脚，歪歪斜斜地走到墙根，一秃噜，蜷在墙根晒太阳，把烟圈一口一口喷出来。想，啥时候能吃上宏图大酒店的豪宴呢？

李犇有一次进城，路过谢安路旁的宏图大酒店。酒店是欧洲风格的九层大楼，乳白色的墙体在阳光下很气派。一起进城买地膜的六八说，这是全城最有名最高级的宏图大酒店，一桌酒席不算烟酒最低要两千六百块，再高级点要三千八百块呢，加上烟酒，啧啧。李犇也啧啧地应几声。李犇瞪着细长的眼睛久久地望着宏图大酒店，想，啥时候能被请进去吃一顿酒席，这辈子就值了。

在李犇的记忆里，他被请吃的次数用一只手掌就能数清楚，记忆最深刻的是他帮皮实运玉米那次。皮实家五亩多玉米成熟了，皮实请李犇几个帮忙掰棒子，然后装在两辆拖拉机上拉去县城。皮实在县城的房子靠着条不常走车的水泥路，方便晒玉米。到中午了，皮实说，哥几个劳累了，好好喝几杯。皮实领大家来到一个路边小店，每人要了一份炒拉条，点了盐水花生、油炸莲花豆、凉拌海带丝、鸡汤豆腐皮、新疆大盘鸡等几个菜，要了两瓶本地烧酒，买了一大摞刚出炉的热烧饼。李犇吃得很畅快，可以拿用俗了的"酒足饭饱"来表达，还可以加个花哨的词"欢乐无限"来形容。

当你日夜想着某一件事情时，这件事情就有可能发生。没几个月，李犇有了吃豪宴的机会。李犇离大表姑家有二十来里地，过年李犇会带着大馍去拜年，中秋节李犇会买二斤月饼去看望。李犇的小表妹嫁给了城里房地产老板的独生儿子，婚宴在宏图大酒店举行。作为娘家表哥，李犇被邀请。这件喜事让李犇夜里笑醒好几回。

终于到了吃豪宴那天。李犇用生锈的刮胡刀蘸着肥皂水忍着疼痛刮干净脸，洗了好几遍头发，换上干净衣裳，把鞋底上的泥巴用刷子认真地刷掉。

走进宏图大酒店的大门时，李犇的心怦怦乱跳，腿肚子幸福地颤抖着。门岗穿着笔挺的制服，胸前是金色的绶带，不停地敬礼。李犇心里的花扑棱一下怒放了。走进玻璃转门，两个穿红色绣花旗袍的迎宾齐声唱，贵宾您好，欢迎光临。水晶大吊灯发散着璀璨的光芒，迎面一座小山，水流潺潺，几条金鱼自在地戏水。李犇一阵恍惚，觉得身在仙境。

穿红旗袍的服务员把李犇引送进包间。一张大圆餐桌，转盘玻璃正中放个时鲜的精致花篮，花香幽幽。九个枣红色的真皮座椅。天花板一盏缀满无数滴水状水晶球的吊灯，灯光灿烂地跳跃着。李犇他们就座，两个服务员接菜、倒水、斟酒、递餐巾纸，粉面含春，红唇绽笑。这时上来一盘灰褐色的美味，李犇看着像一种肥美的鱼，没有鱼头鱼尾鱼刺。他拿筷子夹，美味非常不配合，总夹不牢。一位服务员说，这道菜是正宗的海参。李犇一听，夹得更起劲了，大家都不说话不吃菜，一起看李犇夹海参。李犇额头上冒出汗，总算夹起了一大块海参。他还没把海参运到面前的小碟子里，噗呲，海参掉在桌子上。大家发出嘻嘻的叹气声和哼哼的嘲讽声。有位亲戚说，你这筷子怕是要好几斤玉米钱。另一位说，看这位是没进过琉璃大殿的主。李犇额头的汗流下来了。

李犇不敢轻易下筷子了，怕掉菜，怕吃法不对。李犇无意间发现那个圆脸大眼睛的服务员强忍住笑偷看他，他更拘谨了，再不敢轻易动筷子。豪宴结束了，李犇松口气。他感觉很累，腰酸背疼的，比干一天农活都累。

走出宏图大酒店，李犇的肚子咕噜噜响了几声，他揉揉肚子，感觉有点饿。

复　活

　　六婆说，小辉，你在姐弟几个中最能说哩话，还是赶紧让你大哥成亲吧，他小五十了，女的四十多，还能生育，错过这个村就没这个店了。

　　大哥长我三岁，左边鼻翼和唇间有个半指宽的豁口，说话像敲打一口空瓮，发出嗡嗡声。我小时候喜欢跟着他玩，他会许多好玩有趣的手段，比如用面筋粘知了，用铁丝套黄鳝，用地笼逮泥鳅等，都是我做不来而又心向往之的事。

　　随着年龄渐渐长大，我开始不喜欢大哥了。有个豁子大哥，觉得很不光彩。可又没有理由怪大哥的天生豁。我只能漠视他。我慢慢发现，大姐、弟，对待大哥与我一样，漠视，漠视到忘掉，或者说，漠视到消失。我们彼此或对外人从不提大哥，这种默契远比分卖地钱时的浑然、亲密、融洽。

　　大哥一直单身，起先是种地，地没有了，就拾破烂或打零工，后来去了建筑工地干活。忽然一天，村里六婆给大哥提亲。女人我认识，是邻村的，左手残疾，长得还算端正。六婆说，小辉，你在姐弟几个中最能说哩话，还是赶紧让你大哥成亲吧，他小五十了，女的四十多，还能生育，错过这个村就没这个店了。

　　我想了一天零一夜，决定去找大哥。

　　我先找到邻村经常和大哥一起打工的人，然后去安阳一家工地，没找到大哥，去郑州一家工地，没找到大哥，在北京一家工地，才找到他。他戴着黄色安全帽，

正捆扎钢筋。看见我，他高兴得跑过来，抓住我的肩膀嘿嘿笑。在工地旁的小饭店，大哥叫了一桌菜，两瓶酒，把钱扔进柜台。大哥倒酒的手微微颤抖。他眼角有了很深的皱纹，头发和脸很整洁，蓝色工作服和绿解放鞋虽破但干干净净，完全不是我想象中的邋邋遢遢。我说起他的婚事，大哥摇摇头，拒绝了。

与大哥一块儿打工的老乡偷偷问我，你哥往家拿过钱吗？我一愣，说，没有。他意味深长地说，他当然拿不回家钱的，喏——他用嘴指指工地上一个规整方木的女人。我不解地看着老乡，他咻一声笑了，说，你哥的相好。

女人矮胖，圆脸大眼睛，粗手大脚。老乡告诉我，女人是焦作那一片的人，三个儿子都在上学，男人死了，靠她打工挣钱。你哥的钱，都花在她身上了。我明白大哥不愿意回家结婚的原因了。

我问女人，你愿意嫁给我哥吗？

她把眼光放向高高的塔吊，说，你哥是个好人，我想嫁给你哥，但不会嫁给你哥的。

我想了一会儿，没有向大哥告别，坐车回来了。大哥的事情，我也没有告诉大姐和弟。我对六婆说，找不到我大哥。

没过俩月，大哥出事了。他从水库救了几个大学生，自己却没有上来。大哥成了英雄。消息传来，很多人问我，你怎么还有个大哥？我红着眼圈儿说，我当然有个大哥，还是英雄。大姐和弟，开始喜欢提大哥了，我曾不止一次听见他们说，我大哥，是见义勇为的英雄。

大哥下葬那天，非常热闹，很多人自发来参加大哥的葬礼，县文明办和镇里领导也来了。入土时，一个穿着重孝的女人跑来，跪在大哥墓坑前号啕大哭。我认出她是工地上那个女人。大姐和弟很惊讶，互相看几眼，问我，这女人是谁？我答，不知道。

我大哥是英雄，我们常对人说。

大哥死了，又在他最亲的人嘴边复活了。

盒 子

　　罗卡用力抠住盒盖边缘，老婆抱着盒子下部，两个人合力才打开盒子。四只眼睛一起投进盒里。两个人同时呀了一声，罗卡后退一步，眼睛发直……

　　罗卡凌晨下班，走在空荡荡的街上，路边几堆垃圾冒着青烟。罗卡缩缩被风打疼的脖子，在十字街口白色护栏下，眼角余光扫到个方形的东西，路灯光飘飘忽忽，影影绰绰。

　　一辆车疾驰而过，带起未燃尽的一些碎纸片，蝴蝶一样飞。等蝴蝶落下，一切又归于安静。罗卡轻了脚走到护栏边，心里埋怨自己的脚步声还是太大。他伸出脖子，四处看，寂寞的路灯，孤独的建筑，冒着傻气的广告牌。他弯腰撅起屁股系鞋带，发觉穿的布靴鞋口是松紧带，没有鞋带可系。他探手把方形的东西拉到面前，原来是一个精致的铁盒子。他把盒子迅速塞进棉袄，肚子隆起像孕妇。他佝偻了腰，靠路边走在冷清的大街上。

　　进租住的筒子楼，他脚步放得更轻，生怕声控灯亮了。其实，这个时候除了老鼠，没谁在楼道里溜达。他摸到家门口，左手搂紧袄里的盒子，右手摸出钥匙，试了几次才插进锁孔，慢慢旋转，打开门，拔掉钥匙，进屋，轻轻关锁门。他没有开灯，小心地走过儿子的房间门口，来到卧室，推门，门锁着。他只好左手搂紧袄里的盒子，右手摸出钥匙，试了几次才插进锁孔，慢慢旋转，打开门，拔掉

钥匙，进屋，打开灯。

老婆蒙头睡得正酣，凌晨光景，正是好睡时刻。罗卡把盒子轻轻放在床上，这是第一次在亮光下看盒子。盒子很精美，方方正正，上面印着外文和好看的花纹，盒口和底部边缘做工精细，这一切似乎证实盒子里物品的珍贵。这时，罗卡内心有些不安，捡盒子时大街上虽然没有人影，可大街上到处都有摄像头呀。他有些犯愁，挠挠稀顶的脑袋，靠床边坐下，用手推老婆。

老婆依然酣睡，发出细微的鼾声。他手下用了力，老婆醒了，眼睛眯缝着扬起头，搞不清什么状况。娟，我拾到个盒子，好像装了贵重东西。罗卡抑制着激动慢慢说，声音听上去有点颤抖。老婆打个哈欠，嘴张到一半突然止住，眼睛亮了，盯在盒子上。她说，真哩，里面是啥？说着爬起来半裸着身子去掀盒盖。铁盒盖得死，她掀、抠、拧都没打开。罗卡用力抠住盒盖边缘，老婆抱着盒子下部，两个人合力才打开盒子。四只眼睛一起投进盒里。两个人同时呀了一声，罗卡后退一步，眼睛发直。老婆用手啪啪打了自己两耳光，砰，合上盒盖，跳起来，一脚把罗卡踢到门口，铁盒子和骂声一起重重地砸他背上，老娘在火锅店刷盘子洗碗累得伸不直腰，大半夜你还捉弄老娘，滚。卧室的门在罗卡背后咣当关上了。

罗卡站在黑暗里听听，儿子的房间没有动静，楼上楼下也没有动静。他弯腰摸起铁盒子，拿在手里，在客厅慢慢转圈，不知道该干什么好。这么精美的铁盒子里怎么会装两只死老鼠呢？罗卡想不明白。他转了几圈立住脚，几秒钟后，又开始转圈，转了几圈，再立住脚，呆立了两分钟，蹑着手脚出门。他把盒子揣进袄里，佝了腰，轻手脚走到大街上。街上还是冷冷清清，没有人影。

罗卡紧抱着盒子，顺着路边走。他走到十字街口，路灯寂寞，建筑孤独，广告牌冒着傻气。他慢慢走到白色护栏边，掏出盒子，塞到下面，吹了声口哨。他好多年没吹过口哨了，竟然吹响了，口哨声有点羞涩，像怀春少女偶遇心上人。伴随口哨声的慢慢消失，罗卡缓缓起身，眼前出现两条大腿，慢慢往上看，一名巡警正亮着眼睛看他。

零点火车站

响起摩托车的声音，嘟嘟，喷出极多的黑烟，摩托车上坐着两个赤着膀子的强壮汉子，手里提着粗大的木棒。女人拉起云生的手说："快跑，要不会丢命！"

云生走出火车站。云团在天空翻着跟头，路灯挤眉弄眼。蓝色的雾，在灯光照射下呈扇形展开，宛如孔雀徐徐开屏。一只肥手伸过来，指甲燃烧着红色的火苗。"住宿吗？"云生抓紧行李箱，摇摇头。

冷风吹来。似乎要飘雪花。一只麻雀栽落，小小的身体在地面抽搐，慢慢不动。"热馄饨喽！"遥远的叫卖声传来。云生自语："饿了，需要吃碗馄饨。"女人嘻嘻笑："你应先尽欢。生命的大意义是精神的愉悦和满足，食物只是下等需求。"云生似是而非地笑笑，指指地上的麻雀："肉体没了，精神何所依？"女人狂笑，笑声在静夜里震荡，车站里的铁轨发出嗡嗡声。云生抬腕看表，指针重合在一起，零点。云生喜欢这个时间，零点，是结束，也是开始。

云生掏出手机，点开一个号码，信号不好，对方接通后是一长串的呜呜啊啊，辨不出男女。手机屏幕渐渐变暗，最后被浓重的雾霾吞掉。"有些事你必须面对。"女人说。云生很讶异，转身看女人，说："你怎么还在这里？"女人的相貌既清晰又模糊，充满诱惑。女人说："有些事到最后都会真相大白。""热馄饨喽！"叫卖声弯弯曲曲，像经过了很长很长的细钢管才传出来。云生直直背说："我饿

得要命，从上火车到现在没吃一点东西。我要去吃碗馄饨。"女人说："不经过我，你什么也得不到，你必须先占领我，才能找到你想要的其他东西。"

响起摩托车的声音，嘟嘟，喷出极多的黑烟，摩托车上坐着两个赤着膀子的强壮汉子，手里提着粗大的木棒。女人拉起云生的手说："快跑，要不会丢命！"云生吃了一惊，心突突跳。他跟随女人跑起来。跑了几步，没有灯光了。云生感觉在踩着台阶往下走。漆黑中，云生只好攥紧女人像肥鱼般的手。每次云生撞到女人，她就暧昧地笑几声。不知道过了多长时间，云生累得上气不接下气，眼前出现了一间小房子。窗帘里透出昏黄的光。女人推开门，一股绿色的芬芳扑面而来。没有亮灯，无数色彩和线条组合成的天花板发出昏黄的光。女人和云生相拥着倒在地上，地面全是泥水，云生怀里的女人像一块燃烧的炭，引爆了云生体内的火山……

云生醒来，女人不见了，小房子也消失了。云生浑身泥水，躺在冰冷的地面，望着黑暗的世界不知所措。突然两道白光射来，随后有嘟嘟的摩托声传来。两个赤着强壮膀子的汉子举着木棒冲过来。云生一骨碌爬起，逃向黑暗深处。身后的摩托车越追越近，云生惊恐到极点，感觉脚下像踩了棉花，头也晕起来。这时冲出一个人，抓住他的手拐去另一个方向。摩托车也调头冲过来。云生被那人拉着东拐西转，没一会儿，听不见摩托车的声音了。云生连忙道谢。女人嘻嘻笑。原来是她。女人说："你肚子饿了吧，经过了这么些事，你一定饿坏了。"叫卖声传来："热馄饨喽！"眼前一亮，云生看见火车站在灯光里像一座城堡。旁边不远处有个馄饨摊。

云生真的饿坏了。他跑到馄饨摊前要了一碗馄饨，坐下吃起来。他忘记了一切，只想赶快填饱肚子。吃完了，他发现女人不见了，自己的行李箱也不知哪里去了。他摸摸钱夹，还在，掏出十块钱递给卖馄饨的老人。老人戴着软边草帽，看不清面容。他接过钱，投进一个箱子，吆喝："热馄饨喽！"云生与老人近在咫尺，吆喝声听起来却很遥远。

云生听见火车站里传来亢亮的汽笛声。他起身走进火车站。他边走边想：行李箱里都装了些什么呢？是衣物和洗漱用品？是经年的记忆？是现实的悲欢离合？是对未来的渴望？是生或是死？不管是什么，行李箱已经丢了，再也找不回来。汽笛声再次响起，铁轨发出欢喜而战栗的尖叫……

那晚突然停电

突然停电的夜晚，我三十八岁，我当时不知道，这对我意味了什么，对我生命有多么深刻的意义。

那晚突然停电，好像是个雷暴雨的夜晚，记忆有时候像打水漂，重点不在瓦片与水面接触的那个瞬间，不像初恋，唇与唇若即若离地碰触，轻飘飘的，其实内心有着巨大的冰山，打水漂的重点，在于瓦片旋转、飞翔、落而又起的奇妙，像性爱后，像流星坠落划出那耀眼的亮，像月光落满凋零的花朵。

停电了，我却睁开了眼睛。黑色，夜的颜色，与我的眼睛同样的颜色，并不能遮挡住什么，我看到了很多东西。我在草丛里挖出很多蚯蚓，用铲子截断，放在一个塑料袋里，按照父亲的指令，把那些断蚯蚓倒进鸭子圈里，鸭子呱呱叫着，争相吞食。果然，如父亲所言，这些吃蚯蚓的鸭子产蛋量大增，父亲奖励我一个鸭蛋。这枚淡青色的鸭蛋，椭圆形，我对着太阳举起它，觉得像极了宇宙中的地球。后来，这枚鸭蛋被祖母煮熟，我敲开壳，很多蚯蚓爬出来。它们爬到院子的大丽花下，这年的大丽花开得像血一般红。从此，我不再吃鸭蛋。我不想再从黑夜里看东西了，凭着某段记忆，我拉开梳妆台的抽屉，找到了半支蜡烛。

点燃蜡烛，黄色、红色、蓝色、白色、黑色……无数的圆点汇聚在蜡烛的火苗上，这微弱的光，照不太远，却可以温暖和慰藉孤独的灵魂，这慰藉和温暖，是残酷的、疼痛的，是蜡烛粉身碎骨作为代价，我珍惜这点烛光，像珍惜我的生

命，以及组成生命的无数记忆。这烛光映照在窗户的玻璃上，似乎引导了闪电和暴雨，让闪电和暴雨变成洗刷下水道和老鼠屎的有力的工具，当阳光从黑色的眼睛里照耀世界，万物会如烛光般温情脉脉。

　　一滴蜡烛油落在我的手指上，灼疼像一群蚂蚁，慢慢爬进我的血液里，这感觉再熟悉不过。那时我住在乡下，身子刚高过白老师的办公桌。"你考了全班第一名，喏——"白老师递给我一支蜡烛，"奖励你的。"在煤油灯的时代，蜡烛于我像蜂蜜于蚂蚁。是的，我有点喜欢蚂蚁，它们的颜色和我的眼睛一样，它们的性格像沉默的黑夜，它们的脆弱像所有的生命，它们的力量像转动地球的手。晚上，喂完鸭子，回到小屋。点燃了蜡烛，有一滴蜡烛油落在我手指上。相同的灼疼，相同的蚂蚁，使我一阵恍惚，不知道是那个男孩站在小屋里举着点燃的蜡烛梦想到三十六层高的套房里的单身男人举着点燃的蜡烛还是三十六层高的套房里的单身男人举着点燃的蜡烛回忆到那个男孩站在小屋里举着点燃的蜡烛。后来，过了有五六天吧，或者几个月吧，男孩弄丢了那支蜡烛。他找了一夜，找到了丢失很久的玻璃球，找到了一本残破的连环画，找到了半块橡皮，就是没有找到剩下的半支蜡烛。天亮时，他手心一阵灼疼，他望着手心里的一摊蜡油和一个一端发黑的线头，迷茫了，他竟然举着点燃的蜡烛寻找了一夜蜡烛。

　　我曾经苦苦寻找一张床，当床在烛光中显露时。这个夜晚突然停电，我不知道是雷雨的原因，或者是线路的故障，或者是我的电卡余额不足，或者是一次偶然中的必然，或者是一种必然中的偶然，突然停电的夜晚，我三十八岁，我当时不知道，这对我意味了什么，对我生命有多么深刻的意义。

　　我初来城市，在一处建筑工地做小工。早上，被褥被扔到碎砖或钢筋堆上，晚上抱着被褥随便找个遮住星光的房间或走廊，随地而眠。早上，施工的人嫌满地的被褥碍事或是出于好心怕涂料什么的落在被褥上，把被褥卷着扔到外面。立交桥下、公园里长椅上、车站候车厅凡是没有床的地方我都睡过。我微笑着，不屈着，苦苦寻找一张床。如今已经遂愿，我有了一张稳妥安放在这个城市里的床。那能稳妥安放在生命里的床，在哪里呢？能稳妥安放在永恒里的床，在哪里呢？

　　在蜡烛燃尽的一刹那，天花板上的大吊灯亮了。来电了。窗外静悄悄的，也许雷雨停止，也许根本就没有雷雨，这有什么重要呢？重要的是在烛光熄灭吊灯亮起的那个刹那，我眼前出现了一个女人的面庞。

飘落的鸟窝

回到家，夏康闷闷地吃饭，手里的筷子越来越短，最后没有了。

杏花惊讶地说："你当筷子是火腿肠啊，一眨眼，就着馍吃肚里了。"

夏康把镜子当面包吃的那天，太阳是三角形的，对此，他曾一万次，恐怕还会无数万次地说，这和电视台的马灵没有半毛钱关系。

某局搞一个植树活动，他背着相机抠着眼屎钻进面包车，想打哈欠，张张嘴，硬憋回去了。他怕口臭在车内弥漫。睡梦中夏康接到新闻部的电话，看看表，匆忙搬开杏花压在肚子上的腿，套上衣服，仰脖子灌半杯凉白开，顾不上刷牙、洗脸、吃早点，跑到面包车旁，大家已经等他一会儿了。

到了地方，人们乱哄哄地植树。夏康选角度拍了几组照片，用手机拍一些文字材料，溜进旁边的小卖部泡桶面吃。夏康负责《康县周报》视窗和副刊两个版面。他满嘴"康师傅"味，悠悠走回来，眼前一阵发花。花谢后，他看见扛着摄像机的马灵，其实两分钟后夏康才知道她叫马灵。他不知道如何形容她，心头跳动着很多美好字眼，像蜂巢上骚动不安的蜂，它们纠缠在一起，挤涌着重叠着。她转头看了夏康一眼，蜂巢炸窝了，无数字眼嗡嗡乱飞。

"你好，我叫夏康，《康城周报》记者。"夏康笑着说。

"你好，夏老师，我叫马灵，县电视台的。夏老师，我很喜欢读你的小小说。留个电话可以吗？"女孩笑着说。

　　夏康忙掏出便签本和笔，把手机号、微信号、QQ号写在纸上，递给马灵时，犹豫了，用力把纸条揉成团，重新写了一张，这次字迹工整了很多。马灵接过纸条，装进牛仔裙右边的小口袋里。小口袋装饰了一圈翻卷的花边。

　　夏康和马灵愉快地聊着文学，在这个小城，与夏康愉快聊文学的人早没有了。他老婆杏花提起文学，气得眉毛倒竖起来，指着夏康的鼻子吼："去你的文学！"夏康望着杏花被阳光烧出水泡和黑斑的皮肤，不敢接话。

　　夏康和马灵并肩站在河边，浅水里漂着些杂物，岸边几棵柳树在风中摇摆。摇摇摆摆着，飘下来一个鸟窝。鸟窝是用细茅草编织的，很精巧，里面卧着三颗淡青色的鸟蛋。夏康伸手，马灵拦住他说："夏老师，不能碰。"马灵捧起鸟窝说："一碰鸟蛋，老鸟就知道了，就不会再孵它们了。夏老师，你会爬树吗？"夏康的脸腾地红了。马灵笑笑，脱掉鞋，爬上了树，把鸟窝放好，轻轻下来，拍拍手说："好了，夏老师，咱们走吧。"

　　回到家，夏康闷闷地吃饭，手里的筷子越来越短，最后没有了。杏花惊讶地说："你当筷子是火腿肠啊，一眨眼，就着馍吃肚里了。"夏康也吓了一跳。从此，夏康时常把手里的东西吃进肚子里。夏康把镜子当面包吃的那天，太阳是三角形的，对此，他曾一万次，恐怕还会无数万次地说，这和电视台的马灵没有半毛钱关系。

　　光线有些朦胧，像手电筒的光透过浓雾照射。夏康和杏花在马路边走。一阵风，飘下来一个鸟窝。鸟窝是用细茅草编织的，很精巧，里面卧着三颗淡青色的鸟蛋。杏花伸手去拿，夏康忙拦住她："不能碰！一碰鸟蛋，老鸟就知道了，就不会再孵它们了。杏花，你爬树上把鸟窝放好行吗？"杏花瞪圆眼睛说："夏康，你不但乱吃东西，还越来越缺心眼。三十多岁的人了，亏你想得出。这么多人，我往树上爬，你以为我是猴啊？野生鸟蛋最滋补了，听说生喝还能美容。"杏花拿起鸟蛋，在地上逐个碰开，仰脖子慢慢喝进肚子里。

　　夏康呆了呆，眼泪落下来。他难过地用右手堵住嘴，无意间把右手吃了，接着吃掉了左手，接着吃身体，转眼工夫，夏康就把自己吃完了。杏花喝完鸟蛋，用脚踢飞鸟窝，把高跟鞋踢掉了，单蹦着找回鞋穿好，发现夏康不见了。

枪 毙

审讯官说："好了，给大家五分钟时间考虑，谁说出黑牛藏在哪里，谁就可以回家。我是个讲道理的人，是个信守承诺的人。五分钟后见。"

连一拍拍黑狗的脑袋，黑狗把长嘴巴搁在散发着腥气的地面，呜呜低吟。连一用细长的手指轻轻摸一遍黑狗拖着的左后腿，叹口气，说："幸好遇见我，要不就废了。"

连一双手抓住黑狗的伤腿，一推一揉。黑狗吱吱几声叫唤，站起，伤腿微微颤抖。连一说："十天后保准你撵上兔子。"黑狗钻进树林。

两个大兵看见连一，啪啪两枪，子弹打在树干上。

连一和十几个人被大兵关进废弃的仓库。

审讯很快开始。

"谁说出黑牛藏哪儿，就可以回家。"审讯官说。

几缕月光灰尘般落在审讯官的制服领子上，几粒金属纽扣闪闪发光。

他又说："孩子、老婆、爹妈在家等着你们呢。"

没一个人搭话。

几个大兵不耐烦，哗啦拉动枪栓。

审讯官制止大兵："你们太粗鲁了，要文明些，温柔些，不能随便枪毙人。"说完，他拍拍左边的一个人问："黑牛藏哪里了？"

　　那人是个低矮的胖子，他颤着声答："长官，我不知道。"

　　审讯官轻轻笑了，打了个响指。他身后一个大兵走过来，举起枪，像闹着玩一样漫不经心地往胖子胸前一推。砰！胖子惨叫一声："妈呀！"浑身打战，软软地瘫倒了，哼哼几声，没有了声息。

　　空气里弥漫着密不透风的血腥味。

　　有个人跪下了，结巴着说："长、长官，我真不知、知道你们找、找的人在、在哪里。"审讯官拍拍他的头，轻轻笑了一声，打个响指。大兵拿着枪往那人头上一放。砰！那人往前一扑，不再动弹。

　　审讯官说："好了，给大家五分钟时间考虑，谁说出黑牛藏在哪里，谁就可以回家。我是个讲道理的人，是个信守承诺的人。五分钟后见。"

　　审讯官走后，几个大兵轮流休息。连一他们没有谁说话或做什么动作，连一觉得腰疼，大概被抓来时挨打所致。

　　觉得过了半个世纪，审讯官进来了，打了个喷嚏，说："大家想好了吗，谁来告诉我黑牛的藏身地点？"

　　连一说："我知道，不过，我有个请求。"

　　审讯官欢快地说："请讲。"

　　"我说出黑牛的藏身处，你要放了这里的全部人。"

　　审讯官欢快地说："当然。"

　　"黑牛在河边的小木屋里。"

　　审讯官走了。外边传来集合的口令。

　　天快亮了，留下的三个大兵打起瞌睡。连一对身边的人低声说："是时候了，我们一起动手。"没人回应他。连一着急了，说："我是骗审讯官的，我根本不认识什么黑牛，更不知道黑牛藏哪儿。"有几个人抬头看了他几眼，又低下头去。

　　连一想，不能这么等死。他慢慢靠近看守他们的大兵，掐住大兵的脖子，大兵挣扎几下，死了。连一卸掉大兵的枪刺，摸到门口，噗噗两刀，做梦的大兵永远不会醒了。连一冲大家喊："快跑啊！"大家逃出仓库。

　　不知道为什么，审讯官和大兵没有再出现。过了两个月，连一又被抓了。

　　满脸胡子的壮汉问："你叫连一？"连一点点头。

　　壮汉拔出枪，说："我就是黑牛。告密者，我要枪毙你。"

连一说："我为了拖延时间，临时瞎编的，我根本不认识你。"

黑牛冷笑着说："哼，哼，你是告密者，只能枪毙，就算另有隐情，也不能改变你告密者的身份。你跑吧，我数十个数，然后开枪，我只打一枪。"

黑牛喊："一。"

连一撒腿就跑。

连一拼命跑，听不清黑牛数到几了。

砰！枪响了。

连一站住，没有倒下，他奇怪地检查全身，没有伤口。他转头，发现一条黑狗胸口中弹，倒在地上，血染红了碎石。

黑牛吹吹枪口的青烟，把枪插进腰间胡乱扎着的宽皮带里，走了。

清洁工母亲

梦见去参加宴席，迟迟不发筷子，大家都很礼貌地坐等，安安静静，宴席结束，也没人来送筷子，大家饿着肚子一起走，欢欢喜喜，我也装作欢欢喜喜地往外走。

凌晨两点，母亲去街道打扫垃圾。垃圾真多，堆满半个院子，我出进在垃圾山上爬来爬去。到了晚上，院里的垃圾没有了，散发着异味的地面有绿色的蚂蚁在恋爱。它们学着接吻，总是不成功，索然无味后，愤然各奔东西。

我啃着排骨问妹妹："你知道院里的垃圾哪里去了？"

妹妹是个盲人，她呲呲笑，用眼白翻我，好像她什么都知道，不屑于告诉我罢了。我生气了，趁她起身摸着挑拣肉多的排骨，抽掉了她的板凳。她摔在地上还能不能用眼白翻我呢？她终于摸到了一块肉多的排骨，不顾热烫吸吸溜溜吃着慢慢坐下。妹妹的屁股落到原来板凳的位置不动了，她若无其事地啃排骨，像坐在板凳上一样。这是很难做到的，妹妹会武功？我顿觉无趣，把板凳偷偷塞在她屁股下，扑腾一声，妹妹摔倒了，板凳歪在一旁，她哭起来，嘴里没忘记嚼排骨。

母亲从外面回来，举起巴掌要打我，说："你是哥哥，妹妹以后要靠你照顾。"我反驳："我问她垃圾哪里去了，她不告诉我还瞪我。"母亲说："到时候了，一切会真相大白。"说完，指指盆里的排骨，嘻嘻笑。妹妹也在一旁呲呲笑。我觉得受到了愚弄，不愉快地回到西屋，蒙头大睡。梦见去参加宴席，迟迟不发筷子，大家都很礼貌地坐等，安安静静，宴席结束，也没人来送筷子，大家饿着肚子一起走，欢欢喜喜，我也装作欢欢喜喜地往外走。出门吓了一跳，参加宴席的人都变成了筷子，一根一根单独走，不愿意聚拢在一起。再看自己，也在慢慢变成一根筷子，我吓醒了。

院门响，一定是凌晨两点，母亲要出门打扫垃圾了。母亲不是清洁工，却干着清洁工的活，我决定跟着她看看。路灯照在清冷的街上，母亲拖着大蛇皮袋，不停装着垃圾。突然有个黑影蹿出来，一把揪住母亲，惊喜而气愤地说："我可抓着你了。"两人撕扯到亮处，我看见黑影是个年龄和母亲相仿的女人，穿着黄色的马甲，印有闪闪发亮的荧光字"环卫工"。母亲蹲下，抱着头，任凭女人雨点般的拳头打下来。我有心想去帮忙，又生出恶念头，母亲挨了打，不会再弄垃圾堆院里了。女人打累了，忿忿然转身走向公家配发的垃圾车。母亲站起来，用手里的一个大饮料瓶对准女人的后脑勺砸过去。女人晃了晃，栽倒了。我吓坏了，跑回家，用被子蒙严头。我想，母亲肯定打死人了，要坐牢，我只好与妹妹相依为命了，我甚至开始思考早饭给妹妹做什么东西吃。天亮了，母亲兴冲冲地掀开我的被子，说："我有工作了。"说着举起一件新环卫服让我看。从此，母亲是一名清洁工了。于是，她更加理直气壮地清扫垃圾，垃圾在院子里堆成更高的山，母亲时常站在垃圾山前骄傲地笑着。晚上，垃圾照例无影踪，盆里的排骨块头更大了。

我长大了，有着一份体面的工作。妹妹学会了推拿，在城里最大的理疗工作室上班。我们一起劝母亲不要干清洁工了。母亲说："街上的垃圾太多了，这些垃圾慢慢会把城市掩埋，你带着妹妹逃到哪里去呢？"说着掉下一串串眼泪。我和妹妹不好再说什么。过了几年，大家意识到垃圾真的会掩埋城市，不再乱丢垃圾。街上干干净净，清洁工很清闲，偶尔扫几片落叶。母亲常常唉声叹气，没几天头发尽白，腰背佝偻，脸像张黄纸，眼睛也昏花了。有天早上，母亲回来，说："街上真干净啊，没有一点垃圾，我怕是要死了。"说完，躺在床上不吃不喝。

有家公司开业，放了整整一天鞭炮，红色的纸屑铺满了街道。母亲和她的几个同事忙了整整一夜才打扫干净。第二天早上，红纸屑在院里堆成小山。母亲嘻嘻笑着说了很多话，连吃了三碗饭。夜里，我雇人把垃圾撒满小街。凌晨两点，母亲把垃圾打扫干净。夜里，我再雇人撒垃圾。母亲再打扫。母亲越来越年轻了，头发又黑又亮，腰板挺得笔直，面色红润，眼睛神采飞扬。

若 冰

我做梦了，梦见了一个叫若冰的女孩，她的眼睛很大，很深，藏着月光和星光的秘密。我踏上了寻找若冰的路……

14岁生日的夜里，满天星光，我逃出家钻进深山。梦见了一个叫若冰的女孩，她的眼睛很大，很深，藏着月光和星光的秘密。醒来，东天现出彩霞，我爬起来，揉揉眼，擦擦泪，去寻找若冰。

若冰说，我家住在满是桃花的涡河岸边，是南北朝山水诗人谢灵运的故乡，说着吟道：殷忧不能寐，苦此夜难颓。明月照积雪，朔风劲且哀。运往无淹物，年逝觉已催。谢灵运是河南太康县人。我偷了车站一个老年乘客的车票，坐车去太康。车窗外的山越来越小，最后不见。

山村有什么大事都要找老黑爷决断。老黑爷养有一只锅盖大的乌龟，他站在院里的水坑前，从陶罐里抓一把灰不溜秋的东西撒进水坑，长着山羊胡子的嘴哼哼着什么，水面慢慢浮出乌龟，圆盖子褐亮。乌龟吃着那些灰不溜秋的东西，嘴巴合合张张，小黑眼珠偶尔瞥一眼水坑旁边的人。等乌龟潜入水底，老黑爷吸完爹殷勤递上的一袋烟，把我家的38枚鸡蛋提溜进屋，撂一句话，让娃回来吧，龟王的意思。我就退学了。

午后，老黑爷照例要睡觉。我潜入他家，把陶罐里的灰不溜秋大把大把撒进水坑，等乌龟浮出水时，用捞网逮住了它。我跑到山后，把乌龟用石头夹住，燃火烧石头，又捡个破瓢，舀满清水，从怀里掏出盐和辣椒面混搅进水里。把瓢放在乌龟伸脖能够到的地方，它被烤得难过，只好伸头喝水，等水干，乌龟也熟了。这天是我14岁生日。

车的终点站不是太康，我没钱转车，只好下车来到大街。肚子饿，去了一家餐厅，我找到老板，说，如果餐厅有我，菜就不会卖这样便宜。老板奇怪地看着我，最后点点头，我留下来了。

我先把乌龟的做法推广，引来很多食客。然后翻新花样。我用猪血加糯米做成糕，用竹签串起来卖；油炸蝉、知了、蚂蚱、蟋蟀、豆虫、蜘蛛等甚至油炸鲜花；烤田鼠也是一道美味；用动物血、肉、脂肪、燕麦和面包加工成香肠；毛鸭蛋、烤烧刺猬等。我还给普通的菜起了些新颖的名字：把粉条扭起来油炸了叫"炒股"，千层饼叫"十面埋伏"，蒜薹段炒猪肉叫"乱棍打死猪八戒"，红辣椒段炒青辣椒段叫"绝代双骄"……这些创新在短短几年间使这家小餐馆成了城里最大的酒店，我从当初的洗碗工成了总经理，董事长是我岳父，哦，就是当初收留我的餐馆老板。

时间真快啊，儿子接替我当上了总经理，我接岳父的班当董事长时，已经满头白发了。哦，忘了说了，其间，老黑爷去世了，我回家修了村里的水泥路，建了小学，村人忘记了我杀吃龟王的事情，我还用好几年加上很多钱从与三个女人的爱情旋涡中挣扎出来，我还会偶尔想起太康想起谢灵运想起若冰，可是生意太忙了，忙得不敢做梦。又过了几年，儿子接班做董事长了。

闲下来的一天夜里，我做梦了，梦见了一个叫若冰的女孩，她的眼睛很大，很深，藏着月光和星光的秘密。我踏上了寻找若冰的路，也是续五十年前的梦。太康县城位于豫东平原，很干净。我住进谢安路西段最高档的宏图酒店，黄昏，我独自穿过酒店前面的阳夏苑，顺着未来路走去涡河。拐杖轻轻敲击着路面，像寺庙的木鱼声。

涡河到了，两岸没有桃花。我静静立着，余晖铺在水面，半河瑟瑟半河红。迎面有个老者走来，双手袖在背后，白衣飘飘，吟道：殷忧不能寐，苦此夜难颓。明月照积雪，朔风劲且哀。运往无淹物，年逝觉已催。我问，老哥好，你听说过一个名叫若冰的女子吗？她就住在贵县满是桃花的涡河岸边。老者没有停下脚步，擦肩而过时悠悠地说，哪个人的心里没一个名叫若冰的女子呢？老者远去，天地寂然。

武 强

武强一声长啸，舞动家传霜兮剑，人剑合一，分不清哪是武强哪是霜兮剑，只见一团白花，寒气弥漫。

武强站在寒冷月光里，身影斜印在青石地面。一棵遒劲的古槐沉默如铁。

月已中天，夜露凝结。月倩凭窗望着武强颀长的身影在月光里影影绰绰，眼泪慢慢坠落。

武强一矮身，手中多出一柄长剑，月光照射下剑身洁白如玉。武强一抖手腕，几朵剑花缓缓绽放，直大如磨盘，忽然旋转，越转越快，流星般罩向古槐，噗噗，剑花落入浓密的枝叶。武强静立，剑尖指地。天地一片静谧。忽然响起沙沙声，像风吹百叶，像蛇舞沙漠，像鸟群飞过。沙沙声里，古槐碎叶缓缓飘落，转眼间一棵百年古槐叶落净尽，接着，细枝碎裂纷纷落下，再大枝，再树身，最后古槐不见了，地面堆起个小青冢。武强一声长啸，舞动家传霜兮剑，人剑合一，分不清哪是武强哪是霜兮剑，只见一团白花，寒气弥漫。

月倩抬腕缓缓放下珠帘，她知道武强已做了决定。

烈国侵犯卫国，三日攻破十座城池。隐迹多年的剑圣武强面见卫王。卫王大喜，击掌笑说：“卫国之幸！”武强不但剑法天下第一，更擅长排兵布阵，成名后厌倦江湖纷争，携烈国女子月倩隐居山林。卫王转眼脸色暗下来，捻须走了几步，说：“你的夫人是烈国人吧。”武强答：“是。”卫王说：“你要想领兵，先杀了夫人。"武强仰天长笑，转身离去。

武强出王城，路被逃难的百姓拥堵。难民携儿背母。不时有人倒下死去。哭声弥天。烈国大军残忍，破城必屠，血流成河。武强星目怒睁，心如刀绞。

一日后，武强提血淋淋的包裹见卫王，掷包裹于地，一颗人头滚落出来。

武强被封忠烈大将军，统领卫国所有兵马。

武强领六万大军在广原阻挡住了烈国十五万大军。烈王派出十几位将军带兵攻杀，都被武强的一万箭弩军打败，有两个主将死在武强剑下。烈国大军虽然吃了几次败仗，却并未伤元气。卫国军的箭越来越少，情势危急。

夜月被云层覆盖，大地苍黄朦胧。烈国哨兵在警楼上看见很多人影摸过来，忙吹响牛角号报警。烈王不敢出击，命弓箭手射杀偷袭的卫军。箭矢如雨。天明，烈军望见卫军正喜笑颜开地搬运插满箭的稻草人。这次草人借箭大大补充了卫国箭弩军的箭支，气得烈王摔碎了笔筒。到了夜里，烈国哨兵又发现阵前很多人影摸过来，吹响警报后，烈王再命射箭。天明，发现还是卫国草人借箭。烈王大怒，斩杀了吹警报的哨兵。当夜，烈国哨兵再次发现对面有很多人影，不再理会。

突然，无数火箭射进烈军营帐。呐喊声如雷。武强带领一万精壮勇士杀进烈军大营，数万卫军呐喊着随后掩杀过来。烈军十五万大军自相践踏，仓皇败逃，烈王死于乱军中。武强带领卫国精锐奋力追杀，一夜行三百里，斩杀烈军无数。逃回烈国的败兵不足一万。卫军大捷。

武强班师，卫王在城外迎接，赐封武强护国大元帅。卫王在宫中摆宴，亲自执壶斟酒三杯。武强饮完酒，正准备辞去官职，退隐山林，忽觉体内真气逆行，知酒中有毒，想用内力控住酒毒，为时晚矣。卫王又命撒铁网罩住武强，百刀齐上，武强仰天长笑，笑声凄厉。卫王看着武强的尸体说："连恩爱的夫人也能手刃，可见其人的心多么狠毒，留着，一定会祸害卫国。厚葬了吧。"

天近黄昏，一骑飞驰而来，到武强墓前滚鞍下马。一个美貌尼姑扑倒在墓上大哭："夫君，月倩来了。"尼姑颤颤巍巍起身，拿霜兮剑往脖上一抹。天边起了一道彩虹……

卫王闻报，武强当初并未杀夫人，而是把夫人藏进山中妙空庵。卫王捻须不语。良久，卫王缓缓说："武强当初欺瞒我，也是死罪。"

信　使

屁股下的麻包片与山地摩擦，发出类似于蛇遇危险吐信子的嘶嘶声。到了山脚，铁腿睁开眼，看见条腿，再看，好几条腿，软皮靴，战地裤，再往上看，乌黑的枪口。

铁腿接受命令时，天近黄昏，蜻蜓打着余晖扑扑棱棱地响。铁腿不敢耽搁，八十多条性命呢，他打扮成樵夫，啃着杂面锅盔上路了。

铁腿翻过三个山头，脚步灌了铅般沉。路边的石头，多么像各种形状的板凳啊，路边歪斜的树，又多么像窄床啊。一天一夜了，眼皮像粗粝的老树皮，一眨，哧哧啦啦响。又过去了大半天。他眼前的世界开始发红，喉间弥漫甜腻的气味，身子喝醉酒般摇摇晃晃。

目的地，大耳朵刘现在的驻地，半山腰的一个小树林。啊哈，看看是谁来了，我们的铁腿。一个散发香味的烤地瓜，或者一个煮熟的土豆扔进他怀里，有次扔他怀里的是半条兔腿。大耳朵刘搂着他的肩头，俩人走出人群。他边吃边传达命令。他吃饱喝足水，钻进窝棚美美睡一觉。有时不能这么舒坦，吃饱喝足水后眯眼几分钟，接着去下个目的地。

不久前的一场雨，山滑坡了，路没了。要这样耽搁，大耳朵刘他们就出不来了。

他停下来，四处望望，这场暴雨把地形改变很多，让铁腿感到陌生，曾经他能闭着眼睛在这里行走，如今，要仔细观察了。针叶林被泥石流冲断了几股，他来到西坡，这里缓，滑下去能节省不少时间。他用被子也就是几片麻包裹了屁股、膝盖和肘弯，抱住头，蜷缩身子，滑下山坡。

屁股下的麻包片与山地摩擦，发出类似于蛇遇危险吐信子的嘶嘶声。到了山脚，铁腿睁开眼，看见条腿，再看，好几条腿，软皮靴，战地裤，再往上看，乌黑的枪口。一个戴着钢盔的军官，问，什么人？

铁腿咧咧嘴，唇上渗出血珠。他高举着双手，颤着声说，长官，饶、饶命，俺是打柴的，路、路断了，只好滑下来。军官抓起铁腿的两只手仔细查看虎口，再看食指和中指，说，不像拿枪的手，起来，带路。原来他们迷了路。铁腿缩着背畏畏缩缩站起来。他们一共十个人，都挎着冲锋枪。

铁腿带着这十个人，向目的地进发。

军官让铁腿吃罐头，喝水。铁腿不客气，贪婪地吃饱，红着眼睛找路。军官要去县城。铁腿带着他们翻过一座山，涉过一条河，出现了岔路。铁腿站在岔路口说，长官，这条小路是到县城的近路，翻过山坡就是官道。军官咧嘴笑，递给他一根粗大的烟卷。他接过，放鼻子下闻闻，揣进怀里。

快到一块巨石了，路在巨石旁拐了弯。铁腿指着一片树林说，穿过树林，就能看见官道，很快就到县城。军官他们很高兴，快快乐乐地走。刚进树林，哗啦啦，就被八十多个枪口围住了。军官恨起来，开枪了。接着枪声如爆豆。

等一切安静了，一个长着出奇大耳朵的人提着双枪，查看地上的尸体。当看到铁腿时，惊讶地叫了一声。很多人端着枪跑过来。先是惊讶，再是疑惑，有人骂起来，踢了铁腿一脚，叛徒。

大耳朵想了会儿，说，铁腿带敌人摸上来，太出人意料了，太难以理解了。他曾救了我们很多次，不会是叛徒。很多人眼里愤怒的火渐渐熄灭。大耳朵仔细观察铁腿，铁腿半眯着眼，嘴角隐隐有丝微笑，右臂直伸，四指蜷曲，食指指向南方。

大耳朵埋了铁腿，带着八十多人从南边的山谷撤离。大耳朵离开后，回望驻地，看见已经被密密麻麻的敌人包围成铁桶一般。

野兔欢跳

　　夏山望着兔子面朝自己的枪口欢跳着跑来，两只大耳朵迎风展开，身子轻盈无比，好生奇怪。

　　夏山背着比他还高的兔子枪行走在夏村的河坡、树林、田野时，我们是很羡慕的。兔子枪简单粗暴，一根无缝钢管，硬木托柄，黑色扳机，黑色撞针，黑色枪头。用手往枪管里装几把黑色火药，丢进撮绿豆大的钢珠，用土屯好，拿炸药制成的砸炮放在撞针前的凹槽，背在肩头，很有荷枪实弹的威风。

　　夏山个子低，圆鼻头，整日迷迷瞪瞪的，耳朵又红又肿。我常见夏建功用粗短的手揪着夏山的耳朵骂："我说，你个孬，眼睛是出气用的吗？"夏山咧咧嘴，想哭，最后并没有流泪。夏建功高个子，佝着背缩着头，习惯斜着看人，似乎随时准备瞄准。他家里的几亩地杂草与庄稼拥拥抱抱，气得他老婆王大脚揉着除草累疼的腰，跳脚骂："大孬孙领着小孬孙。"后来夏建功用兔子换回钱，王大脚慢吞吞地除草，说："地里也应该长些草的，草不长地里长锅台上吗？没有草，兔子咋活，咋藏身？"有人接话："兔子咋藏都没用，都逃不出你家'兔子眼'的手心。"

　　夏建功能从兔子的脚印分辨出兔子的走向、体重。兔子有时候会设置迷魂阵，走得好好的突然拐跳几下，再倒着走几步，这样一来能迷惑住不少追杀它们的人，但这些对夏建功毫无用处，大家给他起个绰号"兔子眼"。夏建功的枪法更是精妙，兔子枪打出去就是簸箩大一张子弹网，覆盖面大，但目标远就散了，不能精确致命，他能算好距离和火候，枪无虚发。

有年秋天他带着夏山围猎辣椒地里的一窝兔子，一枪撂倒六只成年兔。他对夏山的表现很窝火。夏山辍学跟着他好几年了，一只兔子也没打中过。有次一只受惊的兔子跑到夏山的面前，等于撞枪口上了，夏山举枪瞄准，瞄来瞄去，就是不开枪。气得不远处的夏建功拿着空枪直拍秃脑壳："我说，你孬，这么近的距离看什么准星，直接搂火。"兔子吓傻了，土坷垃般团在地上。夏山一紧张，轰，枪响，枪口对着天上一只老鹰。夏建功跳过去，踢了夏山一脚，抢起枪托，敲晕了兔子。

有天午后，我与夏山相遇。他和他爹夏建功一人背一杆兔子枪，走去北洼的棉花地。我从逊母口二中回来，背着一捆课本。我们互相认真地看看对方，没有说话。我刚走几步听见夏山说："爹，我想上初中。"夏建功说："中啊，你敢打保票考上清华北大吗？混个初中高中的回来还不是打牛腿，屁用？"

夏村地处豫东平原，涡河滋润，沃野千里，高产棉花、小麦、大豆、玉米、辣椒等，野兔子很多。兔子肉美味，镇上饭店多有收购，秋冬兔子毛皮很值钱。夏建功靠着猎杀野兔日子过得很滋润，最起码比我们很多人家都要宽松，记得父亲还去他家借过二十几块钱给我交学杂费。村里也有些人学夏建功猎杀兔子，但技不如人，几天才打着一只，没法补贴家用，惹村里人笑。

我考上周口师专后，夏山情绪很不好，对猎杀兔子倒认真了许多。那时大专毕业包分配。夏建功对夏山说："上班，不也就几个死钱吗？好好打兔子，也能挣到钱。"我师专毕业那年，夏建功出事了。

夏建功和夏山一起猎杀兔子。一只肥壮的兔子从玉米地里跑出来，夏山举枪，兔子跳着拐了弯，夏山端着枪追。兔子左拐右拐，枪口紧跟它不放。兔子跳过几丛草，顺着土埂逃。夏山瞄准，手搭在扳机上，正欲扣动，兔子又跳起来拐了个弯。夏山枪口随着兔子拐弯，突然，兔子高高跳起，折身返回。夏山望着兔子面朝自己的枪口欢跳着跑来，两只大耳朵迎风展开，身子轻盈无比，好生奇怪。

夏山手指一动，轰，枪响了。兔子中弹倒下，这是夏山猎杀到的第一只兔子。他激动地冲着空荡荡的天空呐喊。等夏山捡起兔子，发现夏建功仰面躺在离兔子不远的地方，满脸是血……

泥　人

宏勾头，吓了一跳，自己不知什么时候变成了泥人，脚面生满苔藓。

宏捏的泥人活灵活现。撂个五十、一百的，就能拿走，没钱扔根烟，也行。宏捏泥人旁人不能多嘴。多说一句，宏端起茶杯就走，把人晾得尴尬。

他来，让宏捏个他。他坐下后撂桌上一捆钞票。泥巴在宏手里渐渐变成了面前人。宏闭上眼睛，手指更加灵巧地舞蹈。宏脑海里闪过一道灵光，灵光化成一只鸟，落进罗网。宏缓缓睁开眼睛。手下的泥人，两眼闪烁明亮的光彩。

他端详一会儿泥人，拿起摔在地面，说，眼睛不像，我明天再来。他走远，宏还愣着。宏当夜无眠。那只鸟，还在心头挣扎。宏知道，这只鸟会挣脱罗网，或困死网中。他要在这之前，把鸟留下。宏起身，照自己的样子捏了个泥人。泥人的两只眼睛，明亮有神，散发奕奕光彩。

他来，惊喜地拿起泥人，说，多么逼真。放下八捆钞票，拿着泥人离去。宏想喊住他，眼睛被红色钞票灼疼，发不出任何声音。

再有人找宏，进门看见张价目表。特别注明，先交定金，可参与设计，保证达到满意。来定做的人很多。宏捏泥人时，他们在旁边指手画脚。宏双手机械地运动着，面无表情，脑海一片空白。

有天深夜，有人在门外说，这间屋子三年没人住了。宏很奇怪，自己不是一直住这里吗？宏勾头，吓了一跳，自己不知什么时候变成了泥人，脚面生满苔藓。

19 号

　　19 号猛地抬起枪，指向老人的眉心，食指慢慢扣动扳机，子弹蓄势待发，他似乎看见子弹高速飞向老人，破空的声音嗡嗡作响。

　　19 号听到左前方一间小房子里有动静，灵猫一样跃起，破木窗而进。人未落地，枪口已指向对手的眉心。在 19 号心里，对手已经是死人了。只要 19 号开枪，就连魔鬼也躲不过他的子弹。

　　突袭队早上清洗了这片街区，搜索队一个时辰前刚刚过去，19 号接到命令：确认没有一个活口。19 号一身红衣，戴着红色面罩，影子般飘进地狱般的街区。有几丝微弱的呼吸，震动了空气。19 号捕捉到了，甩手一枪，那丝呼吸没有了。一个浑身是血的军官，眉心添了一个枪眼。19 号没有看军官的衣服，他不关心军官是谁。在他心里，根本没有敌人或者战友，他从 5 岁就知道完全服从组织，无条件执行命令。

　　19 号给这片街区带来了真正的死亡，教堂台阶上，有一只刚刚苏醒的老鼠，惊惶地逃向一堆尸体。19 号的枪响了，老鼠翻了个筋斗，肚子朝上，细小的爪子抽搐了几下，嘴角流血，死了，老鼠的眉心有个比它的眼睛还大的枪眼。

　　此刻，19 号破窗进入了一间不起眼的小房子，他清楚地看清了对手，枪声却没有响起。对手安坐在轮椅里，花白的头发在不甚明亮的光线中影影绰绰，19 号的对手是一位老人。阻止 19 号开枪的不是因为对手是个老人，在 19 号心里没

有这些概念。在他以往的任务里，有过年逾花甲的老人，有过强壮有力的青年人，有过樱花般美好的少女，有过咿呀学语的婴孩，这些生命均在19号的枪声下消失过。真正阻止19号开枪的，是老人右眼角下那块黄豆大的蓝色三角形胎记。

19号有些恍惚，眼前的世界不真实起来。年轻的母亲在叮叮咚咚的溪流边洗衣裳，棒槌激起的水花映着阳光玄幻无数色彩。他看了一会儿母亲，又看水中游动的小鱼。他看了一会儿小鱼，又看洗衣裳的母亲。他觉得母亲是世界上最美的女人，母亲右眼角下那块黄豆大的蓝色三角形胎记，美得像天上的星星。突然，他的嘴被堵上了，一个强壮的男人把他抱走了。从此，他再也没有见过母亲，原来的名字也渐渐在血腥里淡忘，他和许多一起被抓来的小孩一样，只有一个代号，

他的代号19。

19号拿枪的手一阵颤抖，无力地垂落。老人静静地坐在轮椅里，一言不发，就那么木呆呆着。看来，刚过去不久的战斗或者称为屠杀，深深地刺激了老人。老人的家人呢？是死掉了吗？谁来照顾她呢？19号脊背一阵发凉，打了几个寒战,今天这是怎么了？他以前执行任务,从来不多想什么。把子弹射进对手的眉心，完成任务，然后离开。19号猛地抬起枪，指向老人的眉心，食指慢慢扣动扳机，子弹蓄势待发，他似乎看见子弹高速飞向老人，破空的声音嗡嗡作响。过了一会儿，19号的食指松下来了，他浑身是汗，叹口气，走向门口。

一步，一步，一步……19号踩到了门槛。他每走一步，冷汗扑簌簌落满脚印。终于走出门口了。19号长长地舒了一口气。哎哟——老人突然呻吟了一声。19号受惊，浑身一震，一甩手臂，砰，枪响了。19号没有回头，但他已经看见老人的眉心有一个枪眼。阳光瀑布一般落下来,冲击着19号,19号觉得浑身冰凉……

半个时辰后，两个穿红衣服戴红头罩的人，影子一样飘进街区，他们四处查看，好像在寻找什么，他们看见19号，围拢过来。两个人愕然了，"地狱之火"19号眉心中弹，气息全无……

回夏村

两个车主粗着嗓子骂。电动车主突然说："你喝酒了，我闻到酒味了。"说着掏手机打电话……

夏末赤身站在水磨石地板上，眼睛在密麻的红青点间流动。床上的女人发出轻微的鼾声。夏末揉揉眼，轻轻抓起梳妆台上凌乱的衣服，胡乱穿上，又费了好大一会儿，才从桌子底下找到鞋。

从女人家出来，夏末站在空荡荡的村街上，夜色噗一声砸在大地上，溅起了几颗星。他挠挠短硬的头发，吸溜吸溜鼻子，甩开大步走，出村后，天地黑成一片，他四处查看，寻找回夏村的路。

早上，夏末从镇车站下车。离夏村还有十二里。也许是久不回家感慨堵满心怀，也许是上车时吃的糖糕有点腻，他觉得胸口堵得慌。不理会身边出租车故意按喇叭，不理会摇下半个车窗露出的假笑，他顺着街道慢慢走。因为不准备过长停留，夏末没有带行李，随身一个小挎包。轻装步行，走走家乡的土地吧。

多年未归，眼前的景物有了很大变化。夏末记得镇北头有家胡辣汤馆，门口支着个烧饼铺，褐色胡辣汤就着焦黄的烧饼，多次慰藉他的肠胃，现在已经找不到了，变成了一个大型超市。有人在超市门口争吵，不时对骂。夏末听着那些骂人的独特方言，觉得亲切。一辆电动车歪在地上，前面的塑料壳碎了，洒在新修的水泥路上，闪闪烁烁；黑色的轿车斜停着，左车灯烂了。两个车主粗着嗓子骂。

电动车主突然说："你喝酒了，我闻到酒味了。"说着掏手机打电话。轿车主堆了笑，说："抬头不见低头见的，什么事都好商量。"

路两边的杨树，挂满了绿色的小镜子，照出田地里拔节的小麦。快到河了。过了这条河，再走四五里，就是夏村了。河不大，也没有名字，夏末知道它向南，再东，流进涡河。在一个路口，摆着个卦摊。红布上黑笔画着八卦，放个小学算术本，半根铅笔，一个签筒，一副黑框花镜。红布后面一张矮马扎。可是没有人。

夏末站在卦摊前，前后左右看，看不见一个人，没有风，阳光温暖。似乎，此刻，世界上只有夏末，一个近四十岁，短发花白，微驼背，深眼窝，大鼻子，单身，在县城租房住，在县级杂志编辑部干临时工的男人。夏末想不明白在这里摆卦摊有什么意义。再想，世间有很多事都是没有什么意义的，细究，没有意义有时候也是一种意义。夏末觉得头有些疼，这时天上堆起些云块，河里冒出几股青烟。

干涸的河床里生长着杂草，很多麦秸堆在其中，燃烧的火苗红色大蛇般窜动。夏末追着大蛇，不知道走了多久，累了，眼里涌出泪水。到了夏季，雨水会灌满小河。他可爱的小妹，掉进河水里，再也没有回来。小妹喜欢穿红裙子。夏末擦着泪，不再追火，漫无目的地走。

眼前的小村，夏末努力想也想不出名字，眼前的几条路也异常陌生。一个女人背着药筒，浑身湿漉漉的。他问："这是什么村？"女人有着一张圆脸，大眼睛蒙着灰色，反问："你上哪儿去？"夏末愣了，暗问："上哪儿去，我上哪儿去？"父亲和母亲已经不在人世了，两间房子怕也早已经坍塌。女人呲地笑了。夏末忙说："回夏村。"女人说："我没听说过这个村子，看样子，你又累又饿又渴吧？"夏末点点头说："又累又饿又渴。"女人又笑了，说："跟我来。"夏末跟着女人进了一个小院，屋檐下有窝燕子。

从女人家出来，夏末站在空荡荡的村街上，夜色噗一声砸在大地上，溅起了几颗星。他挠挠短硬的头发，吸溜吸溜鼻子，甩开大步走，出村后，天地黑成一片，他四处查看，寻找回夏村的路……

深绿色的树影

凌晨起夜，我看见院里有个人影出院。我偷偷跟着。月色正亮，我看出是爷。他去了苹果园……

父母闹离婚，我跟着乡下的爷住。

爷是个干巴老头，黑瘦，喜欢缩着脑袋吸烟。他烟瘾大，吸烟的时候枣核脸似乎舒展了些，烟从鼻孔和嘴巴里大团喷出来时，我总要仔细盯着他瞧。疑心他瘦小的脑袋上，凡是有窍孔的地方是不是都能喷吐烟雾。爷种着八棵苹果树，每年秋天能卖一笔钱。

奶喜欢唠叨爷，句子连成串，嘟噜葡萄般。爷常不语。烦了，啪，吐掉烟头，用脚踩着拧几个圈，冷眼死盯着奶。奶望两眼低她一头的爷，缄口，转身去做她的活计。我洞悉了爷是有权威的，他干瘪的身体里有着能量呢。我喜欢跟着爷。

苹果乒乓球般满树。这个时候要打一遍农药。我跟着爷一棵树一棵树地看，爷说，明天打药。扑棱，从树丛里飞出一只蓝羽鸟，腹部云白，脖子粉黄，嘴巴嫣红，好漂亮的鸟儿。

爷眯缝着眼，围着这棵苹果树转了几圈，然后盯着一个枝头看。我顺着爷的视线，发现了一个茅茅草编成的窝，半球形，牢牢长在枝杈间，旁边还有两个泛着青光的苹果。这棵树不打药。爷说完背着手走了。我愣愣，忙追上爷，心里敬重他的慈悲。

没有打药，那棵有鸟窝的苹果树落了很多果。我捡拾那些变黄的落果当作乒乓球扔来扔去，觉得很好玩。奶为此端饭时用力撴碗了很长时间。

在盛夏的晨昏，阳光玫瑰红色，浓稠得流淌满地。鸟儿在苹果树上快乐地鸣叫、跳跃，窝里也传出清脆的叫声。又错过一次打药的时间，这棵苹果树上的苹果生出一圈圈的病纹。

爷在树旁的空地上种花生。他用铁锹刂个穴，我端着盛花生种的缺口瓢，跟在爷身后，往土穴里丢种。一穴三颗，用脚驱土覆盖，再踩一下。与树平行时，听见树上鸟尖厉地叫。抬头，我惊住了。一只黄花斑纹大猫，蹾着身慢慢爬向鸟窝，却还是惊着了警觉的鸟。鸟拍着翅，啾啾尖厉地叫，围着鸟窝无助地上下翻飞。我站住不动。

爷接上一根烟，呼哧呼哧吸几口，连口带鼻子扑哧扑哧吐好几团烟雾。他弯腰，勾头，开始刂穴。

爷，我忍不住说，看，看树上——

爷没有理我。

大猫已经接近鸟窝了，鸟更加惊恐地飞叫。窝里的雏鸟也吖吖大声地叫。

我急声说，爷，猫要吃鸟了。

点你的种。

我没听明白爷的话，说，爷，猫要吃鸟了。说着，我想放下瓢，抓一块淡黄色的大坷垃丢去树上，我保准能把猫吓跑，救下鸟。这窝鸟可是一树苹果换来的啊。

点你的种！爷的声音没有抬高，重量却增加了几大块磨盘。

爷又连着刂了几个土穴。

我望着土穴新翻出的深红色泥土愣愣，回转神，忙点种，覆土，踩实。耳边响起鸟的惨叫声。我的手抖了。我偷着打量爷。他好像聋了盲了，依然不快不慢地刂土穴，嘴角袅袅升腾纸烟淡蓝色的雾。种完三趟子花生，树上安静了。我没有勇气再抬头看树杈上的鸟窝。

回到家，我偷偷告诉奶，猫把苹果树上的小鸟都吃了。

老鸟呢？奶停下拉风箱，问。

我想了一下，说，老鸟也被猫吃了。

我想奶会生气的，一树苹果为了鸟糟蹋了。现在鸟没有了，啥都没落下，这该是让人非常生气和沮丧的。奶一定会找爷吵架。

奶听完，嘿嘿地笑说，太好了。

我懵了。

凌晨起夜，我看见院里有个人影出院。我偷偷跟着。月色正亮，我看出是爷。他去了苹果园，站在有鸟窝的那棵苹果树旁发呆，嘴里的烟头明灭闪烁宛如一颗欲坠的星。

唉——

一声浑浊悠长的叹息，随着烟头掉在地上，火光像流星。

苹果树深绿色的树影变得朦胧和模糊，像一种高深莫测的敬畏……

疤

　　他说："我想飞，于是爬上大树，扇动双臂，飞了起来。飞着飞着，有个蚊虫钻我鼻孔里了，我打了个喷嚏，就掉下来了……"

　　他掀起头发，露出一块几何形的疤。

　　大家问："疤是怎么来的？"

　　他声音不大，沉甸甸的，使在场的每个人都能听清楚，甚至忘戴助听器的人也能听见。他说："我想飞，于是爬上大树，扇动双臂，飞了起来。飞着飞着，有个蚊虫钻我鼻孔里了，我打了个喷嚏，就掉了下来。脑袋摔坏了，忘记哪里人了。脸上也留下这个疤，总算保住了一条命。"听完他的讲述，大家快乐地笑了。

　　有人提议献爱心，大家都手有余钱，于是凑钱让这个可怜人衣食无忧。他只需每天坐在这里讲那个疤。让大家听完，快乐地笑一阵。

　　几年后，他的头发全白了，胖了许多，那个疤也透出几分美艳。大家每天快乐地笑一阵，也都白胖了许多。

　　各种原因，听众一直在更新，但总数越来越多。

　　一天夜里，他死了。大家流着泪叹着气给他办了风光的葬礼。

　　没几天，又来了一个人。他掀起头发，露出一块几何形的疤。

　　大家问："疤是怎么来的？"

　　他说："我想飞，于是爬上大树，扇动双臂，飞了起来。飞着飞着，有个蚊虫钻我鼻孔里了，我打了个喷嚏，就掉下来了……"听完他的讲述，大家快乐地笑了……

路　障

人们对路障没有非议，人们常遵守存在即合理的哲学。突出的钢筋头上时常飘动着一些衣裳和血肉的碎片。

刚修好的路，怕重车压坏路面，设置了路障。

路障由钢筋焊成，体积庞大，快要挡住了整个路面，自行车也难以过去。杂乱的钢筋结构中，有两根突出的钢筋头，弯曲尖利，步行过去也需要技巧和谨慎。

人们对路障没有非议，人们常遵守存在即合理的哲学。突出的钢筋头上时常飘动着一些衣裳和血肉的碎片。

人们走到路障前，需调整呼吸，计算腿部的力量和身体的灵活度，还要计算衣裳的宽松度并目测风力。然后身子先往左偏，迈动右腿，尽力抬高，脚尖着地，身子再歪向右边并向前探伸，这样安全通过了第一个钢筋头。小心抬左脚，把整个身体的重量放在右脚，身子压低，然后像蛇一样往左前方探伸，并配合左脚的快速向前落地，再迈右脚，身子往右歪，这样才不至于把自己的衣裳和血肉，留存在钢筋头上。

每个人通过路障，都是这般左斜右歪两下，样子滑稽但又灵巧。随着时间的推移，人们通过路障已经很轻松了，那些动作优美流畅。

一天早上，路障忽然消失了。

人们在平坦通畅的路上健步昂首，走到原来放路障的路段，身子突然左斜右歪两下，再挺胸阔步而去。路障虽然在路上消失了，但去了哪里，我们不难想象。

夜　事

他在金碧辉煌的大厅拿出邀请函，一个穿银灰色西装的男人验看后，把他交给一个穿旗袍的女子。女子款款地引他上楼。

快到酒楼了。我看见一个还算体面的乞丐坐在路灯下。

我摸出几张钱币，对他说了一句话。

乞丐站起身，有些惊讶。

我重复了一遍。他明白了。他的智力很好。

他从我手里接过钱币和一张邀请函，欢喜地跑向不远处的酒楼。门童的敬礼他视而不见，他在金碧辉煌的大厅拿出邀请函，一个穿银灰色西装的男人验看后，把他交给一个穿旗袍的女子。女子款款地引他上楼。

我独坐了一会儿，感觉很冷很无聊。有一个人向我走来。他走到我面前，掏出几张钱币，对我说了一句话。我有些惊讶。他只好又重复了一遍。我的肚子咕噜噜叫了一声。我尴尬极了。他笑了。我接过钱币，还有一张邀请函，跑向不远处的酒楼。

酒楼的王经理穿着得体的银灰色西装。我常来，他应和我熟识。当他看到邀请函上不是我的名姓，该会如何？我恶作剧般地想。他验了下邀请函，热情地把我交给一个穿旗袍的女子，说："把这位马经理送到三楼黄金厅。"

我坐进座位，菜品精致酒香扑鼻。我和一张张仿佛熟识的笑脸碰杯，和仿佛亲密的邻座推心置腹。偶尔，能听见二楼莲花池欢歌笑语，其中老黄的声音最大。

夜半，醉眼蒙眬，我和邻座称兄道弟下了楼。到门口，碰见莲花池出来的老黄他们。我走过去，和老黄他们拥抱，惜别。其中还有那个拿着我的邀请函参加莲花池宴会的乞丐。朋友老黄拍着我的肩："焦辉，焦老弟，痛快，痛快。你我今晚共饮了十八杯。兄弟！痛快！"

"痛快！"我也拍着老黄的肩大声喊

陆大的拐杖

这一天早上，陆大感觉什么地方不对劲。看看断了腿的柜子，扬锤子吓跑蹲在锅台撸胡须的老鼠，没看出什么异样。

只要听见梆梆——噗——的声音，就知道陆大过来了。后来这种声音又添加了——吭哧吭哧——听起来像夹杂了一道放多调味料的汤。给人的感受，首先是阐释了岁月匆匆，再是强烈表达了生命宛如树叶的况味。树叶，青绿吧，浓重吧，摇曳吧，欢悦吧，近了秋冬季节，总是要落下来的。

陆大喜欢拄着拐杖在园艺村的土街上溜达。他佝偻着腰，粗大的左手拎着柄圆头铁锤，灰黑的右手紧抓槐木拐杖。这根首尾套钢套的槐木拐杖陪伴他差不多有几百年了。园艺村没有日历，大家计算时日有时候漫不经心。这对于与树叶命运差不多的人，有什么重要吗？拐杖两头的钢套严丝合缝，非常相宜。拐杖尖套着亮晃晃的尖钢套，手握处箍着闷头厚钢套。陆大走一步，举着铁锤砸拐杖，梆梆，噗，把拐杖像钢钎般锥入路面，再奋力拔出，吭哧吭哧。吭哧吭哧是近几年的事情，以前可不是这样，陆大年轻时高壮结实，虽然右腿残了，力气倒是没残，单手能把钎入路面的拐杖拔出来。年岁大了，拔拐杖的时候要费去很大的气力了。

梆梆——噗——

梆梆——噗——

梆梆——噗——吭哧吭哧

梆梆——噗——吭哧吭哧

关于陆大拐杖上的钢套是谁帮着套上去的，众说纷纭。有说是歪头老七，有说是大胖子忽隆，有说是后村的哑巴，有说是大个子笆斗，还有说是钢套原本就是长在槐树上的。对于陆大的右腿怎么残的，倒像日头出来是白天、月亮来了是夜晚般清楚明白。

当初，园艺村的各条路上，都滚动着石头，大如磨盘，小如黄豆。远看，一条条路像一条条汹涌的河。房子只能建在高处，路当然开在低处。村人进出都要拄着拐杖，小小心心，艰艰难难，出进倒还平安。陆大不拄拐杖，他仗着身体矫健，行走跳跃在滚石上，像演杂耍般，出出进进。惊掉了一村男人的眼珠子，惊动了一村女人的心。

大家结伙出去办事，到酒馆里喝酒。喝来喝去，几罐子酒进了一副副皮囊。似乎大家都醉了，似乎大家都没醉。回村的时候，都拿出拐杖。陆大摇摇晃晃跳上滚石。大家劝他，还是拄着拐杖稳妥。陆大站在一个磨盘大的滚石上说，我们好不容易进化成两条腿，怎么好再加一条？说完，人就不见了。

等陆大在家里的木板床上醒来，右腿就残了。他只好拄拐杖。园艺村路上的滚石一夜之间都不见了，像枯竭了源头的河，转眼间就干了。

园艺村响起：

梆梆——噗——

梆梆——噗——

梆梆——噗——吭哧吭哧

梆梆——噗——吭哧吭哧

这一天早上，陆大感觉什么地方不对劲。看看断了腿的柜子，扬锤子吓跑蹲在锅台撸胡须的老鼠，没看出什么异样。他推开门，走到大街上，愣住了。所有的村街一夜间都修了水泥路。路在阳光里闪耀灰白色的光芒。

歪头老七扛着铺盖回村，说，陆大，咋你还这个毛病，咋就不能改了，天天把拐杖定地下都几百年了，还不腻歪吗？

陆大哆哆嗦嗦着没有接话。

你扔了拐杖吧。扛着铺盖出村的大胖子忽隆说。

大个子笆斗跟在忽隆后头，嘴角咬着烟，说，要不跟着我去外面，有很多福

利厂子专招残疾。

陆大突然咆哮，你们才是残疾。

几个人愣了愣，不再说话，急着步各走各的。

陆大把拐杖竖在路上，举着锤子梆梆——梆梆——梆梆——梆梆……

日日夜夜梆梆声不绝。大家习惯了陆大徒劳无功地往水泥地上钎拐杖。

也不知道过了多长时间，大概是全世界的树叶都黄了吧，陆大不见了。梆梆声还在。

又不知道过了多长时间，大概全世界的树叶都变成彩色蝴蝶飞在时间外，梆梆声才消失。

叹 息

柳莲的脚步觉得有点虚,她终于完完全全占据了这个男人的心,她钟爱的男人完完全全属于了她,她心头有点甜,有点酸,也有点空。

又到了这天,男人喝得醉醺醺的,红着眼睛出去,肿着眼睛回来。柳莲给男人打好洗脚水,端进屋,看男人没脱鞋。她把盆子轻轻地放床边,蹲下,帮男人脱鞋。

男人突然伸手拉起柳莲,一把抱住,呜呜哭了。这是十多年来从没有过的状况。这些不在柳莲的意料之中,她眼前顿时变得空空荡荡,不知道下面将出现怎样的剧情。

每年的这天,不喝酒的男人会喝几杯酒,然后就着柳莲精心炸的黄澄澄的花生米、煎炒的油汪汪的鸡蛋、切成薄片配上嫩白葱段的牛肉喝得醉醺醺,红着眼睛走出家,半天,有时大半天,肿着眼睛回来。柳莲把早就烧好的洗脚水端进屋,男人脱鞋洗脚放倒睡觉,或者,柳莲帮男人脱鞋洗脚,男人再放倒睡觉。柳莲出门,把洗脚水倒在墙根的下水道口,回来端详熟睡的男人,眼角慢慢起了泪光,嘴角悄悄浮上了笑意。泪光和笑意让柳莲有了种毛茸茸的光晕,像逆着阳光或月光摇曳的花朵。这些泪光和笑意在十多年的绽放中有了鱼尾打开水波的涟漪和仪式感般的庄严。

这天,这天,这天……十多年前的这天……小萱走了。

其实小萱没有走，她一直都在，在柳莲的心里，在柳莲的生活里，更牢固在男人心里。柳莲已经习惯与小萱一起把日子像打水漂样起起落落地滑过去。每个水漂的水尖上都有醉醺醺红眼睛出去肿眼睛回来的男人。

这次，男人出去时还是往常一样，闷着头不说话，换换衣服，刮刮胡子，把皮鞋的鞋带子系紧（当年那天，如果不是男人的皮鞋突然脱落，也许……也许小萱就不会走），喝着酒，吃着柳莲精心烹饪的饭菜，眼睛越来越红。男人出门时，扭头看柳莲，柳莲坐着勾鞋垫，近来这里流行用不同颜色的毛线勾鞋垫。柳莲没动，她其实已经看见男人扭头了，男人的额角有了白发，白发在斜照下来的光线里亮晶晶的。男人半下午回来，眼睛肿着，还是往年样闷头不语。等柳莲帮他洗脚时，男人一把拉起她，抱在怀里呜呜地哭。男人说："柳莲，这么多年难为你了，今天我和小萱诀别了，以后也不再去那座桥上了……"男人说着，扳过柳莲的脸，狂吻雨点般落下……

男人把外套披柳莲肩头，柔声说："走，我们上街转转。"男人和柳莲手牵手上了街。小城华灯初上，楼角的淡黄色月亮正圆。柳莲的脚步觉得有点虚，她终于完完全全占据了这个男人的心，她钟爱的男人完完全全属于了她，她心头有点甜，有点酸，也有点空。"空"，这个字吓了她一跳。她曾无数次假设小萱的彻底离开，小萱彻底离开那一刻自己会是什么感受呢？她想象不出来。十多年了，她已经放弃假设小萱的离开了，似乎小萱成了她的家人，男人对小萱的无法释怀使她加重了对男人的爱。突然之间，小萱离开了，不，应该说是男人抛弃了小萱。不是小萱舍命相救，男人十年前就从世界上消失了。

男人带柳莲进了金店。男人问："柳莲，你不是想要个莲花形的耳坠吗？"柳莲想说："是啊，我想要，可不能是今天啊，今天可是小萱离开的日子……"话到嘴边变成了一声简短的"嗯！"。男人十多年时间就从心里彻底忘记，不，是彻底抛弃了救过他生命的恋人……柳莲走出金店，有风吹来，柳莲打了几个寒噤。男人又带柳莲去吃饭。看着身旁的男人，柳莲心底有股气被生生压下去了。

回到家，男人在客厅看电视，柳莲拿着首饰盒进了卧室。她心底那股气又慢慢升上来，打着旋儿，翻着跟头，迅速膨胀，最后化作重重的一声叹息……

月光怒放

有次吃饭时，刘婳说，毛峰，你长得不咋好看，却是世间稀有品种。毛峰喝口汤，问，长得不好看我打小就知道，稀有品种从何而来？

毛峰是一家文化传媒公司的摄影师，也是县摄协副主席，在一次县委宣传部组织的"大美夏城"采风活动中认识了刘婳。

刘婳是《夏城月刊》编辑部副主任，也是这次"大美夏城"采风活动组织者之一，负责采风人员的联络、交通、用餐等。活动为期六天，选了县里的六个乡镇从脱贫攻坚、文明乡村、人文古迹三个方面进行采风。午饭在采风乡镇吃。毛峰不吃辣，也不喝酒。到下顿饭，他面前出现了一杯酸奶或者果汁，然后桌上多了几个清淡的菜。多细心的女人啊。毛峰不由多注意了刘婳。刘婳高挑身材，穿着烟灰色的毛料大衣，大眼睛，五官精致，头发没有烫染，松松地挽着，垂在肩上。

人与人就是如此，注意了，就容易亲近。短短几天，俩人熟悉了。毛峰不知道为什么，每当与刘婳对视时，总能从她眼睛里看到一种说不清道不明的东西，像一团雾，一团灰色的雾，湿漉漉的，像一点灯火，却少了点光彩焕然，摇摇曳曳的，像晴夜的月，却又笼着淡淡的朦胧的轻纱般的薄云……

采风活动结束的第二天，毛峰的岳母高血压晕倒了。毛峰的妻子卧床五六年了，头脑清楚，从脖子以下没有知觉。从妻子出事起，无酒不欢的毛峰戒了酒，而且从骨子里对酒深恶痛绝。当初来县城时，妻子小媛做业务员，陪客户吃饭，喝了酒。她深夜骑电动车回来，摔了一跤，滚进路沟里。从此，小媛只能坐轮椅

了……毛峰要伺候小媛，还要工作，实在忙不过来，就让岳母来帮忙。这让妻嫂很有意见。岳母来伺候小媛，就不能帮妻嫂家带孩子了。现在岳母又病了。等岳母出院，毛峰没办法照顾两个病人。妻哥妻嫂来接岳母，妻哥偷着塞给毛峰五百块钱，妻嫂的脸始终阴着，对毛峰爱答不理。毛峰理解妻嫂，也不在意这些。他担忧的是，照顾小媛，没法到公司上班了。可以到家政找保姆，毛峰又担心保姆不能很好地照顾小媛。毛峰心里像油锅开了，吱吱啦啦翻腾，表面又要很平静，嘴唇上煎出一溜水泡。

小媛流着泪，有点吃力地说，毛峰，你的白头发越来越多了，我拖累你了……毛峰轻轻擦干小媛的眼泪，说，当初我求婚时说，执子之手与子偕老，是一句誓言呢，什么拖累不拖累，不要说这些混账话。毛峰先向公司请了俩月假，只能走一步算一步了。公司老板知道毛峰的情况，准了假。毛峰在家里悉心照顾小媛。没想到岳母病好后，妻哥又把她送来照顾小媛。这让毛峰很感动。

《夏城月刊》开了个新版面，"图说夏城新变化"，毛峰与刘娴有了更多的接触。毛峰白天有工作，去编辑部挑照片定版什么的只能在下班后。有时候定好版面，已经是深夜。毛峰和刘娴就一起去编辑部附近吃点饭。有次吃饭时，刘娴说，毛峰，你长得不咋好看，却是世间稀有品种。毛峰喝口汤，问，长得不好看我打小就知道，稀有品种从何而来？刘娴笑说，你照顾嫂子六年，不离不弃，这样的男人比熊猫珍贵多了。笑着说着，眼睛红了，勾头，泪水啪嗒落下来……

刘娴当初结婚时，她老公负债累累。刘娴用从娘家带来的钱给老公还了债，又从娘家借钱给老公做本钱。经过十来年打拼，日子终于红火了。老公却变心了，找了个年轻的女人……

从饭店出来，夜色里缠着很多雾，缥缥缈缈的。俩人并肩走着。毛峰现在知道了刘娴眼睛深处那东西叫忧伤。毛峰送刘娴回去。她现在独居在振兴花园小区。因为夜色里那些缥缥缈缈的雾，毛峰送刘娴上了楼。502。然后，一起进了屋。

后半夜，雾散了，月色清明。毛峰穿上衣服离开。刘娴没有动，应该是睡着了。毛峰走到门口时，刘娴突然说，我可以照顾姐姐。毛峰愣了下。刘娴不再说话，也没有动。毛峰轻轻地下楼了。

偌大的广场空空荡荡，皓月明洁，月光像一朵朵怒放的银色花朵，晶莹剔透，落满人间。毛峰不知道回家怎么面对小媛，不知道以后怎么面对刘娴，还有刘娴那句像童话世界里的话……

毛峰伸展手臂，月光落满手心，灿然闪烁，他突然泪雨滂沱……

白云无语

女人眼前飞满奇形怪状的黑点，热辣辣的东西从鼻子里慢慢爬出来。她很快回过神，叉开十指，旋风般扑向男人。

男人和女人的吵架声越来越响，星星的耳朵里像有一阵风裹了一团蜜蜂。嗡！嗡！嗡！他讨厌地把刚刚组装的积木玩具撕拆得七零八落，捂着耳朵，悄无声息地走出家门。

大声辱骂互相指责的男人和女人没有发现他们的五岁儿子出了门，下了楼，走上大街。女人指手画脚间把唾沫喷到了男人脸上。男人瞪起牛眼，扬起粗短的手掌扇过去。啪！女人眼前飞满奇形怪状的黑点，热辣辣的东西从鼻子里慢慢爬出来。她很快回过神，叉开十指，旋风般扑向男人。

星星走在大街上，看见路旁的树上有几只麻雀，他仰了头，看麻雀在枝叶间跳舞。灰褐色的身影灵巧地上蹿下跳，不时喳喳地叫着。这时，星星看见蔚蓝的天空上飞过一架飞机，银色的机身在阳光里发亮。飞机越飞越远，最后消失不见。星星的脖子又酸又痛，感觉脑袋要和身体分开了。一个穿着黑短裙的女人走过，星星望着她夸张扭动的屁股，感觉好笑。那两团黑布下的屁股，圆鼓鼓的，一跳，又一跳，像两只装在黑布袋里的松鼠，吱吱叫着，左冲右撞。一团麻雀屎无声无息地落下来，正落到那两只松鼠的其中一只上，到底是左边那只还是右边那只，星星没有把握分辨清楚，因为他还不能准确区分左和右。黑布上的白色鸟屎很刺

眼，但黑布袋里面的松鼠不知道，依然有力地跳来跳去。星星的胸口忽然充满气，越涨越大，星星难受得直晃脑袋，气在他肚子里转了转，开始寻找出口。"哈哈哈哈——"星星张大嘴巴，气喷薄而出。很多路人，包括那个女人，奇怪地看着星星。气从星星口里逃逸干净后，星星看到很多人的眼睛像手电筒的光柱一样照过来，心里有些紧张，就向前走去。天上飘起了几朵白云，星星没有看到。

白云慢慢飘走，最后只剩一朵了，星星抬头，看见了。白云慢慢向西飘去，很快就会隐进一幢高楼后面。这朵白云的形状像一匹马，四蹄跃动，马尾扬起，马头高抬，向西冲去。星星向白马追过去。这时，星星看见了一只红色的眼睛，肯定不是白马的眼睛，因为它长在白马的屁股上。马又不是猴子，屁股怎么会是红色的呢？这样一想，星星笑了。他想起幼儿园老师讲的猴子屁股是红色的，想起了老师还说的过马路时如果看见猴子屁股一样的灯，就叫红灯，就要等着，等到变成青青草原一样的绿色灯才能过。这时候天空的那匹马，只能看见后半个身子了，马头已经跑到楼后面去了。星星着急了，又想起和爸爸妈妈过马路。爸爸和妈妈那天没有吵架，这是很少出现的情况。星星很奇怪，两个人关在一间屋子里，一起吃饭，睡觉，却又天天吵架，这是为什么呢？星星想不明白，想不明白就不去想了。那天过马路，红灯亮了，星星站住了，等着红灯变成青青草原。爸爸不乐意了，说："赶快走！"星星说："是猴屁股！"妈妈也说："赶快走！"星星说："是红灯！"爸爸妈妈不再言语，一人拽起星星的一只胳膊，提着他跑过了马路。星星抬头望着红灯，好半天没回过神来。爸爸说："这孩子，死脑筋！"

星星看到那匹白马只剩毛茸茸的尾巴了，白马的整个身子都跑到楼那边去了。星星望着那只红眼，知道是猴屁股般的红灯，这时，他耳边响起爸爸妈妈的声音："赶快走！"星星迈开脚步，望着白马，跑过去了。"吱吱吱——"一串凄厉的刹车声，震得星星的耳朵发疼。接着一声闷响，星星感觉自己飞了起来。世界忽然安静了，星星看见那匹白马了，他骑到那匹白马的背上了。耳边呼呼风响，他抱紧马脖子，嗒嗒嗒，一溜马蹄声，满眼都是蓝色，像电视画面里的大海。世界忽然又热闹起来，星星耳边响起嘈杂声，他讨厌地闭上眼，世界黑下来了。星星骑马累得筋疲力尽，想睡觉，嘈杂声又一次渐渐远去，世界再次安静，这点使星星很高兴，他咧嘴笑了。

夏来家的婚事

夏大军进村，大家看他满嘴酒气，耳朵上别着烟，猜他去夏来家了，打趣他："大军，夏来给你灌的啥猫尿？耳朵都红了。"

夏来要娶儿媳妇了，他拿着好烟挨家请。大家冷着脸摆手，不接烟，勉强接过烟的，转身就把烟扔了，慌得几只鸡蜂拥着来啄。夏大军没扔，笑着点了，美美地吸。

夏来的爹夏全懂就不受村人待见。夏全懂原名好像叫什么钢，矮瘦，小眼睛很亮，他喜欢穿凉拖鞋，露出黑污吧唧的脚丫子。他身上的衣服褪去本色，变成混沌的昏黄，挤进人场，眨巴着亮眼睛说："是哩，是哩，我全懂。"其实他根本不知道人家正说什么，时间一长，大家喊他夏全懂了。夏全懂天天想方设法找人借钱，他字典里永远丢失着一个字——还。村里人都被他借过钱，有些人被他借了好几次。他借完钱一般是去逊母口镇上喝胡辣汤，吃煎包、烧饼，不一般是去小酒馆要个猪耳朵，喝半斤小烧，摇摇晃晃哼着太康道情回村。村里殷实人家也舍不得这么吃喝。那时夏来整天闷声不吭，黄吧精瘦的，细眼睛四处踅摸，见谁家做点好吃的，溜进来连抓带端。夏全懂病死后，十几岁的夏来离开夏村，不知道流落到哪里去了。

过了些年，兴起打工，夏村人也开始去异乡抓挠钱了。有人在许昌见过夏来，说他蹬三轮卖菜。后来听说夏来又去商丘了。再后来有人在焦作碰见夏来，他在

菜市场租个摊位卖菜，身边站个长红脸儿挺着大肚子的女人。村头的夏武还留了夏来的手机号。

有年夏天，夏鹏家办白事，夏武想起夏来，给他打电话："夏来，老鹏哥的娘走了，他过明儿办事哩。"夏村的规矩，红事请，白事拢。就是说，喜事，主家要挨个请，丧事，主家只请丧礼上帮忙的几个人，其他人不去请，要大家主动来围拢，捧个场，随个份子礼。夏来接完夏武的电话，嗯嗯啊啊，到底没说出个子丑寅卯。这就显得夏武多事了，夏武一大肚子不平顺，不平则鸣，于是一村人都知道了夏来不愿随份子礼，不够意思。

夏来回来，儿子比他还高。听说他还有两个女儿。夏来在镇上小区买了新房子，婚宴设在镇上吉祥大饭店。夏村人最讲究礼尚往来，可是这夏来没有"来"，只有"往"，这一请，不去你不懂礼，去了心里不得劲。你从来不给人家随份子礼，却请人家给你随份子礼，这叫"一面砍"。大家聚一块儿议论，最后达成共识，都不去参加夏来家的婚事。按老规矩，办事前一天，要好的人要去事主家商量下第二天的事咋办圆满。夏来办事头一天，夏村只有夏大军一个人去商量事了。

夏大军黑胖，宽脸冒着油汗，一口大黄板牙，好和人抬杠。抬起杠，脖子暴筋，眼珠子血红，宽脸黑紫，话却说不囫囵。可是，夏大军抬杠的气势吓倒了对手，每次抬杠，差不多都是他赢。

夏来很感动，拉着夏大军连连握手。夏来个子低，半仰着头，细眼睛用力睁大，厚嘴唇里蹦出一串谢谢。办事，讲究个排场，不光是菜肴丰盛，还要人多热闹。夏来说："大军哥，明天一定让你坐贵宾席。"

夏来送夏大军出门，一辆小轿车迎面开来。看见两人，车急忙停下，车门打开，一个轩昂的年轻人下车，身后跟着个漂亮女孩。年轻人满脸堆笑走过来，掏烟敬夏来和夏大军。女孩问："爸，都齐备了吗？"夏来说："齐备了，这是你大军伯。"女孩向夏大军问好后，跟着年轻人进了楼道。夏来说："这是咱家的大馍和未来的姑爷，俩人在上大学时处的朋友。准备明年办事。"夏大军问："姑爷是干啥的？"夏来说："在宣传部上班，他爸是县领导。"

夏大军进村，大家看他满嘴酒气，耳朵上别着烟，猜他去夏来家了，打趣他："大军，夏来给你灌的啥猫尿，耳朵都红了。"夏大军于是说了夏来家气派的房子，今天喝的什么牌子的酒，最后没忘了说夏来的姑爷在宣传部上班，亲家是县领导。听的人一副若有所思的样子。

第二天，夏村人都去参加夏来家的婚事了，都随了份大礼。夏来很高兴。他把村主任和几个村里的体面人安排在贵宾席。因为忙，他忘记要让夏大军坐贵宾席的事了。

婚宴结束，夏来看见夏大军撅着屁股开电动车后轮锁。他想起了什么，心里有点沉，忙过去给夏大军两盒好烟。夏大军推辞。夏来硬把烟塞夏大军兜里，心里才松快了。

大地深处

　　第二天笆斗婶起了大早，听见孙女哭。她凑过去看，惊了一下，孙女藕节似的小腿上布满了星星点点的红疙瘩。

　　月亮哗咚掉进笆斗婶院角的空水缸里，夜黑得渺茫。笆斗婶醒了。

　　她摸黑起床，出屋，觉得初冬后半夜的风怪异，似能穿过身体，给骨头针刺般的锐疼。高烧了一天一夜，水米未进的笆斗婶瘫软在灰白色的水泥地上。灰白像一条河，缓缓流去大地深处。笆斗婶像段朽木，半沉半浮在灰白色的水里。

　　笆斗婶一阵一阵发蒙，眼前无数红蓝混杂的亮光搅动了灰白色的河水，使水生出无穷的漩涡。笆斗婶在漩涡中央旋转，没有半点力气挣扎。她知道，时候到了。

　　三年前……

　　妈，你不要再种地了，累死累活能挣几个钱？不够我吃几顿饭的。儿子盯着手机屏幕说。

　　院门口停着儿子新买的小汽车。黑色的漆光像跳动的火苗，烧得笆斗婶浑身温暖。她心里念叨，老头子呦，你撇下俺娘俩，早早走了，真是没福气，看看咱儿子，混得多光彩。笆斗婶原名叫什么花，嫁给笆斗叔后按照当地风俗，只称呼男家名，笆斗，然后缀个定位：婶。

　　笆斗婶说，娃，不种地我干啥？

　　什么也不干，进城跟我住，跳跳广场舞，看看景，旅旅游。

我进城光头晕。看见绿油油的庄稼心里舒坦。

那就在家看看电视，赶赶集，唠唠嗑，打打牌。

我——

儿子不耐烦了，眼睛还粘在手机上，一声"嘻"截断了笆斗婶的话，说，地没了。

啥？笆斗婶脸色蜡黄，看儿子不像开玩笑，又惨白了。

两年前……

笆斗婶挂着锄头，望着一行行绿油油的豆苗，嘴角开满笑。她很快乐，也很踏实，儿子的事业达旺，媳妇好看，性格又软，小两口和美，还知道孝顺。每次回来，好吃的好穿的塞满后备厢，临走还要硬塞一沓钱。

笆斗婶开垦了几条沟坡，种小麦，点大豆。地薄，不保墒。笆斗婶挑着水桶，用瓢一棵一棵浇，清亮亮的水哗哗浇在小苗上，那碧玉般的叶那粉嫩嫩的芽扑棱棱舞一舞，调皮模样稀罕人。笆斗婶小七十了，腰板直挺挺的，那笑总绕在嘴边，像和煦的春风绕在柔曼的河柳枝间。

笆斗婶又锄了一行豆子，松软的土散发出腥甜的香气。笆斗婶的衣服被汗水湿透了，头发贴在额头。

妈，你咋又种地？儿子和儿媳站在她面前。新买的小车停在几步开外的地方。

笆斗婶笑着拢拢头发，说，脚在土里，觉得有根了，浑身都是劲。

儿子白净的脸生出层铜锈。

妈，我的朋友如果见你这样，不用唾沫淹死我才怪。

笆斗婶不解地望着微微发福的儿子。

妈，卢强说得对，他们会说我们不孝顺，背后能用手指头戳断我们的脊梁骨。甚至，卢强合作的客户也会看不起他，说不定还会撤资。

笆斗婶迷茫地木在豆苗里。

我不种沟坡了，咋着也不能让人家误解了娃，耽误了娃的大事，可不中。

这就对了。儿子笑着说。

这就对了。儿媳笑着说。

一年前……

今年的小麦大丰收。笆斗婶拍着晾晒好垛在西屋的小麦袋子，笑像麦粒般黄

澄澄圆滚滚，散发出生命的满足和芬芳。她大踏步走出屋，站在麦茬地里，眼前有着无数绿的大豆和玉米苗，风吹来，绿波荡漾。门口嘀嘀几声。儿子回来了。

笸斗婶几步跳出麦茬地，敞开大门。儿子把车开进院子。车门打开，儿媳抱着一岁的囡囡说，叫奶奶，叫奶奶。

妈，你太有才了，在小院子里种起了地。

哦，哦，闲着也是闲着不是？笸斗婶说着拿眼睛看一眼儿子，再慌忙躲开，又从眼角看儿子，笑却对着孙女和儿媳。

儿子车转身，从后备厢里一件一件搬东西。

晚饭炖了一只家养的母鸡，香味铺满了园艺村的旮旮旯旯。

第二天笸斗婶起了大早，听见孙女哭。她凑过去看，惊了一下，孙女藕节似的小腿上布满了星星点点的红疙瘩。

儿子说，院里荒草无空的，生出多少蚊虫子啊。

笸斗婶说，都是庄稼，什么荒草无空啊。

笸斗婶跟着儿子和儿媳抱着孙女去镇上医院，孙女身上的红疙瘩的确是蚊虫子之类叮咬的。

院里马上要水泥硬化。儿子重着语气说。

笸斗婶愣愣，看看孙女粉嘟嘟的小脸儿，没有说话。

两天时间，小院子全部硬化了。请的工匠很认真，笸斗婶在院里慢慢转了一圈，竟然没看见一丁点儿泥土。笸斗婶心里满满的，似乎十几袋水泥两车大沙全倒进了她心里。

儿子儿媳孙女回城了。笸斗婶站在门外，直到看不见小车的影子了，才车转身回院。望着满院子灰白色的水泥地，笸斗婶心里空空的，似乎心里的十几袋水泥两车大沙加上心肝肺肠子全掏了出来，铺在土地上，掩盖了麦茬和蓬蓬勃勃的豆苗、玉米苗。笸斗婶在院子里转了很多圈，然后咯嘣一声，背就塌了下来……

哗咚掉进院角空水缸里的月亮，怎么也爬不出来。天变得阴沉沉。瘫软在地上的笸斗婶把手指放进嘴里，用力咬，血一滴滴落在水泥地面。笸斗婶抖着手写：不要烧我，把我埋进土里。字像蜿蜒爬动的红蚯蚓。

凌晨，下了场大雨，水缸满了，浮出月亮。雨水洗刷得水泥地面干干净净，发着冷冷的白光……

冬　夜

要救母亲必须先流产。一命换一命啊，都是血脉相连的亲人。

玉英向大家隐瞒了怀孕的事情，独自忍受痛苦。

玉英在医院走廊里徘徊，满眼的白色时而模糊，时而清晰。最后，她不知不觉地走到妇产科，站在产房外，夹杂在待产或等待产房消息的人们中间。每当产房传来一阵嘹亮的哭声，玉英的心就会狂喜几下，腹中的胎儿似乎也快乐地晃动手掌，要咿咿呀呀地唱儿歌了。玉英的眼泪，唰啦啦流出眼眶，扑簌簌滴落在前襟上。她快步离开了。

玉英回到病房，母亲戴着洁白的口罩，正看当天的报纸。看见玉英，指着报纸说，这几天好大的雾霾，你不要随便出去了。玉英笑着点点头，拿起苹果，很快削好了一只，再切成小块，放进搪瓷缸里，用开水烫热。母亲摘掉口罩，依在枕头上，吃了几小块，就不吃了，重新把口罩戴好，躺舒服，闭眼睡觉了。

玉英无聊，出门溜达，感觉脑子里满满的，有很多事情，又没有一件是清晰的。雾霾进我脑子里了，玉英自嘲地笑。她无意识地闲走，走到了妇产科育婴室旁，她睁大眼睛，透过落地玻璃门，望着那些新出生的婴儿躺在摇篮般的婴儿床里。眼泪，再次滚滚而落。

玉英回到病房，母亲还在睡觉。病房有四张床位，如今只住了母亲一位白血病人，玉英陪护着睡在靠阳台的床上。另两张空床，堆放着玉英和母亲的一些替换衣裳、水果零食之类。玉英靠在床头拿着手机上网，浏览着微信和网站新闻，

很难看进去一个字。

父亲早亡，母亲辛苦养大玉英姐弟三个不容易，临老了，该享清福了，却生病了。还是难缠的白血病。姐弟几个挨个配型，只有玉英和母亲的各项指标吻合。母亲的命，就靠玉英延续了。玉英很高兴，又很伤心。高兴的是母亲有救了，伤心的是她怀了身孕。要救母亲必须先流产。一命换一命啊，都是血脉相连的亲人。玉英向大家隐瞒了怀孕的事情，独自忍受痛苦。

冬夜漫长。病房里有暖气，玉英依然感觉寒冷。手机震动了，是在外地进修的丈夫打来的，玉英扭头看母亲。母亲在酣睡。玉英起身走到阳台上，随手掩了小门。

英子，咱们的小宝贝还好吗？丈夫问。玉英说，你真没良心，怎么不先问我好不好？倒问没出生的人。丈夫笑了，说，英子，你怎么连宝贝的醋也吃？玉英忍不住抽泣了。丈夫吓了一跳，连问怎么回事。玉英说，我妈病了，住院呢，心里难受。丈夫忙问，什么病？严不严重？玉英忙说，没事，就是发烧，住几天院就好了。丈夫说，咱们的小宝贝两个月了，你陪护妈两天就让弟他们陪护。玉英说，知道，我知道，好，好，你好好学习，天天向上。玉英故作轻松地说着俏皮话，眼泪湿透了脸庞。她和丈夫通话的时候，生怕母亲醒了。

挂了电话，玉英掏出纸巾，擦干净脸上的泪水。回到病房，母亲翻了个身，又安然睡了。口罩遮住了母亲大半个脸，露出陷得很深的眼窝。玉英给母亲掖掖被角，轻轻摸了摸母亲耳边的几缕白发，走出病房。她到护士站那里，告诉值班护士，说有事情出去一趟，让护士多看看母亲。

玉英每一步都很沉重，慢慢走到了妇产科。进了妇产科的玻璃门，她的步子突然迈大了。玉英做完流产手术，脸色苍白地回到病房，没看见母亲。她忙喊护士。值班护士说，刚才老太太去了洗手间。玉英放下心，慢慢走去洗手间。进了洗手间，喊了几声妈，没人应。她忙推开几个小隔间的门，没有一个人。玉英又去走廊另一头的洗手间，也没有找到母亲。玉英一层楼一层楼开始找，还是没有母亲的身影。她哭着给弟和妹打了电话。

妹问，姐，你干什么去了？

弟也问，姐，让你陪护咱妈，你干什么去了？

玉英没有回答他们。她根本没听见弟和妹的责问，她想，接丈夫电话的时候，母亲肯定醒了。弟和妹见玉英不回答，都很生气。

花非花

无论老夏怎样努力，从粉色月季里再也看不到那个奇妙世界了，那个有着七彩光芒，有着缥缈音乐，有着醉人气息，有着甜蜜芬芳，有着激越狂喜的世界。

小夏站在初夏的阳光里，眼前一片七彩光芒。

他从盛开的粉色月季里看到了另一个世界，一个无法言说的奇妙世界。那个世界有着七彩的光芒，有着缥缈的音乐，有着醉人的气息，有着甜蜜的芬芳，有着激越的狂喜，有着——

你还站在花坛边发呆，报表做好了吗？上午十点必须报到县委办。办公室张主任脸阴得滴水。

……

老夏站在初夏的阳光里，凝望着花坛里盛开的粉色月季。

他想从粉色月季里看到当年那个无法言说的奇妙世界，眼睛却告诉他：月季，蔷薇科，常绿、半常绿低矮灌木，四季开花，一般为红色或粉色，也有白色、黄色等，观赏植物，也可作药用，亦称月季花。

无论老夏怎样努力，从粉色月季里再也看不到那个奇妙世界了，那个有着七彩光芒，有着缥缈音乐，有着醉人气息，有着甜蜜芬芳，有着激越狂喜的世界。

夏局长，月季花真好看，这是您十点参加县委常委扩大会的发言提纲。办公室王主任脸笑得比花瓣还繁复。

他还在凝望月季。王主任识趣地离开。

眼泪啪嗒啪嗒落在粉色月季上……